布老虎散文

大地的语言

阿来 著

张学昕 主编

北方联合出版传媒（集团）股份有限公司
春风文艺出版社
·沈 阳·

图书在版编目（CIP）数据

大地的语言/阿来著；张学昕主编. —沈阳：春风文艺出版社，2019.11

（布老虎散文）

ISBN 978-7-5313-5650-9

Ⅰ.①大… Ⅱ.①阿… ②张… Ⅲ.①散文集—中国—当代 Ⅳ.①I267

中国版本图书馆CIP数据核字（2019）第180512号

北方联合出版传媒（集团）股份有限公司
春风文艺出版社出版发行
http://www.chunfengwenyi.com
沈阳市和平区十一纬路25号　邮编：110003
辽宁新华印务有限公司印刷

责任编辑：姚宏越	责任校对：于文慧
封面设计：杨光玉	幅面尺寸：145mm × 210mm
字　　数：220千字	印　　张：9.25
版　　次：2019年11月第1版	印　　次：2019年11月第1次
书　　号：ISBN 978-7-5313-5650-9	
定　　价：40.00元	

版权专有　侵权必究　举报电话：024-23284393
如有质量问题，请拨打电话：024-23284384

目 录

离开就是一种归来 …………………………………… 001
大地的语言 …………………………………………… 010
从拉萨开始 …………………………………………… 022
上溯一条河流的源头 ………………………………… 046
看望一棵榆树 ………………………………………… 083
声　音 ………………………………………………… 087
界　限 ………………………………………………… 095
非主流的青铜 ………………………………………… 101
哈尔滨访雪记 ………………………………………… 112

蜡　梅
　　——成都物候记之一 …………………………… 117
梅
　　——成都物候记之二 …………………………… 124
贴梗海棠
　　——成都物候记之三 …………………………… 130

早　樱
　　——成都物候记之四 …………………………… 136
玉　兰
　　——成都物候记之五 …………………………… 142
李
　　——成都物候记之六 …………………………… 147
梨
　　——成都物候记之七 …………………………… 153
苹果属海棠
　　——成都物候记之八 …………………………… 158
紫　荆
　　——成都物候记之九 …………………………… 163
桃
　　——成都物候记之十 …………………………… 168
迎　春
　　——成都物候记之十一 ………………………… 175
桐
　　——成都物候记之十二 ………………………… 179
丁　香
　　——成都物候记之十三 ………………………… 185
含　笑
　　——成都物候记之十四 ………………………… 190
鸢　尾
　　——成都物候记之十五 ………………………… 194

栀　子
　　——成都物候记之十六 ················198
荷
　　——成都物候记之十七 ················204
紫　薇
　　——成都物候记之十八 ················213
女　贞
　　——成都物候记之十九 ················217
桂
　　——成都物候记之二十 ················222
芙　蓉
　　——成都物候记之二十一 ··············228

我只看到一个矛盾的孔子
　　——病中读书记一 ····················235
善的简单与恶的复杂
　　——病中读书记二 ····················239
不是解构，不是背离，是新可能！
　　——病中读书记三 ····················254
道德的还是理想的
　　——关于故乡，而且不只是关于故乡 ·····262
士与绅的最后遭逢 ·························267

离开就是一种归来

那是七八年前的事了,我从一座小寺庙里出来。住持让手下唯一的年轻僧人送我一程。他把我送出山门,并把我寄放在门房的小口径步枪交还给我。

下午斜射的阳光照耀着苍黛的群山,蜿蜒的山脉把人的视线延伸到很远的地方。山下奔涌不息的大渡河水也被阳光镀上了一层闪烁不定的金光。

我对这个年轻的僧人说:"请回去吧。"

他的脸上流露出些依依不舍的表情,说:"让我再送送你吧。"

我知道这并不意味着通过这四五个小时的访问,我们之间已经建立起了多么深厚的友谊,这是不可能的。在我做客的大部分时间里,我都在跟他的上司——这座山间小寺的住持僧人争论。因为一开始他就对我说,这座小庙的历史有一万多年了。宗教从诞生之初,就具有对日常生活的超越能力,但很难设想产生于历史进程中的宗教能够超越历史本身。于是,我们就开始争论起来。这个争论持续了一个多小时,而没有取得任何结果。

那时,这个年轻僧人就坐在一边。他一直以一种恭敬的态度为我们不断续上满碗的热茶，但他的眼睛却经常从二楼狭小的窗口注视着外面的世界。

现在，我们来到了阳光下面。强烈的阳光刺得人有些睁不开眼睛。我们踏入了一片刚刚收割了小麦的庄稼地。剩下的麦茬发出许多细密的声响。那个年轻僧人还跟在后面。我还看见，那个多少有些恼怒的住持正从二楼经堂的窗口注视着我。我在他的眼里，是一个真正的异端吗？

我再一次对身后的年轻僧人说："请回去吧。"

他固执地说："我再送一送你。"

我在刚收割不久的麦地里坐了下来。麦子堆成一个一个的小垛，四散在田野里。每一个小垛都是一幢房子的形状。在这一带，传统建筑样式都是碉楼式的平顶房子。而这种房子式的麦垛却有一道脊充当分水，带着两边的坡顶。在这片辽阔山地里，还有一种小房子也是这么低矮，有门无窗，也有分水的脊带着两边的坡顶。那就是装满叫作"擦擦"的泥供的小房子。这些叫作擦擦的东西，一类是宝塔状，一类则像是四方的印版，都是从木模里模制出的泥坯。这些泥坯陈列在不同的地方，是对很多不同鬼神的供养。

麦地边的树林与草地边缘，就有一两座这种装满供养的小房子。

地里则满是麦子堆成的这种小房子。

这时，坐在我身边的小僧人突然开口说："我知道你的话比师父说得有道理。"

我也说："其实，我并不用跟他争论什么。"但问题是我已经跟别人争论了。

年轻喇嘛说:"可是我们还是会相信下去的。"

我当然不必问他明知如此,还要这般的理由。很多事情我们都说不出理由。

这时,夕阳照亮了一川河水,也辉耀着列列远山,一座又一座青碧的山峰牵动着我的视线,直到很辽远的地方。

年轻僧人眯缝着双眼,用他那样的方法看去,眼前的景象会显得飘浮不定,从而产生出一种虚幻的感觉。

"其实,我相信师父讲的,还没有从眼前的山水中自己看见的多。"

我的眼里显出了疑问。

他脸上浮现出一丝犹疑的笑容:"我看那些山,一层二层的,就像一个一个的梯级,我觉得有一天,我的灵魂踩着这些梯子会去到天上。"这个年轻僧人如果接受与我一样的教育,肯定会成为一个诗人。

我知道,这不是一个可以讨论的问题,对方也只是说出自己的感受,并不是要与我讨论什么。这些山间冷清小寺里的僧人,早已深刻领受了落寞的意义,并不特别倾向于向你灌输什么。

但他却把这样一句话长久地留在了我的心上。我站起身来与他道别:"请向你师父说得罪了,我不该跟他争论,每个人都该相信自己的东西。"

我走下山道回望时,他的师父出来,与他并肩站在一起。这时,倒是那在夕阳余晖里,两个僧人高大的剪影,给人一种比一万年还要久远的印象。

一小时后,我下到山脚时,夜已经降临了。

坐上吉普车，发动起来的引擎把一种震颤传导到整部车子的每一个角落，也传导到我的身上。我从窗口回望山腰上那座小小的寺庙。看到的只是星光下一个黝黑的剪影。不知为什么，我期望看到一星半点的灯光，但是，灯火并未因为我有这种期望才会出现。

那座小庙的建立很有意思。数百年前的某一天，一个犁地的农民突然发现一面小山崖上似乎有一尊佛像显现出来。到秋天收割的时候，这隐约的印迹已经清晰地现身为一尊坐佛了。于是，他们留下了一名游方僧人，依着这面不大的山崖建起了一座宝殿。石匠顺着那个显现的轮廓，把这尊自生佛从山崖里剥离出来。几百年来，人们慢慢为这座自生佛像装金裹银，没有人再能看到一点石头的质地，当然也就无从想象原来的样子了。

在藏区，这不是一种偶然的现象。

在布达拉宫众多佛像中，最为信徒崇奉的是一尊观音像。这不但是因为很多伟大人物，比如吐蕃王国历史上有名的国王松赞干布就被看成观世音的化身，而且因为这尊观音像也是从一段檀香木中自然生成的。只是在布达拉宫我们看到的这尊自生观音，也不是原本的样子了。

这尊自生观音包裹在一尊更大的佛像里，里面到底是什么样子，我们只能自己进行判断或猜想了。

从此以后，我在群山中各个角落进进出出，每当登临比较高的地方，极目远望时，看见一列列的高山拔地而起，逶迤着向西而去，最终失去陡峻与峭拔，融入青藏高原的壮阔与辽远时，我就会想到这个有关阶梯的比喻。

我一直认为，这是一个好的比喻。

一本有关藏语诗歌修辞的书中说，好的比喻犹如一串珠饰中的上等宝石。而在百姓日常口头的表达中，很难打捞到这样的宝石。我有幸找到了一颗，所以，经常会在自己再次面对同样自然美景时像抚摸一颗宝石一样抚摸它。这种抚摸，只会让真正的宝石焕发出更令人迷醉的光芒。

当然，如果说我仅凭这么一点来由，就有了一个书名，也太弱化了自己的创造。

我希望自己的书名里有足够真切的自我体验。

大概两年之后，我为拍摄一部电视片，在深秋10月去攀登过一次号称蜀山皇后的四姑娘山。这座海拔六千多米的高山，就耸立在距四川盆地不过百余公里直线距离的邛崃山脉中央。我们前去的时候，已经是水冷草枯的时节。雪线正一天天下降到河谷，探险的游客已断了踪迹。只在山下的小镇日隆的旅馆墙上留下了"四姑娘山花之旅"一类的浪漫词句。

上山的第四天，我们的双脚已经站在了所有森林植被生存线以上的地方。巨大岩石的阴影里都是经年不化的冰雪。往上，是陡峭的冰川和蓝天，回望，是一株株金黄的落叶松，纯净的明亮。此行，我们不是刻意登顶，只是尽量攀到高一点的地方。当天晚上，我们退回去一些，宿在那些美丽的落叶松树下。那天晚上下了一场大雪。早上醒来，雪遮蔽了一切。树，岩石，甚至草甸上狭长的高山海子。

我又一次看到被雪覆盖的山脉一列列走向辽远，一直走到与天际模糊交接的地方。这时，太阳出来了。

不是先看到的太阳，而是遽然而起的鸟类的清脆欢快的鸣叫——

下就打破了那仿佛亘古如此的宁静。然后，眼前猛地一亮，太阳在跳出山脊的遮挡后，陡然放出了万道金光。起先，是感觉全世界的寂静都汇聚到这个雪后的早晨了。现在，又觉得这个水晶世界汇聚了全世界的光芒与欢唱。

"太阳攀响群山的音阶。"

我试图用诗概括当时的感受时，用了上面这样一个句子作为开头。从此，我就把这一片从成都平原开始一级级走向青藏高原顶端的一列列山脉看成大地的阶梯。

从纯粹地理的眼光看，这是把低海拔的小桥流水最终抬升为世界最高处的旷野长风。

地理从来与文化相关，复杂多变的地理往往预示着别样的生存方式、别样的人生所构成的多姿多态的文化。

不一样的地理与文化对于个人来说，又往往意味着一种新的精神启示与引领。

我出生在这片构成大地阶梯的群山中间，并在那里生活、成长，直到三十六岁时，方才离开。所以选择这个时候离开，无非是两个原因。首先，对于一个时刻都试图扩展自己眼界的人来说，这个群山环抱的地方时时会显出一种不太宽广的固守。但更为重要的是，我相信，只有在这个时候，这片大地所赋予我的一切最重要的地方，不会因为将来纷纭多变的生活而有所改变。

有时候，离开是一种更本质意义上的切进与归来。

我的归来方式肯定不是发了财回去捐助一座寺庙或一间学校，我的方式就是用我的书，其中我要表达的是我的独立的思考与判断。我的情感就蕴藏在全部的叙述中间。我的情感就在这每一个章节里不断离开，又不断归来。

作为一个漫游者，从成都平原上升到青藏高原，在感觉到地理阶梯抬升的同时，也会感觉到某种精神境界的提升。但是，当你进入那些深深陷落在河谷中的村落，那些种植小麦、玉米、青稞、苹果与梨的村庄，走近那些山间分属于藏传佛教不同教派的或大或小的庙宇，又会感觉到历史，感觉到时代前进之时，某一处曾有时间的陷落。

问题的关键是，我能同时写出这种上升与陷落吗？

当云南人民出版社这次活动结束的时候，各路同行会师拉萨，召开新闻发布会时，租来作为会场的地方，竟然有一尊佛教中文艺女神央金玛的塑像。这种情境当然只会在西藏出现。那么，就让这尊女神保佑我，赐给我足够的灵性与智慧，来达到我的目标吧。

当我成人之后，我常常四处漫游。有一首献给自己的诗就叫作《三十周岁时漫游若尔盖大草原》。

记得其中有这样的句子：

我们嘴唇是泥，

牙齿是石头，

舌头是水，

我们尚未口吐莲花。

苍天哪，何时赐我最精美的语言。

今天，当我期望自己做出深刻生动的表达的时候，又感到自己必须仰仗某种非我的力量。在历史上，每一个有学识的僧人在开始其著述时,都会向四方的许多神佛顶礼。比如藏族历史上最具批判性的更敦群培在《智游佛国漫记》中,开篇就"虔诚地向正等觉世尊之足莲叩拜",所谓足莲是藏语里一种修辞格,就是把世尊的足喻为莲花,这样叩拜的目的,也无非"敬祈赐予保佑",保佑著作者能够:

深邃智慧之光轮驱除世间迷惑,
恬静解脱之定足镇压三界顶部,
具有未染戏论浮云净空之胸怀,
众生之祥瑞太阳赐汝圆满之雨露!

位高权重的五世达赖在其巨著《西藏王臣记》的开篇也是这样祝颂:

那整齐的花蕊,似青年智慧,锐如铁钩刺入美女的心房。
自在地洞见诸法的法性,显现在大圆镜上。
明效大验,显示出一幅梵净歌舞的景象。
能做这样的加被者——文殊师利,愿我庄严的喉舌成为语自在王。

然后,他转而向诗歌与文艺女神继续祝颂:

乍见美妙喜悦的尊颜,疑是皎洁的月轮出现。

> 你那表示消除一切颠倒与惶惑的标志——
> 是你那如蓝吠琉璃色彩般长悬而下垂的发辫。
> 妙音天女啊！愿我速成语自在王那样的智慧无边！

"语自在"，从古至今，对于一个操持语言的人来说，都是一种时刻理想着的，却又深恐自己难以企及的境界。

现在，虽然全世界的人都会把藏族看成一个诚信教义、崇奉众多偶像的民族，但是，做了一个藏族人的我，却看到教义正失去活力，看到了偶像的黄昏。

那么，我为什么又要向非我力量发出祈愿呢？因为，对于一个漫游者，即或我们为将要描写的土地给定一个明晰的边界，但无论是对一本书，还是对一个人的智慧来说，这片土地都过于深广了。江河日夜奔流，四季自在更替，人民生生不息，所有这一切，都会使一个力图有所表现的人感到胆怯甚至是绝望。第二个问题，如果不是神佛，那这非我力量所指又是什么？我想，那就是永远静默着走向高远阶梯一般的列列群山；那就是创造过，辉煌过，也沉沦过，悲怆过的民众，以及民众在苦乐之间延续不已的生活。

大地的语言

人类操着不同的语言，而全世界的土地都使用同一种语言。一种只要愿意倾听，就能懂得的语言——质朴、诚恳，比所有人类曾经创造的，将来还要创造的都要持久绵远。

一

朋友来电话，招呼去河南。从来没有去过河南，从机场出来，上高速，遥遥地看见体量庞大的郑州市出现在眼前。

说城市体量庞大，不只是说出现在视线中那些耸立的高大建筑，而是说一种感觉：那隐没在天际线下的城市更宽大的部分，会弥散一种特别的光芒，让你感觉到它在那里。声音、尘土、灯光，混同、上升、弥散，成为另一种光，笼罩于城市上方。这种光，睁开眼睛能看见，闭上眼睛也能看见。这种光吸引人眺望，靠近，进入，迷失。但我们还是一次次刚刚离开一座城市就进入另一座城市。重复的其实都是同一种体验：在不断兴奋的过程中渐渐感到怅然若失。我们说去过一个省，往往就是说去省会城市。所以，此行的目的地我也以为就是眼前已经若隐若现的这座城市。汽车拐上了另一条高速路，这时才知道此行的目的地，是下面的周口市，以及再下面的淮阳县（今周口市淮阳区）。

还在车上，热情的主人已经开始提供信息，我知道了将要去的是一个古迹众多的地方。这些古迹可不是一般的古迹，都关乎中华文明在黄河、在这片平原萌发的最初起源。这让我有些心情复杂。当"河图""洛书"这种解析世界构成与演化的学问出现在中原大地时，我的祖先尚未在人类文明史上闪现隐约的身影。所以，当我行走在这片文明堆积层层叠叠的大地之上时，一面深感自己精神来源短暂而单一，一面也深感太厚的文明堆积有时不免过于沉重，而且，所见如果不符合想象时，容易发出"礼崩乐坏"的感叹。

我愿意学习，但不论中国还是外国，都不大愿意去那种古迹众多的地方。那种地方本是适于思想的，但我反而被一种莫名的能量罩住了，脑袋木然，不能思想。这也是我在自由行走不成问题的年代久久未曾涉足古中州大地的原因吧。

拜血中的因子所赐，我还是一个自然之子，更愿意自己旅行的目的地，是宽广而充满生机的自然景观：土地、群山、大海、高原、岛屿、一群树、一棵草、一簇花。更愿意像一个初民面对自然最原初的启示，领受自然的美感。

在那些古迹众多之地，自然往往已经破碎，总是害怕面对那种一切精华都已耗竭的衰败之感。更害怕大地的精华耗竭的同时，族群的心智也可怕地耗竭了。所以，此行刚刚开始，我已经没有抱什么特别的希望。

二

行车不到十分钟,就在我靠着车窗将要昏昏然睡去时,超乎我对河南想象的景观出现了。

这景观不是热情的主人打算推销给我们这群人的。他们精心准备的是一个古老悠久的文化菜单,而令我兴奋的仅仅是在眼前出现了宽广得似乎漫无边际的田野。

收获了一季小麦的大地上,玉米,无边无际的玉米在大地的宽广中拔节生长。绿油油的叶片在阳光下闪烁,在细雨中吮吸。这些大地在中国肯定是最早被耕种的土地,世界上肯定也少有这种先后被石头工具、青铜工具、铁制工具和今天燃烧着石油的机具都耕作过的土地。人类文明史上,好多闪现过文明耀眼光辉,同时又被人类自身推向一次次浩劫的土地,即便没有变成一片黄沙,也早在过重的负载下苟延残喘。

翻开一部中国史,中原大地兵连祸接,旱涝交替,但我的眼前确实出现了生机勃勃的大地,这片土地还有那么深厚的肥力滋养这么茁壮的庄稼,生长人类的食粮。无边无际的绿色仍然充满生机,庄稼地之间,一排排的树木,标示出了道路、水渠,同时也遮掩了那些素朴的北方村庄。我喜欢这样的景象。这是令人感到安心的景象。

如今是全球化、城市化时代,在我们的国家,数亿农民耕作的田野,吃力地供养着越来越庞大的城市。农业,在经济学家的论述中,是效益最低,在国内生产总值统计中越来越被轻视的一个产业。在那些高端论坛上，在专家演示的电子图表中，农业是那根最短的数据柱，是那条爬升最乏力的曲线。问题是，他们当中的任何一个人，又不能直接消费那些爬升最快的曲线。不能早餐吃风险投资，中餐吃对冲基金，晚间配上红酒的大餐不能直接是房地产，尽管厨师也可以把窝头变成蛋糕，并把巧克力蛋糕做成高级住宅区的缩微景观，一叉，一座别墅；一刀，半个水景庭院。那些能将经济高度虚拟化的赚取海量金钱的聪明人，能把人本不需要的东西制造为巨大需求的人，身体最基本的需求依然来自土地，是小麦、玉米、土豆，他们几十年生命循环的基础和一个农民一样，依然是那些来自大地的最基本的元素。他们并没有进化得可以直接进食指数、期货、汇率，但他们好像一心要让人们忘记大地。这个世界一直有一种强大的声音在告诉人们，重要的不是大地，不是大地哺育人类那些根本的东西。

一个叫利奥波德的美国人在半个多世纪前就质疑过这种现象，并认为造成这种现象的原因是几千年的人类历史只发展出"处理人与人之间关系"的伦理观念，一种人与财富关系的伦理观念。并认为这种观念大致构成两种社会模式，一种用"金科玉律使个人与社会取得一致"，一种则"试图使社会组织与个人协调起来"。"但是，迄今为止没有一种处理人与土地，以及人与在土地上生长的动物和植物之间关系的伦理观"。

伦理观是关乎全人类的，不幸的是，我们并不生活在一个一切社会规则以全体人类利益为考量的世界上。现在的价值体系中，世界上所有的一切都只是资源。人是资源，土地也是资源。当土地成为资源，那么，在其上种植庄稼，显然不如在其上加盖工厂和商贸中心。这个体系运行的前提就是，弱小的族群、古老的生活方式需要为之付出巨大的牺牲。

农业需要做出牺牲，土地产出的一切，农民胼手胝足的劳动所生产出的一切，都是廉价的，因为有人说这没有"技术含量"。几千年才培育成今天这个样子的农作物没有技术含量，积累了几千年的耕作技术没有技术含量，因为古人没有为了一个公司的利益去注册专利。玉米、土豆在几百年前从美洲的印第安人那里传入了欧洲与亚洲，但墨西哥的农民还挣扎在贫困线上，他们背井离乡，在大城市的边缘地带建立起全世界最大的贫民窟，只为了从不得温饱的土地上挣脱出来，到城市里去从事最低贱的工作。我曾经在墨西哥那些被干旱折磨的原野上，在一株仙人掌巨大的阴凉下黯然神伤。我想起了《拉丁美洲：被切开的血管》，一本描述拉丁美洲如何被作为一种资源被跨国资本无情掠夺的书。如果书名可以视为一种现实的描述，那么，我眼前这片原野的确已经流尽了鲜血。眼前的地形地貌，让我想起胡安·鲁尔福描写乡村破败的小说《教母坡》中的描述："我每年都在我那块地上种玉米，收点玉米棒子，还种点菜豆。"但是，风正在刮走那些地里的泥土，雨水也正冲刷那些土地里最后一点肥力。

三

今天，在远离它们故乡很远很远的地方，我看见一望无际的玉米亭亭玉立，茎并着茎，根须在地下交错，叶与叶互相摩挲着絮絮私语，它们还化作一道道的绿浪，把风和自己的芬芳推到更远的地方。在一条飞速延展的高速公路两边，我的视野里始终都是这让人心安的景象。

转上另外一条高速路，醒目的路牌标示着一些城市的名字。这些道路经过乡野，但目的是连接那些巨大的城市，或者干脆就是城市插到乡村身上的吸管。资本与技术的循环系统其实片刻不能缺少从古至今那些最基本的物质的支撑。但在这样的原野上，至少在我的感觉中，那些城市显得遥远了。视野掠到身后，以及扑面而来的，依然是农耕的连绵田野。

我呵气成雾，在车窗上描画一个个汉字。

这些象形的汉字在几千年前，就从这块土地上像庄稼一样生长出来。在我脑海中，它们不是今天在电脑字库里的模样，而是它们刚刚诞生出来的时候的模样，刚刚被刻在甲骨之上的模样，刚刚被镌刻到青铜上的模样。

这是一个个生动而又亲切的形象。

土。最初的样子就是一棵苗破土而出，或者一棵树站立在地平线上。

田。不仅仅是生长植物的土壤，还有纵横的阡陌、灌渠、道路。

禾。一棵直立的植株上端以可爱的姿态斜倚着一个结了实的穗子。

车窗模糊了，我继续在心里描摹从这片大地上生长出来的那些字：麦、黍、瓜、麻、菽。

我看见了那些使这些字具有生动形象的人。从井中汲水的人，操耒犁地的人，以臼舂谷的人。

"爱采麦矣？沫之北矣。"

眼下的大地，麦收季节已经过去了，几百年前来到中国大地上的玉米正在茁壮生长。那些健壮的植株上，顶端的雄蕊披拂着红缨，已然开放，轻风吹来，就摇落了花粉，纷纷扬扬地落入下方那些腋生的雌性花上。那些子房颤动着受孕，暗含着安安静静的喜悦，一天天膨胀，一天天饱满。待秋风起时，就会从田野走进农家小小的仓房。

就因为在让人心生安好的景色中描摹过这些形状美丽的字眼，我得感谢让我得以参加此次旅行的朋友。

就在这样的心情中，我们到达了周口市淮阳县。我是说到达了淮阳县城，因为此前已经穿过了大片属于淮阳的田野。那是让人心安的田野，庄稼茁壮生长的田野，古老的、经历了七灾八难仍然在默默奉献的田野，还未被加工区、开发区、新城镇分割得七零八落的田野。

四

没想到此地有这么大个还活着的湖。

我说活着的意思，不只是说湖盆里有水，而是说水还没有被污染，还在流动循环。晚上，住在湖边的宾馆里，浏览东道主精心准备的文化旅游菜单，就可以闻到从窗外飘来水和水生植物滋润清新的气息。

有了这份菜单上的一切，淮阳人可以非常自豪，对我而言，不要菜单上这一切的一切，我也可以说我爱淮阳，爱窗外广大的龙湖，爱曾经穿越的广阔田野，爱那些茁壮生长的玉米。想着这些的时候，电视里在播放新闻，是世界性粮食危机的消息。其实，不需要这样的消息佐证，我也深爱仍有人在勤勉种植，仍然有肥力滋养出茂盛庄稼的田野，但这样的消息能让人对这样的土地加倍地珍爱。

席上，主人向我们介绍淮阳、太昊、伏羲、神农、八卦、陈、宛丘。虽然在肉体上不是华夏血脉，但在精神上却受此文明深厚的滋养，我更愿意这种滋养是来自典籍浩然的熏染，而不是在一个具体的地点去凭吊或膜拜。饭后漫步县城，规模气氛都是那种认为农耕已经落后、急切要追上全球化步伐的模样——被远处的大城市传来的种种信息所强制、所驱迫的模样。这是一个以农耕供养着这个国家，却又被忽视的那些地方的一个缩影。

晚上，在宾馆房间里上网搜寻更多本地资讯。单独的词条都是主人热心推荐过的，就是在本地政府网站上，关于土地与农业的介绍也很简略，篇幅不长可以抄在下面：

> 淮阳县地处黄河冲积扇南缘，属华北平原的一部分……地势由西北向东南倾斜。西北海拔50米，东南海拔40米……全县总土地面积220.18万亩，其中耕地面积177.32万亩，占总土地面积的80.53%，土壤主要有两合土、沙土、淤土三大类。土质大都养分丰富，肥力较高，疏松易耕，适于多种农作物和林木生长。县境内地势基本平坦，但由于受黄河南泛多次沉积的影响，地面呈"大平小不平"状态，造成了许多面积大小不等深度不一的洼坡地，其面积约48万亩，占总耕地面积的27%。这些洼坡

地昔日是大雨大灾，小雨小灾，"雨后一片明，到处是蛙声"，十年九不收。新中国成立后，党和政府带领全县人民对洼坡地连年进行治理，现已是沟渠纵横交错，排水系统健全，历史上的涝灾得到了根治，昔日"十年九不收"的洼坡地已变成"粮山""棉海"。

正是这样的存在让人感到安全。道理很简单，中国的土地不可能满布工厂。中国人自己不再农耕的时候，这个世界不会施舍给十几亿人足够的粮食。中国还有这样的农业大县，我们应该感到心安。国家有理由让这样的地方，这些地方的人民，这些地方的政府官员，为仍然维持和发展土地的生产力而感到骄傲，为此而自豪，而不因另外一些指标的相对滞后而气短。让这些土地沐浴到更多的政策的阳光，而不是让胼手胝足生产的农民都急于进入城市，不是急于让这些土地被拍卖、被置换、被开发、被污染，并在其耗尽所有能量时被遗弃。

我相信利奥波德所说的："人们在不拥有一个农场的情况下，会有两种精神上的危险。一个是以为早饭来自杂货铺，另一个是认为热量来自火炉。"其实，就是引用这句话也足以让人气短。我们人口太多，没有什么人拥有宽广的农场，我们也没有那么多森林供应木柴燃起熊熊的火炉。更令人惭愧的是，这声音是一个美国人在半个多世纪前发出来的，而如今我们这个资源相对贫乏的国家，那么多精英却只热衷传递那个国度华尔街上的声音。

我曾经由一个翻译陪同穿越美国宽广的农耕地带，为的就是看一看那里的农村。从华盛顿特区南下弗吉尼亚，常常看见骑着高头大马的乡下人,伫立在高速公路的护坡顶端,浩荡急促的车流在他们视线里奔忙。他们不会急于想去城里找一份最低贱的工作,他们身后的领地那么深广:森林、牧场、麦田,相互间隔,交相辉映。也许他们会想,这些人匆匆忙忙是要奔向一个什么样的目标呢?他们的安闲是意识到自己拥有这个星球上最宝贵的东西时那种自信的安闲。就在不远处,某一座小丘前就是他们独立的高大房子,旁边是马厩与谷仓。在中西部的密西西比河两岸,那些农场一半的土地在生长小麦与大豆,一半在休息,到长满青草的时候,拖拉机开来翻耕,把这些青草埋入地下,变成有机肥让这片土地保持长久的活力。

就是在那样的地方,突然起意要写一部破碎乡村的编年史《空山》。我就在印第安纳大学旅馆里写下最初那些想法。看到大片休耕的田野,我写道:"这是在中国很难看到的情形,中国的大地因为那过重的负载从来不得休息。"

在那里,我把这样的话写给小说里那个故乡的村庄:"我们租了一辆车,从67号公路再到37号。一路掠过很多绿树环绕的农场。一些土地正在播种,而一些土地轮到休息。休息的土地开出了这年最早的野花。"

从那里,我获得了反观中国乡村的一个视点。

我并不拒绝新的生活提供新的可能,但我们不得不承认,城市制造出来的产品,或者关于明天,关于如何使当下生活更为成功更为富足的那些新的语汇,总是使我们失去内心的安宁。城市制造出一种蔑视农耕与农人的文化。从城市中,我们总会不断听到乡村衰败的消息,但这些消息不会比股指暂时的涨落更让人不安。我们现今的生活已经不再那么简单了,以至于很多的东西不能用一个字来指称,而要组成复杂的词组,词组的最后一个字都是"化",城市化、工业化、市场化、商品化、全球化。这个世界的商业精英发明了一套方法,把将要推销的东西复杂化,发明出一套语汇,不是为了充分说明它,而是将其神秘化,以此十倍百倍地抬高身价。

粮食危机出现了,但农业还是被忽视。这个世界的很多地方饿死人了,首先饿死的多半是耕作的农民,比如我们谈论印度,不外乎说旱灾使多少农民饿死,多少农民背井离乡,大水又淹没了多少田野。对这个疯狂的世界,这是可以忽略不计的大概率事件。媒体与精英最热衷的话题是这个国家又为欧美市场开发了多少软件,这些软件卖到了怎样的价钱。我不反对谈论软件,但是不是也该想想那些年年都被洪水淹没的农田与村落,谈谈那些天天都在种植粮食却饿死在逃荒路上的人。或者当洪水漫灌,国家机器开动起来救助一下这些劫难中的供养人时,城里人是不是总要以拯救者的面目像上帝一样在乡村出现。

五

平粮台。

这是淮阳一个了不起的古迹。名副其实,这是一个在平原上用黄土堆积起来的高台,面积一百亩,被认定为中国最古老的城池——宛丘。

子之汤兮,宛丘之上兮。
洵有情兮,而无望兮。

从那么久远的古代,原始的农耕就奉献出所有精华来营造城市,营造由自己供养、反过来又慑服自己的威权了。这个龙山文化时期就出现的城市雏形如果真的被确认,无疑会在世界城市史上创造很多第一,从而修正世界城市史。几千年过去了,时常溢出河道的黄河水用巨量的泥沙把这片平原层层掩埋。每揭开一层,就是一个朝代。新生与毁灭的故事,陈陈相因,从来不改头换面,但这个高丘还微微隆起在大平原上,它为什么不仍然叫宛丘,不叫神农之都,却叫平粮台?是不是某次黄水袭来的时候,人们曾经在这个高地储存过救命粮食,放置过大水退后使大地重生的宝贵种子?在这个已然荒芜的土台上漫步时,我很高兴这片土地仍然具有生长出茂盛草木的活力。那些草与树仍然能够应时应季开放出花朵。草树之间,还有勤勉的村民开辟出不规则的地块,花生向下,向土里扎下能结出众多籽实的枝蔓,芝麻环着节节向上的茎,一圈圈开着洁白的小花。人类不同的历史在大地上形成了不同的文化,但大地的奉献却是一样。我记起在俄罗斯的图拉,由森林环绕的托尔斯泰的庄园中,当大家去文豪故居中参观时,我没有走进那座房子,看干涸的墨水瓶、泛黄变脆的手稿,我走进了旁边的一个果园。树上的苹果已经收获过了,林下的草地还开着一些花。淡蓝的菊苣,粉红的老鹳草,再有就是与中国这个叫平粮台的荒芜小丘上轮生着的白色小花一模一样的芝麻。人类操着不同的语言,而全世界的土地都使用同一种语言。一种只要愿意倾听,就能懂得的语言——质朴、诚恳,比所有人类曾经创造的,将来还要创造的都要持久绵远。

从拉萨开始

一、嘉绒释义

是的，我从拉萨开始。

所以如此，是考虑到叙述的方便。从更深层的意义上讲，我所以走进西藏，也就是为了走出西藏。西藏这个名字，与整个藏民族息息相关。

在历史上，藏民族从现今西藏自治区的南部发源，建立吐蕃国，北上建都拉萨，再向青藏高原的各个方向扩展。在青藏高原的东部，吐蕃铁骑翻山越岭，从群山的台阶上逐级而下。在西藏本部，大部分河流最终都转向了南方，流向了呷格——印度这个白衣之邦。当他们一路向东，向东北，顺着从青藏高原发源的长江与黄河以及这两条中华之河众多的支流在群山森林间冲辟出来的巨大峡谷，出现在河西走廊，出现在柴达木盆地，出现在关中平原，出现在成都平原的边缘。这时，在吐蕃铁骑面前，出现的是一个正如日中天的强大帝国。在这样一个漫长的弧形地域里，他们遭遇的都是一个民族,崇尚青色的民族。于是,一个新的称谓在藏语里出现了:嘉绒。一个与印度相对应的名字,意思是黑衣之邦。

在这种遭逢发生之前,他们曾经过一个宽广的过渡地带,史书上没有留下关于这个地带的称谓。这个地带在现在的地理描述中应该是青藏高原东北部黄河第一湾上的若尔盖草原,和草原东边一直向四川盆地逐级而下的岷山山脉和邛崃山脉的腹地。在今天,这片八万多平方公里的土地叫作阿坝,是一个以藏族为主体的自治州。

据说,阿坝这个地名,得自于吐蕃大军征服这片土地之后。当时,这支军队的主体部分大多来自现在西藏的阿里地区。他们长期屯居于这片地域,与当地的土著在血缘上交融混合,而留下了这个意义已经有所转化的名字。但从当地人民口传的部族历史中,我们依然可以大致回溯到这个词的源头。

阿坝又分成两个部分,一部分是西北部以九曲黄河第一湾的若尔盖县为中心的草原,一部分是东南部的山地。这片山地的森林哺育壮大了长江上游几条重要的支流,从北向南依次是嘉陵江、岷江和大渡河。在大渡河上游的中心地带,更哺育出一种独特的与这种地理息息相关的农业耕作区:嘉绒。

单就纯意义学的观点而言,"嘉"是"汉人"或者"汉区"的意思,"绒"是河谷地带的农作区。两个词根合成一个词,字面的意思当然就是靠近汉地的农耕区。在吐蕃大军到来之前,这个地区的文明特征就已经基本具备了。近来的民族学者结合本部地理,对这一名称提出新的解释,容以后结合具体的游历再加以叙述。

如果把阿坝的地理做一个大致的划分,草原更多属于黄河,而嘉绒这个农耕区则大部分集中在长江水系的大渡河中上游和岷江上游北向的支流这些宽广的流域上。当大渡河以及北边的岷江从群山中奔流而出，就是富庶湿润的四川盆地了。在历史上，吐蕃大军勒马川口，望见烟雾弥漫、沃土修竹的平畴沃野，不知为什么总要鸣金退回深山。那么现在，同样让我再次回到拉萨。

二、民间传说与宫廷历史

因为要叙述清楚这一地区的历史，我们必须回到拉萨。

我这本书写作动因的最初产生，也不是在这片群山之间，而是在大山阶梯的顶端，在藏文化的中心地带拉萨。

首先想起的是一个传教者的故事。

这个故事让我回到中世纪，回到中世纪的拉萨。

这是一个什么样的时代呢？有一本由英国人托马斯搜集整理，叫《东北藏古代民间文学》的书中援引的民间文学这样描绘这个时代："没有人再像神人未分的时代那样正直行事了，由于没落时代的来临，人们逐渐不知害羞，肆无忌惮。他们不知道羞耻，他们不遵守誓言，一心想发财致富，不顾死活。""从此以后，人们无耻食言。儿子比父亲坏，孙子又比儿子坏，一代比一代坏，甚至在身体方面，儿子也比父亲矮。"

这些民间的诗人和历史学家还把眼光转向了宫廷生活："从国王的妻子以下，妇女被认为比国王还聪明。她们参与国政，她们来到国王与大臣之间制造分裂，这样，国王和大臣们分裂了。"

这是宫廷政治在民间，在遥远地方的一种余响。民间用自己的方式将这种余响记录下来。而在当时吐蕃国的中心拉萨，在国力蓬勃向上的时候,吐蕃宫廷中已经出现了民间故事中所指称的那种情形。当时,拉萨是藏王赤松德赞当政的时期。传说赤松德赞是唐朝第二次与吐蕃和亲后,金城公主与藏王赤德祖赞生下的儿子。那时的宫廷斗争除了关涉上述民间故事所罗列的那些因素外,还与传入雪域藏地不久的佛教与西藏本土宗教本教的剧烈斗争有着很大的关系。

传说赤松德赞出生的第二天清晨,在外的赞普赤德祖赞赶回宫里去看望公主母子,却发现,小王子被另一个妃子抢去,声称此子为自己所生。这个同样颇具民间色彩的故事说,大臣们为了弄清王子到底是哪个王妃所生,便将小王子放在一间屋子里,让两个妃子同时去抱:金城公主先抱到了王子,但那个叫纳囊氏的妃子拼命去抢,一点也不顾及是否会伤及王子,倒是金城公主担心伤及王子的身体与性命,便主动放手。因此,大臣们确信王子为金城公主所生。

但在真实可证的历史书中,赤松德赞出生于公元742年,金城公主在此前的公元739年已经去世了。赤松德赞的确是纳囊氏的亲生儿子。那么,民间为什么竟附会出带着明显倾向性的传说?有分析家认为,这正是藏族人民渴望藏汉两族团结的心愿的象征。如果充分考虑到彼时彼地的历史状况,以及中原王朝和西藏政权之间的关系的实际情形,这种说法过于超前,就像把农民起义领袖几乎说成共产主义者一样。一种不具备真正史学眼光的结论,最后会流布为一种不负责任的流行说法。实际上,民间所以附会出这样的传说,应该是来自外部世界的佛教与西藏本土的本教在雪域高原激烈斗争的曲折反映。

传说在后世流传，所能说明的仅仅是：越来越多的藏族人成为佛教信徒，所以把同情更多地给予了当时倾向于佛教、扶持佛教的大唐公主。

在当时的西藏宫廷，佛本斗争进行得异常激烈。赤松德赞的生母是拥护本土宗教势力的代表性人物，但他自己却更倾向于佛教。血缘并不能统一信仰，这是宫廷斗争故事里一个永恒的主题。赤松德赞继承王位后，便支持那些转入地下的佛教徒重新公开自己的身份，把隐藏在僻远山洞里的佛教经典发掘出来，加以翻译和阐释。

他的这种行为，使自己站到了一个权倾朝野的父辈老臣的对立面。这也是古往今来宫廷斗争中常见的一种模式。当年轻国王的命令屡屡被反佛的大臣玛降加以阻止，他只好设计除掉大臣玛降。于是，许多随从、术士、星相学家四处活动，散布流言。流言是以预言的方式出现的。这个预言说：国家与国王都将蒙受大的灾难。在那个时代，这也就等同于是整个吐蕃人民的灾难。于是，军民人等都非常关心这样一个问题：有什么办法可以禳解这个无妄之灾。

藏王手下早已准备好了答案：唯一的办法就是让职位最高的大臣在坟墓里住上三年！全拉萨，全吐蕃人都知道，这个人只能是大臣玛降。

而且，藏王并不急于动手，而是让手下再四处传布另一个流言。先是整个宫廷，然后是整个拉萨城都在说：大臣玛降得了大病！

位极人臣的大臣玛降不止一次听到这些谣言。宫女交头接耳说的是这个话题，士兵在冬天的石墙下晒太阳时说的也是这个话题。拉萨街头的酒馆里，流传的也是这个话题。甚至听到寒鸦在黄昏天空里的鸣叫,也是说:玛降病了!病了!

回到家看看镜子,里面显现出的真也是一张用心过度、疲惫浮肿的脸。大臣玛降终于崩溃了,扑上床上,把脸埋在熊皮褥子温暖安全的长毛中间,像个孩子似的痛哭起来:"吐蕃上下都说我得了大病,我要死了,我要死了!"

于是,所有人都跟着哭起来。玛降哭的是自己,他们哭的是即将失去一座巨大坚实的靠山。现在,诅咒应验了,这座大山开始摇晃了。只有一个粗笨的厨娘力排众议,说:"众人的嘴最靠不住。"

玛降当然愿意相信这句话,但他再次揽过铜镜,仔细观察了自己的面容以后,却喟然长叹:"众人口中有智慧,我有病是真的!"

这正是年轻藏王早就盼着出现的情况,现在,他以为时机已到,马上召开御前会议。会议不是讨论大臣的病,而是寻找避免国家与国王的灾难的对策。根据国王授意,当即有大臣要求住到坟墓里去禳解将临的灾难。

立即有人表示反对,并要问这位大臣的僭越之罪。预言里说的只有位置最高的大臣才能禳解,而这位大臣就是玛降。

玛降也不能允许任何人在地位上超越自己。于是,他要求自己进入坟墓三年。宫廷中处处是陷阱与机关,在女人怀中睡觉都要睁大一只眼睛,他想自己实在该好好休息一下了。在坟墓里住上三年时间,病就可以养好了。那时,且看他像最强烈的龙卷风一样卷土重来。

玛降是个聪明绝顶的人,他把地宫建造在自己势力范围内的纳囊扎普,并督造将在其中隐居三年的坟墓。其间也颇费心机,比如为防不测暗设了以牛角连接而成的秘密水道和气孔,外加许多的物资储备。果然，当他住进坟墓里，墓门就被巨石封死了。

隐隐的担忧变成了现实。

不久以后，有人向赤松德赞报告，大臣玛降从牛角水管里射出来一支箭，上面写道："纳囊族的人们，挖开坟墓，救我出来！"藏王向众人出示这支箭，当成玛降不忠于国王与国家的罪证。于是，玛降暗设的水管与通气孔被堵死，没有人听到过大臣玛降面临死神时绝望的呼喊。

玛降死后，年轻的国王明令在吐蕃全境大兴佛教。

即或到了这样的局面之下，本教在自己诞生的本土仍然有着大批信徒。赤松德赞的母亲就是一位虔诚的本教徒，他的王妃才崩氏也是本教徒。赤松德赞娶有好几位王妃，但只有才崩氏为他生了三位王子，因此，她在吐蕃王宫里的地位无人能敌。赤松德赞在统治范围内大兴佛教，却不能改变身边王妃的信仰。

所以，赤松德赞把更多的感情倾注到波雍王妃身上。后世由佛教徒撰写的藏族史书中，才崩氏特别飞扬跋扈，因为国王移宠于波雍王妃，她先后八次派出刺客，要暗杀丈夫。

赤松德赞去世时，遗嘱要波雍王妃再嫁给下任国王。才崩氏曾前往刺杀波雍王妃，因王子护卫未果。于是，她买通厨师，下毒于食品中，害死了自己的亲生儿子——仅在王位上坐了一年零七个月的吐蕃国王牟尼赞普。

牟尼赞普在位时，制定了在桑耶寺供养经、律、论三藏的制度。这是整个藏族地区供养佛典与僧人的正式起源。

我讲述这个故事，不是想担负起自己所不能胜任的梳理藏族宗教历史的工作，而是因为，这个故事与我将要书写的东北部藏族聚居区的文化特征相关。

三、僧人与宫廷

藏族历史上第一座佛教寺院桑耶寺建成以后,藏族历史上第一批僧人在此出家修行。

这批人一共七名,史称"七觉士"。其中一名有大德者法名毗卢遮那。

传说有段时间,毗卢遮那在山洞中修行,常去王宫就食。毗卢遮那丰颐伟颜,崇信本教的才崩氏爱上了他。一次,才崩王妃把国王、王子和仆人打发出去,将毗卢遮那迎进内室求欢。

毗卢遮那是藏传佛教宁玛派的大师,这一流派并不特别强调禁绝女色,但他还是非常害怕,便慌忙逃避了。

王妃恼羞成怒,反向国王诬告毗卢遮那欲对自己行不轨之事,使得国王心生疑虑。待到这僧人再到王宫就食时,再也无人张罗迎接。毗卢遮那当下明白了一切,就此远离王宫,逃入了深山继续修行。后来,国王悔悟,亲往深山寻找大师。最后,竟然连才崩氏也回心转意。当然,这是历史故事的民间版本。民间版本中总有老百姓的一厢情愿。老百姓通过这种方式修改历史。

虽然,历史不因这种修改而变化。

才崩氏代表的是保守的贵族阶层的利益,所以,她一直在千方百计地迫害佛教大德毗卢遮那,必欲除之而后快。就是藏王本人也不能名正言顺地保护这位佛教大德,只好用了一个看起来并不高明的计策。国王叫人抓来一个流浪汉,宣称此人就是毗卢遮那。趁着才崩氏等还没有辨认清楚,便将这个不幸的流浪汉投向扣合的大锅里,投入了大河,然后发文书声称处死了毗卢遮那。

但才崩氏向贵族们揭露了国王的计谋。

于是,即使是国王的庇护也不能使毗卢遮那待在吐蕃的权力中心了。作为保护措施,国王宣布将他流放到吐蕃国东北部新开辟的边疆地带。

这个地方,就是我的家乡,现在的四川省阿坝州。毗卢遮那流放到那个在藏语中被叫作嘉绒的地方。那时,这片靠近富庶的四川盆地的山间谷地中,已经生息着许多土著部族。吐蕃在西藏本土立国后,其大军所向披靡,征服了群山中间众多的土著部落。

这些土著部落在未融入藏文化之前,已见于历史记载。

《后汉书》中就说:"其王侯颇知文书,其法严重。"书中还说:"土气多寒,在盛夏冰犹不释,故夷人冬则避寒,入蜀为佣,夏则违暑,反其邑。皆依山居止,累石为室,高者至十余丈。"现代的考古发现,这些土著部落盛行一种石棺葬法。

我曾随考古工作队,去过一个石棺葬发掘现场。所谓石棺是以若干就地取材的天然石板镶成,有四壁,有盖,但无底。有些石棺底部有一层柏枝烧成的灰烬。部分棺内有葬品,但大多是粗陶制品,就放置在棺内尸骨的头部或足部。这种石棺葬多见于岷江流域,在岷江湍急水流深切出来的河谷地带穿行途中,常常可以从崩塌的断壁上看到。关于这些土著部落,《隋书》中也有记载:"嘉良夷,政令系之酋帅。……漆皮为甲,弓长六尺,以竹为弦。妻及群母及嫂。儿弟死,父兄亦纳其妻。好歌舞,鼓簧,吹长笛。……其俗以皮为帽,形圆如钵,或带幂离,衣多毛毺皮裘,全剥牛脚皮为靴。项系铁锁,手贯铁钏,王与酋帅,金为首饰。……土宜小麦、青稞。……用皮为舟而济。"

这些政治上并不统一的部族,在耕作方式、文化特征上,已经显现出高度的一致性。七世纪,中原的大唐王朝走向其国力最为强盛的时期。也是在这一时期,吐蕃在青藏高原的腹心地带兴起,数万大军从高原顺河谷深切而下,直抵四川盆地边缘。中心在大渡河上中游地区,并延伸到岷江上游一部分的嘉绒地区,被纳入了吐蕃版图。

最初完成的是军事上的占领。

四、盘热将军

代表吐蕃在这一地区行使统辖权的第一位将军叫作盘热。

他是吐蕃王室宗亲。他的城堡建在嘉绒地区的中心地带,今天的马尔康县松岗乡。城堡名叫查柯盘果。我曾数次前去踏勘过这个城堡的遗址。从阿坝州政府与其下辖的马尔康县(今马尔康市)政府所在地马尔康镇顺大渡河上源之一的梭磨河而下十五公里,到松岗乡,再从左岸直波村对面的山梁步行上山,约一个小时后,穿过苹果园和一片片玉米地,终于上到山梁上长着白桦与核桃树的草坡上时,就可以看到盘热建于一千多年前的城堡旧址了。

岁月无情,世事沧桑,当年的显赫与辉煌都已化为荒草。荒草中依然激发着我们回想一个铁血时代的,是隐约起伏的最后几线石头残墙。石头,是地球上所有文明都采用了,想要存之久远的建筑材料,终于还是被时间之手肆意倾圮,被荒草与尘埃深深地掩埋。

我分别在夏天、秋天、春天与冬天之间去过那个遗址。那真是一个风景优美雄奇的所在。

梭磨河自东向西在河谷中奔流，宽阔的谷地两边，群山列列，巍然耸立。一南一北，群山又夹峙出两条山沟两股溪流，一条叫其里，一条叫莫觉，在松岗汇入梭磨河。一大两小的三条溪流在冲刷，也在淤积，造就出群山之间一块块面积不一的肥沃土地。地理学上，叫作河谷台地。这是嘉绒所在的大渡河流域、岷江流域耕作区的一个缩影。这些地质肥沃的台地，依海拔高度的不同种植玉米、小麦、青稞、胡豆、豌豆、荞麦、麻、兰花烟、洋芋、白菜、蔓菁、金瓜和辣椒。点缀在农民石头寨子四周的则是果树：苹果、梨、樱桃、沙果、杏、核桃。还有一种广为栽植的树不是果树，在当地人生活中也非常重要：花椒。

我在不同的季节去那个地方，看到农人们耕作、锄草和收获。除了收获下来的谷物用拖拉机运输，基本的方式与吐蕃统治时期并没有根本性的变化。耕作的时候，两头犏牛由一个小孩牵引，两头牛再牵引犁，扶犁的是一个唱着耕田歌的健壮男子，后面是一个播撒种子的女人，再后面又是一个往种子上播撒肥料的女人。夏天，女人们曼声歌唱，顶着骄阳锄草时，远山的青碧里，传来布谷鸟悠长的鸣叫声。

四周的山峰则高峻而险要。山峰的高峻险要处，耸立着高高的历经千年不倒的石头碉堡。遥想当年，盘热和他的大军就这样扼险守要，并从这种高峻的险要中，虎视着君临的这些河谷。

任何人都明白，无论在任何时候，那种高峻处强大的君临者，都是暂时的，无法永恒。只有那些台地上的土地，村庄与人民，才是真正久远的存在。而军事的征服与铁血的统治总是一种暂时的现象。最强大的也最脆弱。当地有一句谚语，其大意就是说，最高大的东西，最容易连根倒下。

眼前的情景也正是一种生动的写照，一个在历史书上，在传说中声名赫赫的城堡消失于荒草之中，而未见于历史与传说的寻常民居却依然存在于这些曾被一次次君临的和风吹送的峡谷之中，并且日益星罗棋布了。

盘热的煊赫的存在是短暂的，之前与之后，都有过很多短暂的存在。我之所以在这里反复提到他，是因为他和他所统领的军队，使嘉绒地区终于在吐蕃统治时期融入了藏族文化这个整体。

盘热是一个军人。作为军人，他带来了战争，以及战争之后的和平。他也是一个行政长官。作为行政长官，他从吐蕃带来了两部成文的法律。这是嘉绒地区有成文法律的开始。

公元7世纪中叶，盘热统一了嘉绒，结束了这一地区长期的部落混战的局面，在一种较为安定的环境下，实施他带来的两部法典。

其中一部藏语称为"尼称"，类似于现在的刑法。

这部古代刑法分为九律共八十一条。这部刑法用金粉书写，以示其尊贵与重要。

其九律依次为：递解法庭律、重罪极刑律、警告罚款律、杀人命价律、狡狂洗心律、盗窃追赔律、亲属离异律和奸污罚款律。

另一部法律用银粉书写，藏语称为"芒登称仑"，类似于今天的民法。

这部民法共有十六律一百〇八条。其十六律分别为：敬信佛法僧三宝；救修正法；报父母恩；尊重有德；敬贵尊老；利济乡邻；直言小心；义及亲友；效仿上流，远瞩高瞻；饮食有节，货财安分；追念旧恩；及时偿债，秤斗无欺；慎戒妒忌；不听邪说，自持主见；温言寡语；勇担重任，肚量宽宏等。

他又结合嘉绒当地的实际情形，起草了一部类似于今天的诉讼法的《听诉是非律》，颁布施行。这部法典得到吐蕃王朝的重视，后来颁布到吐蕃全境施行。

正是因为上述原因，在深入故乡群山的时候，我采用了一条反向的路线。我将这些山看成通向高处的阶梯，却没有一级级向上，直到海拔最高处，然后，四顾来路的漫漫与去路的苍茫。反而先从拉萨，从青藏高原的腹心，顺着大地的梯级，历史的脉络，逐级而下。

顺着一条军事的征服之路。

也是顺着一条文化传播的路线。

五、我想从天上看见

也许是因为年代过于久远，在这条陆路上行走时，已经没有人能找到一条清晰的脉络。历史与历史中的文化传播与变迁，比现代物理学家所建立的量子理论还要难以捉摸。物理学家描述他们抽象的理论时运用了一种可靠的用数学语言可以表述的模型，而历史中的文化却更多地在荒山野岭间湮灭，随着一代一代人的消失而被永远埋葬。

我想，也许从天上，从高处像神灵一样俯瞰时可以看见。

于是，我在拉萨的贡嘎机场登机时特意要了一个临窗的位置，并祈愿这一路飞行，没有云雾的遮蔽。

事实是，我登上飞机时，拉萨正在下雨。拉萨河和雅鲁藏布江水溢出了河床，洪水漫进了河床两边的青稞地，漫进了低矮的平顶土房组合而成的安静的村庄。地里的庄稼已经收割了，洪水浅浅地漫在地里，麦茬一簇簇露在水面上。庄稼地与房舍之间，是一株株柳树，在雨中显得分外碧绿。飞机越升越高，那些淹没了土地的水像面镜子一样反射着天光。这真是一种奇异的景象：洪水成灾，但人们依然平静如常，没有人抢险，没有人惊慌失措，那些低矮的土屋安安静静的，都是很宿命的样子。土屋顶上冒着青烟，我想象得出来，围坐在火塘边上的农人平静到有些漠然的脸。洪水与所有天气（比如冰雹）一样，或多或少都和某种神灵的力量与意愿有关。

对于来自神灵与上天的力量，一个凡人往往只能用忍受来担待。所以，当外界的眼光看到一个无所欲求的农人，而赞叹，而自怜的时候，我想告诉你，那是因为对生活日深月久的失望。不指望是因为从来都指望不上。所以，你才会在雅鲁藏布江洪水泛滥时，看到这么一幅平静的景象。

这种平静的景象里有一种病态的美感，病态的美感往往更有动人心魄的力量。

飞机再向上爬升，就穿过了饱含雨水的云层。

云层掩去了下界的景象，满眼都是刺目的明亮阳光！

虽然有云层阻隔，但我还是感觉到机翼下渐渐西去的高原那自西向东的倾斜。飞机每侧转一下机身，我就感觉到雄伟的高原正向东俯冲而下。闭上眼睛感觉，那是多么有力的一种俯冲啊！我当然知道，这种俯冲感是一种幻觉。飞机飞行得非常平稳。电视里正在播放平和的音乐。当气流导致飞机发生小小的震颤，空姐柔美的声音便从扩音器里传来。

但我还是觉得大地在向下俯冲。

我说过，这是一种幻觉。

而且我不止一次感觉到过这样的幻觉。

譬如当我最大限度地接近某一座雪山的顶峰，坐在雪线之上，看到只要有一点动静，风化的砾石便水一样流下山坡，看到明亮的阳光落在山谷里、森林中，使得云雾蒸腾，我也会感觉到大地的俯冲。而到云雾散开，大地安安静静地呈现出它真实的面貌，这种幻觉便消失了。

飞机起飞不久，机翼下面的云层便渐渐稀薄，云层下移动的大地便渐渐显现在眼前了。

雪峰确乎呈南北向一列列排开在蓝天下，晶莹中透着无声的庄严。在这一列列的雪山之间，是一片片的高山草甸，草甸中间或还点缀着一些积雨形成的小湖泊。湖泊边上，有牧人的帐房。我熟悉帐房里牧人的生活。他们不是草原上那种纯粹的牧民。夏天，他们赶着牛羊来到这些雪山之间的高山牧场，秋天到来，他们被一天天降低的雪线压迫着，走进河流深切出来的山谷，回到自己种植玉米与青稞的农庄。夏天是牧场上的收获季，秋天，又是土地里的收获季了。于是，这些山地中半农半牧的同胞，便在一年中，有了两个收获的季节。

每一列雪山之后，这种山间牧场就更低，更窄小，直至完全消失。眼界里就只有顶部很尖锐，没有积雪的峭拔山峰了。这是一些钢青色岩石的山峰，一簇簇指向蓝空深处。山体周围是郁郁葱葱的森林。然后，这种美丽的峭拔渐渐化成了平缓的丘陵，丘陵又像长途俯冲后一声深长的叹息，化成了一片平原。这声叹息已经不是藏语，而是一声好听的汉语里的四川话了。

从平原历经群山的阻隔与崎岖，登上高原后，那壮阔与辽远，是一声血性的呐喊。

从高原下来，经历了大地一系列情节曲折的俯冲，化入平原，是一声疲惫而又满足的长叹。

我更多的经历与故事，就深藏在这个过渡带上，那些高山深刻的皱褶中间。

六、流放中的光明使者

机舱里的一多半乘客都是去内地各种学校上学的藏族学生。满眼都是被紫外线过多的阳光灼成黑红色的藏族肤色，满耳都是不时穿插着一些汉语或英语单词的藏语。藏语已经显得很古老了。如果没有这些汉语的英语的借词，这些年轻的学子恐怕不能把自己的感受完整地表达出来。

但在吐蕃强盛的时代，随着藏语书面文字被创造出来，藏语是一种多么强大而又生气勃勃的语言哪！

各种各样新鲜的词汇与句式，随着吐蕃大军传播到雪域高原的每一个角落。

说到语言，又是一个有关文化传播与整合的话题了，我们必须再回到藏族最早出家的"七觉士"之一毗卢遮那的身上来。

藏王赤松德赞迫不得已将毗卢遮那流放到吐蕃东北部的边疆地带。毗卢遮那被流放时，嘉绒地区一个个靠近汉地的山口，那些河水冲向成都平原逐渐宽大的峡口，都成了吐蕃军队与唐王朝军队反复争夺的军事要冲。吐蕃军队因为长期屯守，除了少数贵族还谨守自己纯正的血统，大多数人都与当地土著通婚繁衍。即使是这样，嘉绒这个特殊的地区，不管是在意欲西进的唐王朝眼中，还是在欲向东图的吐蕃人看来，都是一个化外的蛮荒之地。

被流放的毗卢遮那就成了一个光明使者。

他为这个地区带来了佛音与创制历史并不久远的藏族文字。要是没有佛教与一致的文字系统，没人能设想出今天这样一个辽阔的独具魅力的藏文化地带。这点道理，任何人只要打开中国地图就能明白。那占去五分之一中国版图的棕色的青藏高原上，只生活着几百万藏族人，而且，中间还有那么多高山峡谷的巨大空间阻隔，却发育出一种相对完整统一的民族文化。这在民族与文化区域的形成史上，无疑是一个令人惊叹的奇迹。

这并不是几十上百年的军事占领可以达到的。

对嘉绒这个地区来说，盘热所率的大军是为佛教文化的传播扫除了障碍，廓清了道路。

舞台已经搭好，当幕布徐徐开启时，谁将成为这出戏剧的主角？

如果历史尚未开始，就会让未来学家、星相学家做出无数种可能性的预测，但当一切都成为历史，无数的可能演变成唯一的现实。所以，在这出中世纪结束蒙昧的戏剧中，聚光灯下只有一个主角，那就是被吐蕃王室流放到嘉绒中心大渡河流域的佛教宁玛派高僧毗卢遮那。

毗卢遮那在被迫的状态下被推到前台。

我曾经特别想追溯出他从拉萨一路辗转来到嘉绒的道路，但岁月久远，群山里只有鸟迹兽踪，这位大师流放辗转的路线已经无迹可踪了。

现在只知道他被流放到嘉绒，最先到达的是促浸。促浸是大河之滨的意思，即今天阿坝州境内的金川县，1949年前，是国民党四川省政府辖下的大金县。公元七八世纪，这是嘉绒地区文化与农耕最为发达的地区。

传说毗卢遮那还未到达促浸，才崩氏命令当地军事长官加害于他的书信已经先期抵达。

和拉萨相比，海拔两千米上下的大金川河谷是一个湿热难当的地方。刚刚抵达的毗卢遮那被投入了更加湿热的地窖里，与毒虫和癞蛤蟆为伍。毗卢遮那瑜伽功力深厚，这些毒虫并不能伤他一分一毫。当地的军事长官想出一条又一条计策，但都不能危及毗卢遮那的性命与身体，更不能动摇他坚定的信念。他高深的功力引起了人们普遍的崇拜。

正在这时，赤松德赞要当地军事长官保护毗卢遮那的命令文书又到达了。

毗卢遮那获得了自由。

获得自由的毗卢遮那在嘉绒大地上漫游，是一个苦行僧的形象。

他必须是一个苦行僧的形象。

那时的嘉绒在宗教方面完全是本教一统天下。如果说，在西藏,藏族的本土宗教虽然几经反扑,总的趋势却是在节节败退,但在嘉绒地区,却正如日中天。可以说,毗卢遮那在这里处于一种比在西藏宫廷中更为危险的境地。但是,作为一个嘉绒人,我从来没有听到过什么对毗卢遮那大师不利的传说。

嘉绒人都说,是大师给我们带来了文字。文字给我们的眼睛与心灵带来了另一种光明,黑夜都不能遮蔽的光明,一种可以烛见到野蛮与蒙昧的光明。他来到嘉绒,就在大渡河上游、岷江上游的崇山峻岭间四处云游,也许是吸取了在西藏传法时的经验与教训,他在嘉绒地区传法不是辩驳,不是批判,不是攻击,甚至也不宣讲,而是用无声的方式展示。在今天,我们已经很难区分这种展示中显露出来的有多少是教法的吸引,又有多少是因为人格的感召。正是用了这种方法,他才一改在西藏与本教徒激烈对抗的局面,以一种更接近藏族本土宗教的理念与形式传播佛教,获得了当地笃信本教的嘉绒民众的拥护与爱戴。他建立寺庙,译经说法,在较大范围内传播了创制不久的藏语文,使各说各话的部落共同的交流有了一个依凭,有了一种共同使用的官方语言。

从他经过的地方留下的遗迹来看,更多的时候,毗卢遮那都在山间修行。其中最广为人知的是一个他曾面壁修行的山洞,位于距马尔康县城十余公里的查米村附近,梭磨河岸边山坡上的葱郁茂盛的森林中间。这个山洞就叫作"毗卢遮那洞"。洞中石壁上几个隐约模糊的印痕,据说是他面壁修炼时留下的掌印。至少,前去朝圣的当地民众中的大多数对此是深信不疑的。至今朝拜之人络绎不绝。

在这个高大轩敞的干燥山洞中,还竖着一根直径一尺多,高有六七米的带根树干。当地民众传说,毗卢遮那在嘉绒传法期间,也曾出山去四川盆地中的峨眉山传经说法。回来时,所挂的拐杖放在洞中,自行发芽生根,茁壮成长。

今天,这树干也是修行洞中的神奇之物,朝拜此洞的百姓往往会刮下一点木屑,加入煨桑的烟火中,说是可以求得大吉大利。

梭磨河从这个地方顺势而下,与可尔因、杜柯河在陡峭雄浑的花岗岩石山下相会,再流向前文提到的金川(促浸)方向。更加浩荡的河水一路向下游奔泻而去,而我却转身过桥,在北岸溯大渡河的另一条上源杜柯河而上数十公里,到达一个被许多巨大的核桃树包围的小镇:观音桥。观音桥是名叫绰斯甲的地区的中心。

直到20世纪50年代初,绰斯甲土司还依靠本教势力进行政教合一的统治。这里一直是本教势力的一个大本营,但在那些巨柏耸立的山间,仍然流传着许多有关毗卢遮那大师讲经传法的故事。在不止一个花岗石岩洞里,留下了镌刻的经文,留下了手脚印之类似是而非的神迹,留下了许多优美的传说。

毗卢遮那弘传的是藏传佛教中最古老的派别——宁玛派。宁玛派僧人最为重视密法的修炼,而对显学的研究则相对弱化。

在西藏,最初是显学的大师如寂护被藏王赤松德赞迎请到吐蕃弘传佛法。寂护是印度佛教自续中观派出身,是佛教大乘显宗的正统。他入藏后为藏王及民众宣讲"十善法""十八界""十二因缘",向他们灌输佛教的基本义理,但他过于学院派,过于经典化的方式,直接导致了传法失败。

寂护被本教势力压迫离开时,向赤松德赞建议,只有迎请印度密教大师莲花生才能"调伏众魔"。莲花生来到西藏后,在与本教势力的斗争中，屡屡显示其精深的密宗功法，战胜了许多本教巫师。他还采用了一个特别行之有效的办法，就是在战胜这些本教巫师后，宣布本教众多神祇中的某某与某某已被降伏，并将其封为佛教中等级不一的护法神。读那种降伏妖魔后封神的情景，总让我想到汉文的古典小说《封神演义》中一些特别的场景。

密教大法师与本教巫师斗法时，什么御风飞行、化光为剑等奇妙的法术，又让人无端地想起汉文古典《西游记》来。

佛教是一个神灵众多的宗教，而藏传佛教中，一个数量众多、等级森严的护法神系统更是世界宗教版图上的一大奇观。这其实与佛教早期在藏族聚居区传播时特殊的宗教斗争方式有关。莲花生用这种方式终于使佛教在吐蕃境内有效地传播开来。于是，赤松德赞再一次迎请寂护进藏，并在寂护与莲花生的帮助下，于公元766年，建成藏族历史上第一座佛法僧三宝俱全的正规寺院桑耶寺。该寺建成后，剃度了第一批七位藏族僧人，史称"七觉士"，而毗卢遮那正是这"七觉士"中最为杰出，在传播藏族文化方面贡献殊胜的一位。他同样也是莲花生的信徒，但在这一地区，不管是本教信众还是佛教信众中，都没有听到过他残酷施法的故事。

走遍整个嘉绒地区，所有的故事都讲的是这个光明使者的到来，而没有言及他的离开。在嘉绒地区待了若干年后，毗卢遮那又回到了西藏，但是至少我从来没有听到过一个故事讲他的离开。查阅典籍，也没有发现他回到吐蕃王室后，又有些什么作为。所以，人们有理由相信他永远留在了嘉绒土地上。

正是有了盘热的军事占领在先，再有了毗卢遮那带来的已经相当西藏本土化的佛教传播，特别是在佛经典籍传播中的文字的传播，嘉绒才形成了一个统一的文化区。过去若干分散的部族结合起来，形成了藏族中一个自身特性保持最多的独特的文化区。

军事的占领总是短暂的，随着吐蕃帝国的土崩瓦解，从盘热开始的军占领也自然宣告结束。那些来自藏族聚居区最西部阿里三围的屯守于嘉绒的大部分军队，并没有回到故乡，而是无声无息地融入了当地的人群。我知道，我的身体里，既流淌着嘉绒土著祖先的血液，也流淌着来自阿里三围的吐蕃军人的血液。当地的土著是农人，农闲时节就在村庄附近放牧或狩猎，而那些从世界屋脊上逐级而下，曾经所向披靡的铁血武士，慢慢地也成了在青稞地里扶犁的人，变成了在高山草甸里放牧牛群的人，变成了在鲜花盛开的季节，围着女人的百褶裙裾追逐爱情或肉欲的人。

但是武士与军人的血液不会永远沉沦，当危机袭来，那些勇武的因子又被唤醒，平和的农人，甚至淡定的僧侣又成为血脉贲张的武士。

这样的两相结合，就是今天作为藏族一个较为特别部分的嘉绒人。

阅读完嘉绒形成的历史，我们将开始阅读嘉绒的地理与风习。

七、我希望干得更好一点

我描写嘉绒土司制度最后数十年历史的长篇小说《尘埃落定》出版后，在最靠近嘉绒的大都市成都，有一家旅行社在报纸上打出广告招引游客前往四姑娘山、米亚罗温泉红叶景区，以及马尔康的土司官寨旅游，广告词就是：游历畅销小说《尘埃落定》的地理背景与民族风情。

有朋友开玩笑说，我应该找这家旅行社索要一些报酬，因为这里面也有知识产权的问题。我没有上门去追索，却产生了一种特别的好奇心，想知道，他们将如何向游客们介绍我故乡的人民与好山好水。中国曾经进行旅游过的人，都知道导游们背下来的有限的解说词中，有很多似是而非，甚至是歪曲真相的东西。

我有过这样的经验，一次是乘某旅行社的车，陪几个朋友去九寨沟。旅行社是故乡本地的旅行社，但一路上导游所介绍的东西在我都是特别耸人听闻的、似是而非的东西。这让人非常愤怒非常失望。

还有一次经历，是台湾作家张晓风夫妇到成都，从台北出发前就打电话过来，让我帮忙找一家旅行社去九寨沟。这次，我找的还是一家阿坝州的旅行社。五天后，他们回到成都，在四川大学的专家楼，夫妇俩打开摄像机，让我看一路上拍下的一位自称是藏族的青年导游的表演与解说，看过之后，我只是觉得口舌发干，而无话可说。我不可能用一顿饭的时间，推翻一个人、一个团体用五天时间，结合了那些奇异山水与人群歪曲的没有文化责任感的插科打诨式的灌输。

我自然知道有一些手提着喇叭，挥舞着小旗，像放羊一样放牧着游客与游客想象的自称是"导游"的人，最为关心的不是正确的知识与文化，尊重的也不是一个地区的历史与文明，他们尊重的是游客的小费，尤其是海外游客的小费，关心的是沿途饭馆、旅店、纪念品商店的回扣数额。

现在，我想的是，自己的写作会不会也成为另一种意义上的歪曲，因为每一个人都有自己的不同的视角。我能信任自己的只有一点，就是对阿坝这片土地，这片土地上我的同胞的热爱与责任感。有了这一点，如果这本书我写得不够好，那么，我会争取下一本书，或者下一次别的什么事情，我能干得更漂亮完满一点，以期对这片故土的山水与人民有所奉献。

　　我至少可以希望自己，比那些"导游"干得更好一点。

上溯一条河流的源头

一、卧龙：熊猫之乡

　　小径通往一条山脊，俯瞰春天的马铃薯田和玉米田，直到皮条河，只有一缕淙淙的水声，山峰四周只见灰蒙蒙的天空。小径两旁是稠密丛生的杂草。我们不时停下脚步欣赏秋牡丹、酢浆草和其他野花，记录盛开的紫色杜鹃花，检视阴影中冒出来的拇指般粗细的竹笋。去年的榛实果苞落在地上，满布尖刺的外形活像一群小刺猬。头上的桦树和枞树间传来喜马拉雅杜鹃鸟甜美的咕咕叫声。

　　这段话，我抄录自一本叫《最后的熊猫》的书。作者是美国生物学家夏勒。

　　离开金川一个月后，我回到成都一段时间，又继续我的嘉绒之旅。离开成都不到一百公里，夏勒博士笔下这熟悉的风景便出现在眼前。

这一次,我从一条更为惯常的路线进入嘉绒。

这是一条从岷江进入的路线。过去,进入嘉绒大部分地区的驿道,也是这条路线。从成都出发五十五公里,到闻名天下的都江堰。从这里开始,群山陡然壁立起来,一直进逼到四川盆地的边缘。进入岷江峡口二十多公里的映秀后,通往卧龙保护区的公路离开了国道213线,折向右侧的山沟。

夏勒在20世纪80年代曾在这条山沟里做过多年的熊猫生态研究,回到他的国家后,出版了这本书。这本书出版多年后,终于在1998年翻译成中文与中国读者见面。只是卧龙也不似夏勒当年在这里体会到的那种寂静,因为山里这条铺得非常结实漂亮的水泥公路,已经是旅游手册上一条黄金旅游路线。

这里因熊猫而得到充分保护的美丽山野,圈养在繁殖基地里的熊猫,使这里成了成都那些旅行社一个重点推荐的项目。更重要的是,通往小金县境内正在积极开发中的四姑娘山自然风景区的公路也经过卧龙,所以,这里的山野再也不能保持住过去的那份寂静也就势在必然了。

隔着涧石累累的卧龙河,保护区的大熊猫繁殖中心出现在眼前。

我坐在一片人工种植的小树林的阴凉里,看一群游客喧喧嚷嚷地在桥头上买了门票,由手里摇着小旗子的导游带着,一路走过小桥。

小桥那边的围墙里,熊猫们在一个一个小房子里睡觉。院子中央,还竖着几根水泥筑成的柱子。那些柱子就像城中公园里的水泥装饰一样，做成了杉树的样子，鱼鳞状的皮，弯曲的枝，只是枝子上没有青青的针叶。两只熊猫在游客夸张的声音里，爬上水泥树干，把肥大的屁股坐在了粗大结实的水泥枝杈上。

后来，管理员拿着几枝叶子青翠的竹子，逗引着一只胖大的熊猫走到围墙之外。围墙的一边是河，河里雪浪翻腾。饲养场的门开在朝着山坡的方向，山上的植被正像前文所引述的一样，只是将近9月，杜鹃的花期已过，桦树与枫树的叶子开始泛黄发红，山里已经有些浅浅的秋意了。

管理员用一枝翠竹逗引着那只身体笨重的熊猫，一直走到几株桦树下面的草地中间。这时天阴欲雨，草地的绿色便有些伤心的感觉，但这并没有影响到那些出来旅游的红男绿女们的兴致。他们对着蹒跚的熊猫兴奋地大叫，然后，一一挨上去与熊猫照相。

据我所知，这样的做法在过去是不被允许的。

因为好奇，我也走过小桥去看个究竟。结果看到一个管理员在熊猫可能发怒时进行安抚，而在熊猫不大配合兴奋的游客时，又想办法刺激它，使它也像游客一样高兴起来。

另一个管理员从游客手里收钱。只有付钱的游客才能与熊猫照相。

与熊猫照相还分成两种规格：一种不搂着熊猫，一种搂着。两种规格有不同的价格，我看清了后一种，搂着照相的，是五十元钱。收钱的管理人员脸上并未露出兴奋的表情，差不多跟熊猫的脸一样冷漠。

熊猫黑着眼圈，有点像马戏团里的小丑，少了一点马戏团小丑的滑稽，多出来的却是马戏团小丑那份无奈的悲哀。

我则感到一种作为万物之长的人的悲哀。

于是,我离开了这群欢声笑语的人,走到桥头上那个出售旅游纪念品的小店。自然,这里的很多东西都与熊猫的造型相关,但我觉得没有任何美感可言。我相信,熊猫,或者任何野兽的风采都只能表现在它们的世界。这个世界就在那些云雾萦绕的丛林中间。

我想在这里买到一两种有关熊猫的书籍。

整整一个玻璃柜台里陈列的书籍画册的封面上都有熊猫那不管世界发生怎样变化,不管自己物种早已命若悬丝,却永远憨态可掬,永远带着一点稚拙的忧伤的可爱形象。但翻遍这些价格昂贵的画册,却得不到多少有关熊猫的真正知识性的东西。

也许,有的读者已经产生了一种好奇心,说我在一本描写嘉绒的书中,如此沉迷于对熊猫这样一种尽人皆知的濒危动物的描写。

我想,这是出于两个原因。一个原因是,我所在的保护区同时也是一个科研基地,除了得到中国政府的支持之外,还得到世界野生动物基金会的援助。但在这里,我却找不到一本真正给我们一些有关熊猫生存状况或者自然生态方面的适合于公众的读物。再一个原因是,卧龙曾是嘉绒十八土司中最靠近汉区的瓦寺土司的领地。而这条美丽的山沟也曾经是嘉绒人繁荣的栖息之地之一,但在我的眼前,从零落于深山沟岔之间的民居,到人民的语言与穿着,都看不出多少嘉绒藏族聚居区的特征。

所以,我才把眼光转向了熊猫。好在,熊猫是一个不错的话题。我本人也喜欢这个话题。

二、土司们的族源传说

我手头有一本由四川省社会科学院编撰的《四川省阿坝州藏族社会历史调查》。其中有一些零落的资料，稍稍地提到了一下卧龙，其中一则是一组20世纪50年代初的统计数字。

当时的卧龙乡登记的嘉绒藏族人数为三百一十五人，占到了该乡人口比例的百分之八十五。也就是说，那时候，几十公里深的卧龙沟全部居民人数不超过五百人。

今天有多少人口，我没有时间去有关部门进行咨询，而且也不是这本书的兴趣所在，但我肯定，差不多五十年后的这条山沟里，永久性的居民翻十倍还多。但这增加的人口中，嘉绒人口的增长肯定只占一个微不足道的比例。人口比例的下降，加上居于少数后那种增速的同化作用，嘉绒文化的消隐也就是一件必然的事情了。包括旅行社的宣传文字，说到卧龙时，也没有以异族风情作为号召。

我在一本很早以前进入卧龙寻找熊猫的外国人的记叙中看到了过去的卧龙一点隐约的影子：

> 一个小山丘上有座寺庙的废墟，房屋是西藏式的，两层楼，下层是石头，上层是木头，大多有阳台，建筑形式跟阿尔卑斯山很接近。此地的妇女穿西藏式的、长及脚踝的藏袍。他们的头饰很特殊，是一块黑色的硬布，折了很多层，上面饰有琥珀、珊瑚、绿松石和银子，用辫子固定在头上。

但是眼前这旧日瓦寺土司的辖地已经无复当年的景象。

在这因了熊猫的存在才免于刀斧之灾的森林地带，我遥想起瓦寺土司的历史。

任何一个土司的历史，因了时间的久远，也因为没有详尽完备的记载，在口口相传的过程中，变得比历史本身具有更多的传奇色彩。

在嘉绒地区，差不多所有土司的传说中，都认为其先祖产生于大鹏鸟的巨卵。我没有去过瓦寺土司官寨的高山上的旧址，但听去过那里的人说，在土司官寨的大门上首，宽大的门楣上就雕刻着大鹏孵卵的情形。

嘉绒土司们这个共同的传说是这样的：远古之世，天下有人民而无土司。后来，天上降下一道彩虹，降落在奥莫隆仁地区，虹内闪烁出一颗亮星，夺人的光芒直射到嘉绒之地。嘉绒地方有一仙女，名叫嘎莫茹米，感星光而孕，便化为大鹏，飞到西藏琼部山上，产下黑白花三卵。人们将这三枚巨卵视为神物，取回庙里供养。三卵各生一子。三子长大成人，东行至嘉绒地区，各据领地，牧养人民，成为嘉绒土司共同的族源。

嘉绒土司传说中提到的奥莫隆仁，就是嘉绒土司们曾经共同崇奉的本土宗教本教的起源之地。

至于琼部，传说中指出了它的地理方位是在拉萨西北部，有十八日马程的地方。传说古时候琼部地方水草丰盛，牛羊成群。阿里高原在其黄金时代人口繁盛，共达到三十九族。后来，其地逐渐贫瘠，人民开始向其他地方迁移。作为世界屋脊的青藏高原制高点上的阿里，开始走向衰败。一部分阿里人迎着湿润的东风，一路往东，直到现今的嘉绒地区，才停留下来。

再走得远一些，就不是高原的风光与气象了。

在嘉绒土司起源的神化了的传说中那三枚神秘的巨卵，想必是指最后定居于嘉绒地区，并与当地土著逐渐融为一体的是三十九族中的三个部族。

这些年，本教的神秘起源，古象雄文明的突然断代，阿里高原上创造了辉煌文明的古格王朝的突然消亡，都使阿里成了神秘的青藏高原上最大的神秘。我不是专门的民俗学家，也不是专门的文化人类学者，但是我想，要是有人追溯一下这些传说的流布过程，并把嘉绒文化特征与阿里的文化遗存进行一些比较研究，说不定会有一些新的发现。

但我知道，这仅仅是我一己的想法而已，而且很可能是一种非常错误、非常缺少常识的想法。

也许是因为我总是过于浪漫，所以，总觉得嘉绒与阿里的联系，不会仅仅是一些土司家族的起源那么简单。

土司们的先祖从高原顶部自西向东，顺着青藏高原边缘逐群山的阶梯而下，直到这些山的深处，并不是在同一段历史时期中得以完成的。最早的土司先祖们从唐代即开始迁移。

领牧了卧龙的瓦寺土司来到嘉绒迟至明代。

据有案可考的典籍，瓦寺土司先祖琼布斯罗本·桑朗纳斯巴于明宣德元年，即1426年入京朝贡，表示臣服之意。他得到了皇帝的召见，赏赐丰厚。

明英宗正统六年，即1441年，岷江上游部落不服明代统治，明朝出兵，但"屡征不服"。明王朝即采用"以番制番"的策略，命臣服的瓦寺土司先祖率兵东征。桑朗纳斯巴以年老辞，并推荐其弟雍忠罗罗斯率部族兵东征。

雍忠罗罗斯率大小头领四十三位，土兵三千一百五十人，长途行军一月有余，抵达汶川县境，分兵进剿。战后，"奉诏留驻汶川县之涂禹山，控制西沟北路羌夷"，封宣慰司衔，并授予重四十八两的银制印信一枚，自此"世袭其职"。雍忠罗罗斯不再西归，成为首任瓦寺土司。因为其领牧之地非常靠近汉区，所以，瓦寺土司建立第一座寺庙时，便一改藏传佛教寺院的一贯风格，顶上覆以青色的汉瓦。有关记载中说："瓦寺祖籍乌斯藏，居唯土房，寺独以瓦，故名。"

明朝被入关的满族人取代后，当时的瓦寺土司将明代所赐印信归缴清朝，以示投诚归顺之意。清政府于1652年授予其安抚司职。

清康熙九年，即1670年，瓦寺十七世土司桑朗温凯奉旨率土兵随清军远征西藏有功，加封宣慰司衔。

乾隆年间，瓦寺土司又先后随清军进剿杂谷土司和大小金川土司，建立战功，赏戴花翎，皇帝并下旨谐土司桑朗雍忠第一个字音，赐瓦寺土司汉姓为"索"。自此，瓦寺土司便以此为姓，世代使用汉名汉姓了。这也是民族同化中一个鲜明的例子。

瓦寺土司的土兵能征惯战，清朝时，曾多次随大军东征西讨，立下不少战功。

乾隆五十二年，台湾林爽义起兵反清，事发后，总兵袁国璜统领嘉绒土司兵随福康安渡海作战，事平后，各土司领得封赏，各返故里。

乾隆五十六年，廓尔喀人屡犯后藏，攻取后藏重镇日喀则，大掠扎什伦布寺。清王朝征调瓦寺等地嘉绒土兵，会同清军远征西藏，在总督福康安率领下，六战六捷，收复后藏。战斗中，瓦寺土司所属土兵大部英勇战死。

鸦片战争期间，嘉绒各地土司兵马曾奉调到沿海作战。瓦寺土兵由哈克里率领，金川土兵由千总阿木穰率领。数百嘉绒土兵历经三个月长途跋涉，抵达江浙前线的宁波城下，受提督段永福指挥。大宝山一战，瓦寺土兵奋勇赴敌，重创英军，领兵官哈克里战死。宁波一战，金川千总嘉绒人阿木穰奋勇杀敌，英勇战死。嘉绒土兵在江浙前线与英军数次激战，最后大部捐躯异乡的卫国疆场。

1869年，瓦寺土司等领地上开始引种鸦片。

鸦片的引入改变了嘉绒土地上的很多东西。

1890年，辛亥革命期间，四川爆发反对清王朝的保路运动。四川首府成都被保路同志军重重围困。四川总督赵尔丰飞调边城松潘巡防军出岷山解成都之围。在岷江河边的白水驿，瓦寺藏族群众千余人层层阻击松潘出援清军，予以重创。最后，这支援军在途中宣布反正，加入民军队伍。瓦寺等地藏兵数百人进入成都平原，与保路同志军并肩作战，有数百人牺牲于成都平原的大小战斗中。

民国二十八年，即1939年，瓦寺土司传至二十一世的索代赓。这时的瓦寺土司也保持着一贯的传统，再次助国民党二十八军征剿梭磨土司辖下的黑水地区，战死军前。以后，民国政府便未再准予承袭。

瓦寺土司和嘉绒土司们的历史已经日渐为人淡忘。嘉绒文化的繁盛也已经式微了。但站在这荒野之间，我的心中涌起一种难以克服的淡淡的惆怅。

惆怅是一种使人受伤的美丽。

惆怅是一种于事无补的个人情感状况。

时间依然缓缓流逝，依从它自身固有的节拍。上帝设置时间的时候，没有考虑过我们个人的情感因素。有一种观点认为，任何固有的存在都有其内在的合理性。进而言之，我们还可以在文化考察中引进一种社会达尔文主义的观念。从最根本的意义上说，我个人也赞同这种观念。但这并不能阻止我面对某种陨落与消亡表现出一种有限度的惆怅。

而且，在这必然的消亡之前，我们几乎已经不可能呈现出那已经消亡的东西的真实的完备的面目了。

也许，是因了这种原因，我们才会心生惆怅。而现实的关注，可以克服这种惆怅，于是，我在这样一个地方，把自己的注意力转移到了熊猫的身上。有了全世界的关注，如果熊猫一定要在生物界消亡的话，那么，通过大规模的保护计划，我们就有可能延缓生物界物种消亡的时间。在这段时间中，我们可以建立起一门有关熊猫的完备详尽的学科。

三、发现熊猫

熊猫是一种非常古老的生物，在生物学家眼中，这是一种活的化石，就像植物界中的苏铁与珙桐。在卧龙保护区中，就有很多后一种植物。但是，如果不是发现了熊猫，保护计划启动，阻止了伐木工人的刀斧，那些具有同样生物学意义的植物便难逃灭亡的命运。

中国人对于自然界的认识能力是非常贫弱的，所以，卧龙区内出现人类最初的足迹时，熊猫就已经存在很久很久了。最后，还是西方人出于各种不同的动机，发现了熊猫，并使这种动物的名声响遍了世界。过去中国的象征是虚构于想象中的龙与凤凰，而在今天，熊猫成了世界各地的人们说到中国时最先想到的动物。

熊猫已经成为中国的象征。

在当地嘉绒部落中，人人都相信熊猫的尿液有一种神奇的药用价值。那就是可以化解误吞入肚子里的金属物品。而人们误食金属的时候也不是太多，加上那时卧龙的森林中人口稀少，所以，猎杀这种动物并没有太多的用处。也许正是因为这个原因，熊猫家族那微弱的脉息，才得以艰难地代代相传，直到今天。关于熊猫尿液可以化解金属的传说，其实是来自熊猫一种特殊的习性。在卧龙保护区内，或者别的一些地方，常有熊猫进入农家，或者保护区工作人员的宿营地，不但吃完锅里的东西，还把铝锅等金属容器啃烂，之后，还拉出包含着无法消化的金属团的粪便。

20世纪之初，一些西方的传教士与探险家开始进入川西北的嘉绒地区，寻找传说中一种珍奇野兽的踪迹。

1869年3月，群山中初春季节，一个猎人送了一张皮给法国传教士爱蒙·大卫，这位神父便以此为据把这种动物介绍给了西方。这也是真正具有科学眼光的科学家们关注熊猫命运的起点。也就是说，熊猫进入科学视野的历史，也不过短短的一百多年。

大卫神父在日记中写道：

> 在这个异教徒家里，我看见著名的黑白熊的毛皮，看起来它体格十分庞大。这是个非比寻常的物种，我听我的猎人告诉我，不久就可以猎到一只这种动物，我感到很高兴。他们说，明天就出发去猎捕这种动物，这会提供新鲜有趣的科学材料。

同样是野蛮的猎杀，一个西方神父想到了科学，想到了物种，而在中国人惯常的思维中，熊猫毛皮却是用来做成褥子，据说睡在上面可以避邪，甚至还可以做梦，从睡在熊猫皮上做的梦中，往往可以预见未来。

大卫神父果然就得到了一张熊猫皮。那是一只未成年的熊猫。又过了一周，神父又得到一张成年熊猫皮。他因此认定："熊猫一定是熊科动物的一个新品种，它们不仅颜色特殊，脚掌底部多毛，还有其他许多前所未见的特征。"

第一批在野生环境下看到熊猫的西方人是1929年的罗斯福兄弟和1931年的杜兰探险队。他们不仅看见了野生状态下的熊猫，这些文明的西方人，也像当地猎人一样举枪射杀了熊猫。其中包括一名叫作谢弗的德国博物学家，他就亲手把一只不到周岁的熊猫击毙在树下。

1936年，美国人露丝·哈肯丝在野外活捉一只幼年熊猫，将其带回国内向全世界展示，使自己名声大噪。

这个美国女人在涉足嘉绒地区的熊猫生息地时，从来没有过野外探险的经验。

她的丈夫家境富裕，性喜冒险，1934年，他就在科莫多岛上捕获巨型蜥蜴科莫多龙活体，送给纽约动物学会。当年底，威廉离开新婚两个月的妻子，赴中国捕捉熊猫。他的计划因为红军和国民党军队之间的战争被阻滞，使其迟迟不能抵达熊猫之乡。1936年，威廉因病死于上海。两个月后，露丝到上海"继承了他的探险"。

露丝和她的探险队员抵达卧龙及其周围地区。她的手下有一位美籍华人，名叫昆丁。露丝在她的一本叫作《淑女与熊猫》的书中，记录了捕获第一只野生大熊猫时的情形：

> 昆丁突然停住脚步……他专注聆听了一阵，就快步往前冲，我简直跟不上。透过拂动的潮湿树枝，我隐约看见他接近一株枯死的大树。……枯树里传来婴儿的哭声。
>
> 我一定有短暂的失神，因为等我清醒过来，昆丁已经伸出双臂，向我走来。他手掌中捧着一只正在挣扎的熊猫宝宝。
>
> 我不由自主地伸手接过这个小东西。手中毛茸茸的触感，使片刻前的梦想成为真实。

据说，露丝带着她珍贵的猎物出境的时候，遭到了海关的阻挠，但她最终以一张"小狗一只，价值二十元"的证明书，带着熊猫离开了上海。

露丝为这只熊猫取了一个很中国化、很淑女的名字：书琳。

书琳被带到纽约动物学会，但动物园拒绝出钱购买，因为主管官员认为熊猫天生的弓形腿与内翻的脚趾，是佝偻病所致。

于是，第一只漂洋过海的熊猫书琳辗转到芝加哥动物园。1938

年4月，这只熊猫死于肺炎。

曾任纽约动物学会会长的悌梵，详细记述了一位名叫史密斯的动物商人于1941年到中国，带回两只熊猫的故事：

> 他对当地老百姓大做广告，用很大的招牌公布给当地猎户的悬赏金额。他在所经之处，都设立资讯中心。他还津贴猎户首领，由他们再付钱给农人、采草药的人、烧炭人，以及所有其他有必要深入山林的人。

据有关资料统计，1936年至1946年，一共有十四只熊猫被外国人用各种手段带往国外动物园。

从此，全世界都知道了中国的熊猫，而且世界最有权威的野生动物保护组织世界自然基金会还把熊猫作为自己的标志。

但在今天，即或是在有保护区庇护的山野之中，熊猫的命运仍然岌岌可危。

人们贩卖熊猫皮，因为这意味着数额巨大的金钱。特别对于深山当中那些仍然身处贫困的农民来说，这个数字是终其一生的劳作都难以想象的。

记得在20世纪80年代初期，中国人刚做发财梦的时候，万元户是一个非常响亮、非常诱惑的名字。在那些僻远的深山之中，我就曾听到老百姓直接把熊猫叫作万元户。

盗猎熊猫案一经破获，法律的惩罚是相当严厉的。

在深山之中困于生计的农民并未真正获得与我们一样的环保视点。他们的疑问是，为什么一种野兽的存在竟然比人的存在更为重要，人的性命也低贱于熊猫的性命呢?

熊猫所面临的更严重的问题并不是被盗猎，而是活动地区的缩小。随着人口增加，人的活动范围逐渐扩大，熊猫在川西北山区成片的栖息地，在人类无休止的进逼之下，日渐萎缩。最后，熊猫的生息地终于变成了这个大陆上的几座孤岛。

对于每一座生物孤岛上的熊猫来说，因为种群数量稀少，本身就已严重退化的生育能力，便受到了更加严峻的挑战。

严刑峻法的威慑之下，盗猎者举起的手可以放下，但这种生态环境悲剧，我却想不出什么办法可以避免。至少，在群山之中漫游的时候，我没有看到任何生态环境可以在短期之内好转的迹象。

在卧龙的这个晚上下雨，雨中的寒气已经十分浓重了。我知道，这是因为山上已经下雪的缘故。但是烟雨凄迷，我的视线行之不远，便被阻断。我回到招待所的房间，把双脚捂在被子里，看那些刚买到手的宣传资料。

这些印刷精美的画册上，随处都是熊猫在明亮柔和的光线下憨态可掬的形象。画册上的熊猫就像生活在天国一样。这些东西，也是一些号称热爱自然的人的杰作，但当所有这些东西在公众视线中，在世界的视线中形成一种巨大的集合体，便有些歌舞升平的味道。

不客气地说，这就是自欺欺人的味道。

这也是中国善于粉饰的知识阶层某些人所散发出来的那种味道。

有一个熊猫专家告诉我，其实印上画册的很多熊猫，相当一部分都已死亡，死亡是"因为各种各样的原因"。但凡是中国人，听到这样一个短语，都会觉得特别意味深长。

"因为各种各样的原因"，这些熊猫在画册上天真地望着我们的时候，它们的同类，正在深山里艰难生存。比如，现在，雪线正一天天从高山顶上压下来，一个严寒而又缺少食物的冬天已经来到。

四、阅读地理与自然

我没有去攀登处于卧龙尽头的银装素裹的巴朗山，而是原路折返回到国道213线上的映秀，从这里开始，继续沿岷江上行。

车行差不多一个小时，我从车窗里探出头来，视线里尽是濯濯童山。就在这山上的某一处，就是当年瓦寺土司已经日渐倾圮的官寨。如果我登上这座山头，可能这本书就尽是些历史故事，而使我远离自然了。

此行开始时，我为本章确定的主题就是地理与自然。

地理是两条河流和一座山。自然，就是这河流两岸与大山顶峰的自然。

在距成都约一百五十公里的汶川县城所在地威州镇，岷江的主流折而向北，直通松潘。循这条通道北上，到著名的黄龙寺风景区，再一路向西北行进，在岷江源头翻过弓杠岭，就进入另一个水系——嘉陵江流域了。在其中的一条支流白龙江畔，就是进入了世界自然遗产名录的九寨沟风景区。

我也曾用双脚踏勘过这些水流的上游地理，但是因为这一条路线已经不在嘉绒境内，在这次旅行中，我便予以省略了。

我的路线是从汶川向西，略微偏南，沿岷江的一条重要支流杂谷脑河上行。这条道路两边，曾是强大的杂谷土司的统辖之地，现在几乎就是一个理县全境。当夜准备宿在理县，但县城周遭那种荒凉景象看了使人想闭上自己的眼睛。再说了，理县县城四周，除了一些民居与那种嘉绒特色的石头碉堡，在出入其中的百姓的生活中，已经无复真正的嘉绒风貌。

已经是夕阳向晚的时分了，我来到公路边上，坐在一个小饭馆门前。

一辆卡车驶来，我要求搭车，司机置之不理。我耐心地等他用完饭，再递上一支烟。他笑了起来，说："你是干什么的？"我说："反正不是在路上管事的人。"他这才点了点头。

对于这些长途卡车司机来讲，在路上管事的人是相当多的。交警、林业警察、防疫人员以及别的说不上名目的什么人员。一般来讲，司机们会回避这些公务人员。

车行三十多公里后，我在古尔沟下了车。这回，司机脸上又露出了遗憾的神情，因为他准备长途驱车夜行，希望有一个人能在即将翻越的大山上陪他抽烟说话。那一瞬间，我也有些动摇了。倒不是司机那有些留恋的眼光，而是想到车前强烈的光柱，一一照亮路边的树林、溪涧和悬崖，又把所有这一切，不断地抛入身后的黑暗，我自己就有点激动了。

但我很想洗一洗这里的温泉，还是跳下车来，向司机说了再见。

古尔沟这个地名，已经是一个藏汉合璧的名字。这也正好代表了此地的民情风貌。

古尔沟之所以著名，是因为这里的一道温泉。

嘉绒藏族是非常相信温泉的治疗作用的。我的家乡远在雪山另一边的梭磨河畔，人们也常到这个地方，长途跋涉，到温泉沐浴。

那是每年的暮春时节，青稞种子和胡豆种子已经下到地里。雪慢慢变成雨水，河岸边的草地刚刚开始泛出淡淡的青绿，种子还在沃土下面温暖湿润的黑暗中悄悄萌芽。这个季节的农民，除了修补一下地边的栅栏，基本无事可干。

在这一年最为清闲的时间，很多人便从上百里外的地方向温泉进发。

那时候，广阔的乡野间已经有了公路，但嘉绒农民去温泉的时候，还是备好了马匹，马背上驮着帐篷与最好的吃食，比如陈年的腊猪腿、肉肠、鸡蛋、熊肉，还有蜂蜜与自酿的烧酒。老年人特别是老年妇女还会骑上矮小的毛驴。他们在路上短则行走三五天，长则十来天，才能到达温泉。

扎下帐篷，就开始了一年一度的漫长的沐浴。

那时的古尔沟温泉不在现在的公路边上，而是要从一座嘉绒地区常见的伸臂桥上，走过宽厚的木板铺成的桥面，然后从对岸上山。一条小道穿过一些斜挂在山坡上的庄稼地，穿过一些嘉绒风味浓郁的寨子，最后，小路进入由桦树、松树、杉树与椴木混交而成的森林。我去过那个地方，踏上过森林中土质柔软的崎岖小道，穿行不久，就已经闻到了温泉常有的那种淡淡的硫黄味道。

然后，一团雾气升起在山谷中间。那就是古尔沟温泉露头的地方了。

嘉绒人一年一度的温泉沐浴，不是休闲似的远足，而是为了祛除疾病与邪祟。在泉眼最大的那个池子里沐浴，可以祛除一年的积劳与风寒。泡在温泉中，体力消耗是非常大的，体质虚弱的人，十多分钟就会头晕目眩。支持不住的，就起来到自家帐篷里坐下来，一边休息，一边饱餐美食。待体力恢复了，又下到热水里，耐心地浸泡。如此循环往返，又是一个崭新的身体，回到家乡的田野中间，又能对付下一年的生活磨难。

温泉露头处，还有一些小的泉眼。有一眼泉，据说治疗肠胃疾病有神奇功效。治疗的方法非常简单：喝很多温泉水，然后，找一个地方，呕吐净肠胃里的废物，吐干净了，又回到帐篷进食，然后再喝水，直到认为已经洗净了消化系统中积淀的毒素与废物。

还有一眼泉，细细地从一块石头中央向上冒出拇指粗的一小柱水。

这一柱水，用于洗头，特别是偏头痛的病人，经过几天接连不断的沐浴，据说会大有好转。等到头痛再行复发的时候，又该是下一年的春天，又可以赶赴温泉了。

这眼泉水更多地被人们用来清洗双眼。这种清洗除了治疗各种眼疾，据说还可以避免看见一切不净的东西。这些东西包括一些林子里的精灵，一些亡人的魂灵，以及另一些稀奇古怪在汉语里找不到对应词语的神秘存在。

在我出生的那个村庄里，当有人称自己常常看见一些在另外一个世界才会存在的东西时，人们就说，这个人该去温泉洗洗眼睛了。

我去古尔沟温泉是在几年以前，那时，大路上去洗温泉的人差不多已经断了踪迹，人们已经将这眼温泉渐渐遗忘了。

这种遗忘想必持续有十多年时间，然后，这个温泉又被重新发现。这次的发现已经带上了明确的经济眼光。温泉作为当地政府的一个旅游项目，作为米亚罗红叶温泉风景区的一个重要组成部分连片开发。

我来到古尔沟时正是十月的深秋季节，崇山峻岭中，经霜后的红叶在高原阳光下像是抖动的火苗。

温泉也从露头的半山腰用埋在地下的引水管下山过河，注入公路边一个个温泉旅馆的游泳池里。

我去了一趟山上。头天夜里，下了一场小雨，高原的秋天经常有冰凉的雨水在夜里不期而至，而且，这种夜里的小雨往往表明第二天是个秋阳明亮的好天气。早晨，一台切诺基吉普车载着我们沿着一条曲折的简易公路过河上山。但是，车行不到两公里，坡越来越陡，雨后的泥土路面过于松软，车轮在地上刨出两个深坑，再也不能前进一步了。

剩下的路，我步行到温泉。

其实，一切，在过去人们的描述中已经真实地呈现，一切都像来过许多许多次一样熟悉。只是因为高度的缘故，昨夜的雨水在这里变成了滋润的白雪。白雪压在绿的杉树与红的枫树上，构成了一种特别的美感。特别是温泉在溪涧中漫流一阵后，热气散尽，那些铺满青苔的涧石上也堆满了积雪，下面的曲折溪水却青碧冷然。

我坐在溪边，听着融化的积雪一块块从树冠之上坠落在地上，寂静的树林里，四处都是积雪坠落的声音。

回到山下，我还恍然看见那雪地中热气蒸腾的泉眼。

今天，我又来到这个地方。在一间温泉旅馆登了记，在旅馆一楼要了一个单间浴池，泡了一个长久的温泉澡。我不知道这温泉水能否像传说中一样祛除心中积年的尘垢，但沐浴出来，周身皮肤却十分光滑。翻开旅馆里的宣传小册子，也肯定了古尔沟温泉中微量元素所具有的治疗作用。只是在这种宣传品上，温泉的名字已经不是过去那个藏汉合璧的名字，而是叫作神峰温泉了。

五、翻越鹧鸪山口

第二天上路，走到米亚罗时，四望已经是典型的嘉绒地区的风光了。

我是搭乘一辆农民的手扶拖拉机到达米亚罗的。

一直相伴于左右的杂谷脑河因为失去了一条又一条溪流的汇聚，水量日益减少。在米亚罗镇上吃完午饭，我搭乘一辆卡车，走了二十多公里，便到了鹧鸪山下。

在阿坝地区，在嘉绒，在过去古老驿道上，鹧鸪山海拔三千八百米的山口，是一个重要的咽喉。今天连接西南重镇成都和甘肃省会兰州的国道213线，也要穿过这个山口，并串联起这条大动脉上众多的支线。

鹧鸪山下的一个叫山脚坝的地方，只有一个小小的道班。柏油公路也在这里中止了。这是为了防滑的需要，因为山上常下大雪，一年之中数月之久的封冻期会把冰凌结满路面。所以，为了少出车祸，这山上就一直是坑洼不平的黄土路面。

道班工人在路边的一道溪流上埋设了一些橡皮水管，拿起水管，就有强力的清水喷涌出来，在天空中形成一个美丽的扇面。很多扑满尘土的汽车来到山下，便停了车在溪边冲洗。

这里，杂谷脑河已经变成了一道湍急的溪流，穿行在山谷底部那些沙棘和红柳组成的密实的丛林中间。公路对面的阴坡上，是成林的红桦与冷杉。而我面对着的正在攀登的阳坡上，是大片大片的草场。攀缘一阵，我回身下望，公路往山沟更深处延伸而去，最后，会在山沟尾部折回来，在山间画出一个巨大的盘旋。

我的路线是过去的驿道，是从山脚直逼山口的一条直线。公路最终会在山口那里与我碰面。

这是深秋季节，高山草场上的花期已过，丛丛密密的牧草结出了籽实，一穗穗金色的草穗在微风中轻轻摇晃。草丛中有许多药材。木香肥大的叶片放射状散开，像只海星一样平摊在草丛中；黄芪结出了豆荚般的果实；贝母的灯笼花也开过了季节，一颗颗籽实像一只只铃铛。还有很多药材，小叶杜鹃丛和伏地柏旁那巨型植物，是一株株大黄。

小路穿过一片阴湿的小树林时，我突然在林子中看到了一种属于春季的花朵：毛杓兰。

这种袋状的紫色花朵勾起了我一些亲切的童年回忆。童年时代，小孩们在山上放羊的时候，总是四处去采摘这种花朵。然后，把揉好的酥油糌粑一点点灌进花朵的袋子里，放在小火上慢慢烧烤。最后，剥掉已经全然变干烧焦的花皮，花朵的馨香全部浸进了小小的一团糌粑里。那是一种童年游戏中烹制出来的美食。

毛杓兰是它的学名，植物学书本中这样描述这种花朵：

兰科属多年草本，高二十到三十厘米，花单朵顶生，淡紫色或黄绿色，生于海拔两千五百到四千米的云、冷杉林下和灌木丛中。

在嘉绒藏语中,这种花朵名叫咕嘟。咕嘟是一个象声词,模仿的是布谷鸟的叫声。每当春天来到嘉绒的群山之中,深山之中的绿意一天天深重起来的时候,地里麦苗茁长,布谷鸟就开始鸣叫了。老百姓说,是布谷鸟的叫声使一个个白昼变长,也是布谷鸟的叫声使林间的咕嘟开放。于是,这种美丽奇特的花朵就叫作这个名字了。

眼下已是秋天,布谷鸟已经停止了歌唱,但我却看见了这种花朵,想必是海拔高度所造成的一种现象吧。我还想在山林中寻一寻,看还有没有在春天开放的花朵这时仍在开放,但抬头望望天上的太阳,我感觉到要在今天翻过山口,必须抓紧时间。

于是,我便加快了步伐。

两个小时后,我已经能看到阴影处积着白雪的山口了。上山的汽车后面扬起大片的尘土,引擎发出吃力的轰鸣,但行驶速度却非常缓慢。

距山口大约还有半个小时路程的时候,我在一大片刺莓丛中坐了下来。紫红色的刺莓已经成熟了,远远地就闻到一股酒酿的味道,只是这种味道比酒酿更加甘甜。于是,我坐在山坡上拖着屁股,从一丛刺莓转向另一丛刺莓,直到打出的饱嗝都带上了甘甜的酒酿味道,才又继续上路。快爬上公路时,看到陡峭的山坡上,四散开一部卡车的残片。

又一次迈开双腿时,我不再抬头,不然的话,最后这段路会显得特别漫长。

攀上山口的时间是下午三点五十分。

很强劲的风吹在背上，公路穿过山的地方，两边土坡上的渗水都在风中结成了薄冰，风吹在耳边，有一种愉快的哨声。快走进阳光的阴影中时，我回望一下所来的方向，比这座山更高的雪峰静静地耸立在蓝天下面，晶莹耀眼。

雪峰在我的四周构成了一个地形上高高耸起的中央部分。

在这个中央部分的东南方向，烟雾迷蒙处，是曲折的逐渐敞开的峡谷和峡谷两侧苍翠的群山。公路，一条灰白的带子伴着阳光下亮光闪闪的河流，冲向群山的外面。从这个高度上，我看清了渐次升高的大地的梯级。

我转过身穿过鹧鸪山口，那短短的几十米坑洼不平的路笼罩在群山的阴影中，这是公路两边山坡的阴影。走到山口的另一面时，阳光又落在了我的身上。

这道山脊也是一道重要的分水岭。东面是岷江流域，而展现在我面前的，那些森林与草地中流出的众多溪流，却是大渡河纷繁的枝蔓了。

这次，再举目远望时，又是另外一番景象了。

东面的山野雄峻峭拔，而西边的群山，每一座都渐渐变得平缓而低矮，就像我现在登上山口时发出的一声浩然长叹。东面的山坡上满坡森林，而西边这些浑圆平缓的山坡却是大片大片的高山牧场。这个时节，近处的草还绿着，但远远望去，草梢上那一点点黄色便越来越浓重，在云烟将起处变成了一片夺目的金黄。这时，我已经踩着群山的阶梯，真正登上了青藏高原。

我离开山口，离开了从山腰上盘曲而下的公路，直接切入了一条俯冲而下的峡谷。

从山口望去，还可以看见一条隐约的道路。这是荒废了几十年的驿道留下的隐约痕迹。我循着这条荒芜的古驿道走下峡谷，却在峡谷底下一道清浅的溪流边失去了这条道路。

我想，这都是因为那些荒草与丛生的灌木的缘故。

剩下的时间，我都在为突破灌木丛的包围而奋力拼搏。最后，一个猎人出现在我的面前。我想，他看见我出现在这个地方应该感到有些吃惊，但他只是浅浅地笑笑，说："怎么陷到这里头去了。"

我有些气急败坏："路荒了。"

他伸出手，把我从一团纠缠不清的小树中拉出来。这时，已经是夕阳衔山的黄昏时分了，四周森林响起了滚滚的林涛声。好在，这时我已经在猎人的带领下回到了路上。他从一个树洞里掏出了两只野鸡，这是他预先放在这里的猎获物。我看两枪都打在头上。他看着我笑了，说："我看见树林里有东西，还以为是一头熊呢。因为熊才这么不管不顾地四处乱钻。"说完，他还拍了拍手里的枪，并顺手把枪背在了背上。

我说："幸好你没有开枪。"

他说："我是一个好猎人，好猎人要把猎物看得清清楚楚，才会开枪。"

我笑了。

他说："你还不错，好多人，进了城，胆子就变小了。"

转过两个山弯，山路变得平缓起来，路边那些小小的沼泽中浸润出来的泉水，也慢慢汇聚成了一线潺潺的流水。

听着这泉水，看着满天烧得通红的晚霞，我的脚步竟然变得轻快起来了。

溪水两岸开始出现一块一块的平整的草地。草地上结出一穗穗紫色果实的野高粱在风中摇摆。对我的双眼来说，这已经是一个阔别已久的景象了。我贪婪地呼吸着扑入鼻腔的清凉凉的新鲜空气，空气中充满了秋草的芬芳。天黑以前，山谷突然闪开一个巨大的空间，黑压压的杉树林也退到很远的地方，一块几百亩大的草地出现在眼前。风在草梢上滚动，一波波地在身子的四周回旋，我再也不想走了，我感觉到双脚与内心都在渴望着休息。于是，一屁股坐了下来。风摇动着丛丛密密的草，轻轻地拍打在我的脸上。

猎人说："不想走了？"

我说："走不动了，也不想走了。"

他在我身边坐了一阵，看看天色，说："那你在这里等我，我过一会儿叫你。"

于是，他从我身边走开了。我也没有想他会不会再来叫我，就顺势在草地上躺了下来。这下，秋草从四面八方把我整个包围起来。草的波浪不断拂动，我就像是睡在了大片的海浪中间。

我的脸贴在地上，肥沃的泥土正散发着太阳留下的淡淡的温暖。然后，我感到泪水无声地流了出来。泪水过后，我的全身感到了一种从内到外的畅快。我就那样睡在草地上，看着黑夜降临到这片草地之上，看到星星一颗颗跳上青灰色的天幕。这时，整个世界就是这个草地，每一颗星星都挑在草梢之上。

黑夜降临之后，风便止息下来了，叹息着歌唱的森林也安静下来，舞蹈的草也安静下来。一种没有来由的幸福之感降临到我的心房，泪水差点又一次涌出眼眶。

这时,远处响起了那个猎人的喊声。他没有叫我的名字,他也不知道我的名字。他的喊声只是一声长长的呼吼,呼吼在山间引起了一串回声。

我站起身来,看到森林边的小木屋里闪出明亮的火光。

木屋在溪流的那一边,溪流上有一道小小的木桥,为了防滑,桥面上铺了一层柔软的草皮。看得出来,这是一个冬季牧场。冬天到来,大雪封山的时候,牧人就会把牛群赶到这里。这一大块草质优良的草地,将提供一个冬天的饲草。这个猎人,就是在这里割草。打下的草晒干了,堆放在木屋后面的大树底下,于是,这个夜晚里秋草的芬芳便更加浓烈了。

他摆开了晚餐,主菜就是两只野鸡中的一只,与土豆烧在一起,野葱与野茴香的气味在热气中氤氲开来。把土豆与野鸡肉从锅里盛出来以后,他又在汤里煮了一些新鲜的蘑菇。

我正后悔出发时没在背包里放一两瓶白酒,他已经从身后摸了一瓶酒在手里,给我倒了一个满碗。

火塘里的火苗抖动,木柴上散发着松脂的香味。那天晚上,我大醉了一场。

早上醒来的时候,猎人已经出门干活了。我扶着门框,看见他在草丛深处用力地挥舞着刀。回身,我看见地板上躺着三个酒瓶。

我在清凌凌的溪水中洗脸的时候,他回来了,在火上把蘑菇汤煨好。喝完汤,告别的时候到了,我在背包里摸索半天,最后,只有一把瑞士军刀算得上是对他有用的东西。我便把这东西送给他。

我怕他不接受,便说:"留在这里吧,明年我还要来。"

他双眼扫视整个木屋,脸上露出尴尬的神情,他虽然什么话都没有说，但我明白他的意思，是说，没有什么可以送给我。

我走出很远了，他还站在路口。他就那么一动不动地站着，没有挥手，也没有喊再见。直到我转过山弯，再回头时，我们彼此便消失在对方的视线里。

六、最后的行程

我知道，这两三天的路途，将是我此行最后的行程。

在我的预想中，这两三天将全是领略自然的旅程，我将不会再把眼光投向任何一个村庄或庙宇。

但当我在鹧鸪山下的峡谷里，离开那一大片山间草场，顺着溪边的道路走出十多里路，遥遥看见这条山沟尽头处敞开的峡口时，眼前出现的一大片废墟却使我有些目瞪口呆。虽然，我事先就知道会在路上遭遇这片废墟，但当这片废墟真正出现在眼前的时候，还是让我感到非常震撼。

废墟出现之前，是大片大片曾经被开垦、耕种多年后又被抛弃的土地。不知为什么，我从来没有见过抛荒的土地再长成漂亮的草地。好像是为了演绎那个荒字，地里长着齐腰高的一些说不上名目的多刺的非草非树的植物。草丛中奔着许多样子像老鼠，却又没有尾巴的高原鼠兔。

穿过这些荒地，溪流上的一道小桥已经坍塌了。但从留在两岸的腐朽的桥柱来看，这座桥曾经相当宽大。然后，一条倾斜的小街出现了。街道上长出的草茸茸的，踩上去却给人一种踩在腐尸之上的感觉。几百米长的一条小街两边，许多石头的建筑都倒塌了，只有这里那里，还立着一些经风沐雨的残墙。在过去驿路畅通的时候，这是一个繁荣的小镇，一个远近闻名的商贾云集的驿站。驿站的名字叫作马塘。20世纪50年代，鹧鸪山通了公路，这条驿道便日渐荒芜。镇上的商人们渐渐散去，留下的人家，也三三两两迁到了几公里外的公路边上。再聚集起来时，已经不是一个小镇，而是一个无足轻重的村庄。虽然，村庄的名字还是叫作马塘，但其重要的意义已经荡然无存了。

两三年前，我就曾想来看看这个地方，那时，还有人告诉我说，老街上还有两三户人家。但当我走在这个好像是非现实世界的街道上时，却没有看到一座完好的房子，看来，这个古老的小镇已经完全死亡，留在这世上的，仅仅是一种遥远而又模糊的记忆了。

街道两旁残墙逶迤，荒草弥漫。有些人家院子里已经长出了野蔷薇树。更多的残墙朝着街道洞开着窗子与门户。那些洞开的窗户与门户后面，白天与黑夜，曾经有过许多的梦想，许多的故事，许多的爱恨情仇，但这一切，在今天，都已经被时间之手无情洞穿。空洞的门窗后面，只是空荡荡的青山与蓝天。

我注意到，街道两边，还有两道石板嵌出的水渠，水渠上面也铺盖着石板。在商贾云集的时代，这些沟渠肯定把清澈的溪水送到每一户人家门前。我一直想跨过一道残墙，走进过去的一户人家，看看那些乱石朽木下到底掩藏着什么。

但我没有这样做。

我突然心生畏惧，害怕惊醒里面沉睡的鬼魂，在那一大片废墟中间，我真的相信这个世界上会存在鬼魂。

心里的恐惧使我的脚步不由得快了起来。

直到走出镇子，走上镇子前面的一个小山岗，我才又感觉到阳光的温暖与明亮。我在一大块岩石上坐了下来。岩石旁边，一株野葡萄上结出了豌豆大小的紫色果实。下面的一块荒地里，我还看见了一些油菜，顶上开着黄色的花，中部和下部的荚已经很饱满了。这是过去的居民留下的种子，仍在这里独自生长。周围的一大片黄色的金盏花，我相信也是某家花园里飘出的种子蔓生而成的吧。

离开的时候，我没有回头，却感觉到有什么东西跟在后面，在絮絮私语，在叹息，使我背上阵阵发凉。

但我心里已经暗暗决定：我还要选一个时间，带上一两个朋友，再来这个地方；这个地方，将是我下一部有关驿道的小说开始的地方。我要让驿道上这些正被遗忘的镇子，对于这个世界已然成为湮灭的记忆的镇子的故事与人生，在我的文字之间复活过来。在此之前，我需要在这样的地方感受某种神秘的力量，我觉得这些镇子的魂灵还在什么地方游荡。

这样想着的时候，眼前的峡谷再次敞开，一个更大的河谷展现在眼前，久违了的梭磨河滔滔的水流出现在眼前。从一大片麦地边的栅栏旁走过，看见一眼泉水，从一株柏树下慢慢沁出，泉眼上静静地浮着一只桦皮水瓢。

然后，道路在快接近一个村庄时急转直下，下了高高的河岸，又是一道宽阔的木桥。

村子很小，桥上行走的人也很少。所以，桥面上的木板让雨水洗得干干净净，露出了象牙色的漂亮木纹。这个村庄，就是新马塘，但我不想在此停留太久。过了桥，便又回到从山上盘旋而下的公路上了。

一个小时后,我已经坐在一辆卡车上,司机把我带到刷经寺。

刷经寺是一个20世纪50年代迅速建立起来的镇子。这里,两边的山已经十分低矮,森林已经非常稀少。那些宽阔的牧场上,已经出现了牧人黑色的牛毛帐篷。我已经接近高原的顶端,这里的河谷,已经是海拔三千多米了。

我在这里就是想租到一辆吉普车,这辆车能让我去到梭磨河的源头,我此行必须追溯到一条河流的最初的起源。梭磨河对于嘉绒来说,是一条非常重要的河流,所以,这个源头的风声将是本书的最后的乐章。

对我来说,刷经寺不是一个陌生的地方。找到一个朋友,在他家里吃了饭,喝了酒,告辞的时候,他告诉我,车子明天早上九点就来接我。

回到旅馆睡下,风就起来了,风扑打着窗户,把广大原野的声音带到了我的枕边,我的梦境边缘。

七、上溯一条河流的源头

早上醒来,我觉得脑袋里在嗡嗡作响,脚步也有些发飘。

我知道,这是海拔造成的轻微反应。毕竟,我已经有两三年没有来过这样的地方。打开窗户,冷凛清新的空气一下便涌进了屋子。虽然窗外的马路上尘土飞扬,但停在浑圆山丘上的天空却纤尘不染。

神灵给了我一个好天气。想到这个,我的心情便愉快起来。

当我在楼下的回族饭馆里吃了一大碗热气腾腾的羊杂碎汤,就了两个烧饼,拍拍鼓胀的肚子时,一辆疾驰而来的北京吉普车停在了我的面前。搭眼一看,就知道这已经是一辆非常老旧的汽车了。这种车是一些单位淘汰下来的,几千块钱处理给私人。这些偏僻的小镇上,没有什么就业机会,一些无所事事的年轻人,家里掏钱买上这么一辆车,遇上一个两个零星的游客,跑一二百公里,赚点租车费,也算是一份正经的职业了。

打开后座门放我的行李包的时候,我看到后座上放着钓竿和一支猎枪。

我在司机旁边的座位上落座,引擎发出一声怒吼,车后扬起一阵尘土,我们就上路了。

上路了。

车子驶出镇子不远,另一种风貌的峡谷在我眼前展开。

公路两边的柳树和草地上,都蒙上了一层薄薄的白霜。河流两岸点缀着团团灌木丛的草地越来越宽阔,两边蜿蜒相随的山脉越退越远,而且越来越低矮,越来越浑圆。

河里的水越来越小,越来越平缓,越来越曲折。

20世纪80年代,我在小说里开始描写这个地带的自然风貌。最初的作品是一个短篇,名字就叫《欢乐行程》。在这篇作品里,我把这个地带叫作群山与草原的过渡地带。这个命名长了一些,却相当准确。在没有发现地理学家为这样的过渡地带取出一个简洁而又更为准确的名字之前,我在这里还是只能沿用十年前自己小说里的名字来称呼这个地带。

这个地带,过去是梭磨土司的辖地,是土司家的牧场,现在已经划归坐落在草原上的红原县管辖。

司机减缓了一点车速,把后座的猎枪递到我手上。意思是说,窗外的草地上随时可能出现猎物,坐在车里就可以随时开枪。

我问:"多少钱一枪?"

"二十。"他随即又突然吐出了舌头,说,"那是对游客,不是你,你是朋友介绍的。"

我笑了:"打折?"

他没有回答我,一双眼睛紧盯着前面,慢慢停下了车。然后,伸出手。

顺着他的手看过去,视线里出现了两只野鸡。灰突突的野鸡在灌丛中用爪子不停地刨着什么,并不时警惕地用长颈把头支出灌丛,倾听着四周的动静。野鸡的头伸出灌丛的时候,那头颈的转动像是潜艇伸出海面窥探的潜望镜,但我总觉得那不是在看,而是在听。当我从车上跳下来,慢慢向它们靠近时,两只野鸡噗噜噜扑扇着翅膀,奋力跑开了。这些野鸡大多都已经失去了飞翔的能力,扑扇一对翅膀,无非是使逃命的双脚负担减轻一点。这些野鸡有时也能展开翅膀在空中摆出一个优美的飞行姿态,但那只是从高处到低处的滑翔。

两只野鸡跑到河边,站住了,又抻出了长长的颈项。我用枪瞄准,准星前已经只有一片虚光,看不见目标了。这些年,视力慢慢下降,野鸡已经在我有把握的射程之外了。

但我还是开了一枪,枪声在宽阔的山谷中,一下就被清冽的空气吸收掉了。没有期待当中的响亮。

我回到路上,再抬眼看去,那对野鸡还站在河边,没有被枪声所惊吓。

我们又上路了。司机按了两声喇叭,这回,野鸡钻进灌木丛,看不见了。

两个小时后,车子已经开到了查真梁子下面。这是从川西平原登上若尔盖草原的最后一级台阶。

登上去,就是海拔四千米的茫茫草原。

我没有选取国道213线选取的那条最陡峭,但也最为近捷的路线——那样的话,我就不能到达这条河流的源头了——而是离开公路,顺着山下的河水在草地上摇摇晃晃地开出了十多公里。在这里,河水已经变成了一条溪流,一道迈开大步就可以跨越的溪流。两岸的草地也越渐松软,再往前开,车子就要陷到沼泽里去了。

司机看看我,意思是不能再往前开了。

车子便在山脚下的草原上停了下来。

耀眼的阳光把草原照亮,也把身上照得暖洋洋的。司机走到河边用手试试水,说要等太阳把水晒暖和了,鱼才会出来。那时,才能下竿。我坐在柔软的草地上,眺望着不远处一头长得肥肥实实的旱獭。旱獭在一个干燥的小丘上晒太阳。和我一样在阳光下取暖的旱獭,一副老练而沉着的模样。它蹲坐在地上,上半身笔直挺立,双掌合于胸前,在笃信佛教的藏族人看来,这是向神佛祈求的姿态,所以,这种动物在有些草原上能够泛滥成灾。

尽管这样,这种看似笨拙无比的动物,却无比灵活,而且狡猾。它们在草原的地下,建立起一个复杂的地下通道。当你想对它有所动作的时候,它立即就会反身钻回地下。当你守候在这个洞口,并准备了足够耐心的时候,它又突然从另一个出口探出了肥胖的身子。

这些年旱獭的数量也开始减少。因为这种大多数时候生活在地下的动物,缝成褥子的皮毛和炖好的肉都有追风祛湿的作用。虽然当地人因为宗教原因不对它们下手,但外地人和城里的干部却持有另一种观点。

司机开始在四周寻找干牛粪,准备生火了。看来,他是对还藏在河里的鱼变成一锅好汤有着充分的信心。

我与旱獭对望一阵,抽了一支烟,然后,背起枪顺着溪流往上游走去。

脚下的草地表面很干燥,一串串的草穗与双脚纠缠着,弄出许多细密的声响。下面却很松软,每一步下去,都有一次小小的塌陷。又走了一阵,面前再也没有平整的草地,而是多年的枯草与盘曲细密的草根形成的一个又一个的草墩,像一群蘑菇一样浮在沼泽之上。从一个草墩跳到另一个草墩,我的身上很快就出了一身细细的汗水。当这些草墩都不能连续成片时,便被一个又一个淤泥深重的明亮水洼隔离成了一个又一个相距遥远的孤岛。

几对黄鸭在水洼间觅食,这些水禽是这一年里最后的候鸟了。再过几场秋霜,它们就要长途飞行到很远的南方去了。直到来年夏天,才会回返。黄鸭被我惊飞起来,在天空中久久盘旋。

最后,我不得不离开河边,走到贴近山边的地方。双脚又踩到了坚实的地面。

回身望去,天上的黄鸭又落了下来,落在那些明亮的水洼中间。

河水在上午倾斜的强烈阳光下,折射出一线闪烁的银光。

我一直远望着河水。一大片沼泽消失了,宽阔的峡谷给两边的山丘收了一次腰,我又回到了河边。这里,河里的水量更少了,透过清浅的河水,可以看到水底下缓缓流动着细细的沙粒,很多干干净净的草根在水里流苏般漂荡。我喜欢我看到的这种景象。

我想,再往上游走短短的一段,就会看到水流最初的起源了。这是梭磨河的最初起源。但这仅仅是我的想象。

峡谷再一次敞开了。溪流闪烁着隐身于一片更广大的沼泽。这片沼泽再次把我逼向山边。后来,我发现,河流离我越来越远,我距离沼泽中央那条曲折,但仍然有迹可循的溪流足足有好几公里远了。这种距离使我后悔没有把车上的背包带上。

足足两个小时,峡谷再一次收缩,细细的一线溪流又回到我的脚边。这时,两边的山丘差不多已经完全消失了。如果说还有山丘的话,也是两脉隐约而长的起伏了。直到这时,我才真正走到了梭磨河的源头,一个平淡无奇的小小水洼。水慢慢地从草皮底下浸润出来,我甚至看不出它在地面上的流淌。于是,我摘下一小片草叶,放在水面上,才看出细细的一线水上,那片草叶慢慢地顺流而下。我的身心没有出现预想过的那种激动的反应。虽然,我知道,这就是哺育了藏文化中独特的嘉绒文明的一条重要水流的发源,是大渡河,是长江一条支脉的最初的缘起,但我仍然平静得像这荒芜而又壮阔的荒野一样。在我想象源头的景象,在想象中描画自己到达源头的情景时,曾经写下不止一首激情充沛的诗章。

也许,生命中有了这样的经历,面对人生的坎坷与磨难时,就能够从容面对了。

我俯下身去,慢慢地啜饮梭磨河源头的溪水。

清清的水有一种透骨的冰凉。

我登上浅浅的山丘，这是我要攀登的大地阶梯的最后一级。

这是一个地理的制高点，也是我人生经历中的一个制高点。回望身后，河水曲折，越来越宽，一直没入越发崎岖的群山之中。那是长江水系的群山，一列列地向着东南方向。东南风不断顺着峡谷吹送，那是来自大海的气流给这片高地带来雨云的方向，也是我家乡的方向。

我现在也是站在一个地理的分界点上，只要原地转一个圈子，把脸朝向西北方向，像一声浩叹一样，就展开了秋风中金黄的草原。草原上游牧的藏族人们，已经是另外一种语言，另外一种风习，是传统上称为安木多的游牧文化区了。

山丘西北这一面的草原沼泽，也是另外一条水量丰沛的河流的源头，藏语叫作"嘎曲"，意思是白河。白色河流是高原阳光下的银光闪烁之河，是天堂里的牛奶之河。这条河向北流淌，注入了中华大地的另一条重要河流——黄河。

我的嘉绒之旅就此结束。

看望一棵榆树

在马尔康镇上,我真正要做的只有两件事情。

其中一件,是去看一棵树。

是的,一棵树。据说,这棵树是榆树,来自遥远的山西五台山。

居住在马尔康的近两万居民中,可能只有很少很少的人知道,这棵树的历史与马尔康的历史有怎样的相互关联。

这棵树就在阿坝州政协宿舍区的院子里。树根周围镶嵌着整齐洁净的水泥方砖。过去,我时常出入这个地方,因为在这个院子里,生活着好些与嘉绒的过去有关的传奇人物。中华人民共和国成立以后,他们告别各自家族世袭的领地,以统战人士的身份开始了过去他们的祖辈难以设想的另一种人生。

那时,我出入这个院子,为的是在一些老人家里闲坐,偶尔从他们的只言片语中,会透露出对过去时代的一点怀念。我感兴趣的,当然不是他们年老时一点怀旧的情绪,而是在他们不经意的怀念中,抓住一点有关过去生活的感性残片。我们的历史中从来就缺少这类感性的残片,更何况,整个嘉绒本身就没有一部稍微完备的历史。

那时，我就注意到了这棵大树，因为这是整个嘉绒地区都没有的一种树。所以，我会时时在有意无意间打量着它。

一位老人告诉我，这是一棵来自汉族地区的树，这棵榆树是很多很多年前，一个高僧从五台山带回来的。

我问："这个高僧是谁？"

老人摇摇头，说："我也不晓得，那是很久很久以前的事了。"

我常去的那幢楼的一边是院子和院子中央的那棵榆树，而在楼房的另一边，是有数千座位的露天体育场。这个地方，是城里重要的公共空间。数千个阶梯状的露天座席从三个方向包围着体育场。在靠山的那一面，也是一个公共空间：民族文化宫。文化宫的三层楼面，节日期间会有一些艺术展览，而在更多的时候，那些空间常常被当成会场。当会开得更大的时候，就会从文化宫里，移到外面的体育场上。

我想，中国的每个城市，不论其大小，都会有相类的设置，相似的公共空间。如果仅仅就是这些的话，我就没有在这里加以描述的必要了。虽然很多在这城里待得更久的人，常常以这个公共场所的变迁来映照，来浓缩一个城市的变迁。说那里原来只是一个土台子下面一个尘土飞扬的大广场。现在文化宫那宏伟建筑前，是一个因地制宜搞出来的土台子，那阵子，领导讲话站在上面，法官宣判犯人也站在上面。等等此类话语，很多人都是听过的。当我坐在隔开这个体育场与那株榆树的楼房里，却知道了这块地方更久远一些的历史。

这段历史与那株榆树有关，也与这个山城的名字的来历有关。

曾经沧海的老人们说，在体育场与民族文化宫的位置上，过去是一座寺庙。寺庙的名字就叫马尔康。那时的寺庙香火旺盛，才得了这么一个与光明有关的名字。

马尔康寺曾经是一座本教寺庙。

乾隆朝历经十多年的大小金川战乱结束之后，因为土司与当地占统治地位的本教互相支持，相互倚重，战后乾隆下令嘉绒地区，特别是大渡河流域的所有本教寺庙改奉佛教。马尔康寺中供奉的神像才由本教的祖师辛饶米沃改成了佛教的释迦牟尼与格鲁派戴黄色僧帽的大师宗喀巴。

马尔康寺改宗佛教之后，依然与在两金川之战中得到封赏的本地土司保持着供施关系，卓克基土司的许多重大法事，都在这个庙里举行。

那时候的马尔康寺前，是一个白杨萧萧的宽广河滩。最为人记取的是，每年冬春之间，一年一次为本地区驱除邪祟，祈求平安吉祥的仪式就在庙前举行。每次，信徒中都会有不幸者被作法的喇嘛指认为"鬼"，而被驱赶进冰冷的梭磨河中。在那样的群众性集会上，不幸者领受死亡之前，还要领受非人的恐惧，而对更多的人来说，那肯定是一种野蛮而又刺激的游戏。

宗教每年都会以非常崇高的名义提供给麻木的公众一出有关生与死，人与非人的闹剧。

人们也乐此不疲。

现在，在这个地方，最能刺激人的就是体育场上偶尔一次的死刑宣判了。在那里，人们可以从一个深陷于死亡恐惧的人身上提前看到死亡的颜色，闻到死亡的气味。时代变了，那些被宣判的人的死亡不是别人的选择，而是他们内心的罪恶替他们的生命做出的选择，但是，世世代代，看客的心理却没有多大的变化。

给我讲故事的老人中，有一两位，在过去的时代，也是掌握着子民生杀予夺大权的。但是，现在他们却面容沉静，告诉我这个广场上曾经的故事。他们告诉我说，现在政协这些建筑所在的地方，就是马尔康寺的僧人们日常起居的居所。

其中，有一位喇嘛去五台山朝圣，回来时就有了这棵树。

关于这棵树，老人们有两种说法。

一种说，是那位喇嘛在长途跋涉的路上，折下一段树枝作为拐杖，回来后，插在土里，来年春天便萌发了新枝与嫩芽。这就是说，这株树不远千里来到异乡，是一种偶然。

持第二种说法的是一位故去的高僧，他说，那位喇嘛从五台山的佛殿前带回来一颗种子，冬天回来，他只要把那粒种子置于枕边，便梦见一株大树枝叶蓬勃。自己详梦之后，知道这是象征了无边佛法在嘉绒的繁盛。于是，春天大地解冻的时候，他在门前将这颗种子种下。

现在，树是长大了，但是，佛法却未必如梦境所预示的那般荫庇了天下。

马尔康寺在20世纪50年代开始衰败，并于60年代毁于"文革"。于是，原来的那些僧人也都星散于民间了。只有这株树还站在这里，在一个逼仄的空间中，努力向上，寻求阳光，寻求飞鸟与风的抚摸。有风吹来的时候，那株树宽大的叶片，总是显得特别喧哗。

声 音

刃口一样轻薄的寒意！

当我从军马场招待所床上醒来，看见若尔盖草原的金色阳光投射到墙上时，立即感到了这轻薄的寒意。

阳光是那么温暖金黄，新鲜清冽的寒意仍然阵阵袭来。这寒意来自草原深处那些即将封冻的沼泽，来自清凉漫溢的黄河，但这只是整个十月的寒意。眼下的这种轻寒更多来自落在草族们身上的白霜。

从黄河两岸平旷的滩涂与沼泽，到禅坐无言的浑圆丘岗，都满披着走遍四方的草。都是在风中，一直滚动翻沸到天边的草。

10月，草结出饱满的籽实。

10月，草在阳光照耀下通体显现出耀眼的金黄。

10月，早晨的寒霜落在金黄的草梢之上。那么美妙剔透的结晶体，一颗一颗，仿佛是这些草族统一结出的另一种奇妙的果实。一个两百年前的喇嘛在修行笔记中用诗行摹写过这些霜花，说它们是某种情境的结晶，是苦涩的思想泛出的盐霜，是比梦境更为短暂，比命运更为凄清的短命宝石。在镇子附近的辖曼湖边喝奶茶的正午，一个年轻的喇嘛这样告诉我，并送我一本那个喇嘛的笔记的副本。其时，身后的湖上大群的鸥鸟正聒噪着起飞，扇动着翅膀越过寺院的金顶，越过被秋风染得一片金黄的丘岗，飞往温暖低湿的南方。那么多蹼拼命划动，那么多翅膀奋力扑击，四溅的水花中鸥鸟的叫声简直沸反盈天。所有这些都是白天在草原上闲荡时留下的记忆。

现在是早上，我刚刚从军马场简陋的招待所床上醒来。床很硬，我把被子当成褥子，睡在随身的睡袋里。睡袋是一个黑暗但温暖的世界。一个有很多的自身气味的独特世界。

我的脑袋还缩在睡袋深处，就听到某种细密的声响。我知道，这是太阳升起来了，阳光撞在窗玻璃上发出叮叮的声响。头伸出睡袋一看，果然，一方金色的阳光已经明晃晃地照在了对面的墙上，原本白色的粉墙上出现许多斑驳的印痕。天花板上糊着十多年前的报纸，报纸都泛了黄，而且开始曲曲折折地龟裂了。墙角蹲着一只锈迹斑斑的烧泥炭的小火炉。洗脸架上的小镜子从中央向四边放射裂纹，无意之间模仿出一种花的图案。然后是四张床，四张床上只睡了我一个人。对面那张床上的被褥卷起来，床板上铺了报纸，报纸上有两本书和一沓稿纸。兴之所至，我会在纸上写点什么东西。这些天来，我对这个房间里的一切都已经非常熟悉，而且非常融入了。不用眼睛，只用脑门里某个地方就能清楚看到所有的一切。所以，这会儿我也不清楚自己是用眼睛还是用脑门里的某个地方看见的。

我还看见了窗户上凝结着漂亮的霜花。于是，那令人振奋的轻快锋利的寒意又悄然袭来。

关于这寒意来临的方式,我突然想到了桑德堡的诗。他写雾来到的方式是猫的方式。但我还是想不出这看不见的寒意随着阳光一起涌入是一种什么样的方式。但我喜欢这种新鲜的寒意,便躺在床上大口地呼吸。同时恍然看到,宽广原野上的草和石头之上,结满了晶莹的霜花,牧场木头栅栏上的霜花如盐,牦牛眼睫毛上的霜花如雾。马走过草地时,细碎的霜与深秋的草发出嚓嚓的声响。

从东边雪峰上射过来的阳光很明亮,但要好一阵子才会渐渐温暖,融化寒霜。太阳没有出来之前,寒意是凝止不动的。是流淌的阳光让寒意相随着流动起来。

每天,草原小镇的节奏差不多都一模一样。

所以我知道,接下来,一些三天来我已经熟悉的声音该出现了。在我的窗户下面,是一大片干枯的牛蒡和牛耳大黄。再过去是一个小小的水淖,水淖旁边就是这个叫作小镇的马路兼街道了。这是一个建在三岔路口的镇子。往西,黄河所来的方向是青海。黄河流去的方向——北方,是甘肃。东边的公路,穿过草原,再一头扎下雪山构成的大地阶梯,进入四川盆地。小镇在行政建制上属于四川。小镇是一个三省通衢之地,却没有一点繁华喧嚣之感。来来往往的卡车总是拖着一条长长的尘尾,从小镇上疾驰而过。结果,那么多尘土降落在镇子上,加上路边一两家生意冷清的加气补胎的修车店,本来可以稍稍美丽一些的小镇便平添了一种凋败的味道。这是草原上许多历史不长的小镇中的一个,好像当初将它们仓促建立起来的目的,就是要让它被世界彻底遗忘,就是要在它身上试验培植一种人工速成的凋败感。

当然,现在我躺在床上,看不到小镇破败蒙尘的房子簇拥在宽广草原中央那有些瑟缩的样子,看不到那些矮蹲在寂寞日子深处的房子,就像一群皮毛脏污索索发抖的羊。

现在,我看不到这些,我是在一所房子的内部,更重要的是我躺在自己携带的睡袋里。尼龙绸光滑的质感像女人的肌肤,被子里絮满的柔软羽绒,也是一个女人皮肤干燥清爽时的味道。当然,更重要的是其中混合了自己暖和浊重的味道,使我能像在一个最熟悉最习以为常的地方那样平静如水。

我在期待一些声音,期待窗外马路上一些熟悉的声音。

声音响起来了,仍然像我几天前第一次听到那样舒缓得有些拖沓:嗒,嗒,嗒,嗒……一路从镇子的东头响过来。这是一匹老马的蹄声。老马年轻的时候,应该是一种亮闪闪的青灰色,有一种金属般的质感。但我昨天在王二姐小酒馆看见这匹马时,却发现它跟它酒醉的主人一样,已经很老很老了。马的主人朝我扬扬手中的啤酒瓶,露出满口参差的黄牙。马拖着缰绳,垂着脑袋在太阳下假寐,漾动在皮毛上那一层流光溢彩的生命活力,已经完全消失了,剩下的只是一种暗淡而绝望的灰色。现在,这马迈着一成不变的步子,驮着它的主人从窗外的马路上走过。灰马曾经可能是一匹剽悍的战马,而它背上的骑手曾经是一位战斗英雄,战争结束后,因为离不开战马而到军马场当了饲养员。十多年前,骑兵建制从中国日益现代化的军队中撤销,专门培养良种军马的军马场也随之结束了历史使命。于是,这匹灰马的前程与骑手的前程都在那一天终止完结。

年轻却很不振作的镇长说,当这一对老东西哪天早晨不再出现在镇子上,这个镇子被忘却的历史才会真正结束。他说这话的时候有点诅咒的味道。好像这个镇子没能显出勃勃生机,就是这一对老东西的错。另外一些人就平和多了。他们都相信,这对代表着小镇昔日辉煌与光荣的老家伙,会选择同一个时间,在人们视野之外某个清洁安详的地方告别这个世界。我坐在小饭馆里,喝着有些发酸的奶茶打发时间时,突然注意到马的双眼很大,像这个季节的水淖一样,反映着晴朗天空里的云影天光。

马从窗外走过去了。

片刻的静默,中间穿插了一辆载重卡车疾驰而过时的轰鸣、尘土与震动。汽车声音往青海方向消失后,从天花板上震落下来的尘埃还在阳光的照耀下盘旋飞舞。

然后,我听见了那双走路时总是擦着地面的旧皮靴的声音。那是一个拖着脚步走路的中年妇女,对这个镇子来说,她是一个不知姓名的过路人,没有人知道她要到哪里去,也没有人知道她要去哪里寻找什么或者什么也不寻找。但到达这个镇子后,她便停留下来了。每天定时出现,沿街乞讨。一天早上,人们惊奇地发现,她身后乖乖地跟着一只羊,但没有人问她这只羊的来历。后来,她身后的羊再增加时,人们连惊奇都没有了。我看见她时,她的身后已经有了五只羊。这不,在拖沓的脚步声中,间或传来羊咩咩的叫声。在所有动物的叫声中,只有羊的叫声能把悲戚与无助的感觉发挥到极致。

羊叫的声音:咩,咩咩。

老太太永远沉默无言,只有旧皮靴从土路上拖过时的嚓嚓声穿插在羊悲哀的叫声之间。

五只羊与老太太走过去之后,窗外又安静下来。

太阳又升高了一些。这时，从窗外映射进来的是两方光芒，落在灰皮剥落的墙上，糊着一层层过期报纸，而这些重叠的时间又斑驳龟裂在天花板上。一方光芒金黄，而且渐带暖意，那是透过玻璃直接射进屋子的阳光。一方晃动不止的银色光芒，是窗外那个小淖的镜面上反射进来的阳光。水吸掉了阳光的金色与暖意，把光变成一种不带温度的纯净的银色，在眼前晃动不止。

然后，小学校的钟声响起来。草原很空旷，镇子上也没有什么高大建筑。声音无所阻滞，没有重叠回荡时的杂乱共鸣，只是很纯净地一波一波荡向远方。我听不到这声音的边界，听不出这些声音消失在什么样的地方，是沼泽地里那些大大小小的草墩之间，还是视线尽头的小山丘上永远深绿的伏地柏中间。那些小山丘上，所有花都已开过，现在，只有结出饱满籽实的草在风中摇晃。钟声一拨拨有去无回地漫过我，然后，四周又突然变得很静，静到我能听到自己脑海中一种蜂巢深处那种嗡嗡的声响。其实，那是金属钟内部在敲击停顿之后继续振荡的声响。钟声是水淖反映到屋子里那种银子的颜色。

之后才是唯一能使整个镇子显出生机与活力的声音。

很多门开启，关闭。很多杂沓的脚步声啪啪嗒嗒地响过窗前。后面，是母亲们祖母们叮嘱什么的声音。这一瞬间，本身就很明亮的阳光更加明亮到了有些刺眼的程度。这种情景，让人回想到自己并没有太多幸福的童年。心里很深的地方，有些悲伤，有些渐渐升起的温暖。于是，我躺在床上再一次闭上了双眼。视线偏偏越过了四堵墙壁的局限，从很高的地方看到这个早上的草原。太阳渐渐离开东边地平线上透迤的雪峰，把所有草上，所有石头上都凝结着的霜花照亮。所有霜花都在融化之前，映射出一种短暂而又迷离的光芒。

我继续躺在床上，闭着眼睛一动不动，害怕自己抓不住那短暂迷离光芒中揪心的美感。一切重又安静下来。孩子们坐在课堂上，打开书本，努力要通过文字的缝隙，窥望另外一个世界。而在广阔的草原上，从东向西，深秋的霜花渐渐融化。霜花融化后，草棵上昨天还残存的一点绿色，也化成了这个季节的主调：明亮的金黄，耀眼的金黄。

霜花融化时的草原是安静的。于是，我才听到了自己的心跳：咚咚，咚咚。仿佛来自大地深处的声音，其实不是来自我的身体，而是十里之外的一座庞大寺院。寺院的金顶闪闪发光，很多红衣喇嘛坐在耸立着数十根巨大方柱的庙堂里，庙堂总是阴暗幽深。诵经声被局限在庙堂厚重的四壁间，被压迫在色彩浓重的藻井下，混浊不堪。但是，鼓声，却一下，一下，很沉稳地传到很远的地方。

鼓声响起时，镇子上人便越来越多，声音也杂乱起来。摩托引擎声，男女调笑声，便携式收录机播放的音乐声，家畜在镇子上穿行时偶尔的鸣叫声，鱼贩的声音，菜贩的声音，在这些纷乱的生活声音之中，很多的野狗不知从什么地方钻出来，间或尖厉清脆而又无所事事地吠叫几声。这时，草原上的霜已经完全化开了，那轻薄锋利的寒意也已消失。穿过镇子的马路，因为人的行走、车的飞驰和家畜的奔突而变得尘土飞扬。草原深处，那些因为寒意凝止屏息的水淖又开始在轻风中微微动荡，映射着天上的云影天光。蜿蜒曲折的黄河，波光粼粼，从西而来，在小镇旁边，一个差不多九十度的美丽的大转弯，又流向了北方。

我此行是参加一个宗教调查小组，在去传来鼓声的那个寺庙的路上，因为小病在这个镇子滞留下来。三天来，我便通过这些声音熟悉了像草原上所有小镇一样的这个小镇。最后的声音是，一辆吉普嘎吱一声刹在窗外的马路上。然后，几个人影映在窗上。我穿衣起床，同伴们接我来了。

　　现在离那个草原小镇的早晨有七八年了吧。后来，我又去过很多这样的小镇，也很多次经过那个小镇。奇怪的是，那个小镇永远都是那个样子：永远是刚刚仓促地拼凑完成的样子，也永远是明天就会消失的样子。每次路过那个镇子，那些声音便响起来。同时，我还听到了另外一种声音。年轻的镇长请我到他家去吃过一顿藏式大餐。小镇上的房子总有两面的墙没有窗。外面阳光明亮的正午，屋子里便幽暗下来。镇长和我吃饭的时候，他的妻子就坐在那清凉的暗影里。镇长说，刀。一把片肉的刀便从暗影里递出来。镇长说，盐。一个盐罐又从暗影里递出来。

　　有一个词是不用吩咐的，那就是酒，当面前的杯子快空的时候，那个女人的手便从暗影里伸出来，把我跟她丈夫面前的杯子斟满。所以，我对镇长妻子的认识就是一只手和戴着一只沉重的象牙镯子的手腕。当然，还有一种有些压抑的呼吸声。由此我知道，镇长的妻子害着哮喘。我把这情景写成一首诗，为了与哮喘声相配，我把背景设置成了冬天。

界　限

我是在夜里到达这个地方的。

黑暗中，凭气味我知道自己是到了一个草原小镇。这种气味是马匹和街道上黄土的气味。白天，马匹在阳光下穿过满是浮尘的街道，或者停留或者不停留，如今，已在某片草原上沐浴清风与星光，却把壮健与自由的气息留在了这个地方。

在即将关门的回族饭馆吃那一盘牛肉时，小镇正渐渐睡去。远处草原上传来牧羊狗的吠叫。感觉不到有风，却听见很高远的地方有风在呼啸，不禁叫人恍然觉得已在时间边缘和世界尽头。

就在这么美好的自然中，总是有这样粗糙的饮食，这样简陋而肮脏的房子，好在小饭店的后门打开，我就听到了潺潺的水声，夜的清凉之气立即席卷而至。走出这小门，背后的灯光把身影拉长，投射到一道小桥上面。桥那头又是一道门，那就是我睡觉的地方了。店主人说："小心，过了桥就是我们甘肃了。"

这条小溪在这时充当了我们人类无数界限中的一种。

在此地流连的几天里，我都不断被人提醒：这溪流是一条界河，北岸是甘肃南面是四川。提醒者多是胸前别着钢笔的人物。老百姓却告诉我：过去，溪水滋润的是同一个部落的牧场，现在却为牛羊过界，或者一幢房子修错了地方而不断发生冲突。冲突不断增加着邻居间的仇恨，从民间，到官方。当然，我只是个无足轻重的人物，这些事是不容我置喙的。当地一个民政干部向我出示几张流血的照片时，就受到他的领导训斥。而我实在无须这个长官如此防范。

我只是一个徒有吟游诗人的心灵，而没有吟游诗人歌喉与琴弦的人。我只是一个沉默的旅人，只是因为一种盲目的渴求与孤寂的驱使，十分偶然地来到这个地方。我关心的只是辛勤采撷到的言辞是永恒的宝石还是转瞬即逝的露珠。

在没有桌子的房间里，我点燃随身携带的蜡烛。电灯也就在这时渐渐熄灭，这过程就像一声长长的叹息。按时停电是这类小镇的习惯。新的一天开始时，周围的世界陷入了梦境。我在烛光下打开地图，找到自己此时在世界上的准确位置，一颗心就得到了些许抚慰。

在这夜深人静的时候，心随着大地的呼吸缓缓跳动，伸出手指，在图上顺着一条蓝色细线左右蜿蜒。在我栖身的地方溪流还没有名字，只是当它和若尔盖草原上众多的同样溪流汇聚起来后，才有了一个名字叫白龙江。白龙江汇入嘉陵江，嘉陵江汇入长江，长江汇入大海。宁静的夜晚，大海中盐在生长，珊瑚在生长。这样很好，叫人对自己的生命有了确实的把握。

我想，梦中的自己一定有甜美的笑容。

早晨起来，只见满天大雾。湿漉漉的雾气缓缓流淌，带走了小镇上不好的气息，带来了旷野上泥土和水草的气息。雾还遮住了许多我所不愿看到的东西。抬头向四周环顾,发现这里已是若尔盖草原的边缘了。几座山在东南方相依相扶,绵延而起。眼睛看见它们时,双脚已不由自主向它们移动了。第一个山头只是一个浑圆的小丘。可就这小小的一次登高,竟也让我看见一次草原的日出:一个红球从地平线上缓缓升起,到了确信眺望它的人已经十分渴望它的光明与温暖时,才猛一下放射出耀眼的光芒。众多的鸣禽都在这一刻开始了欢快地啼叫。云雀欢叫着笔直地向上飞升,把无比清亮的声音从天上和太阳的金光一起抛洒下来。就是这样,草原的早晨变成了光和声辉煌的交响。就在这华美的晨曲中,马匹、牛群从白雾中走了出来。每一叶绿草,每一片花瓣上都有露水在闪闪发光。可惜这个世界并不仅仅只有马匹、牛羊和它们赖以生存的水草。

这世界上还有人。

面前这倚在山湾里的小镇就充分显示了人类闯入这个世界时的仓促与盲目。现在就让我来勾勒一下这叫作纳摩的小镇的面貌吧。

雾气还未完全散开时,最先是溪流两岸山坡上的两座寺庙跃入了眼帘,一样的琉璃宝塔,一样的铜鹿在金色的屋顶上守护着法轮,法轮运转了地、水、火、风等所有的东西;南北对峙的两座藏传佛教寺庙规模也大体相当,从外观上就可以看出有显宗学院、密宗学院和时轮金刚学院。在这片不算贫穷但也算不得富庶的草原上咫尺之间修起两座同宗同派的寺庙,该要百姓多少供养!但从视觉上讲,这些建筑绝不会破坏自然的美感。当雾气进一步散开,辉煌的大殿下面那些木瓦盖顶的低矮僧舍就有些破败的味道了。好在这些不规则的僧舍之间有高大的云杉和柏树遮蔽掩映,才减轻了这种感觉。问一个出来练习唢呐的小喇嘛,为什么这么小的地方要建两个如此庞大的寺院,小和尚嗔怪我的无知,说:"四川一个,甘肃一个嘛!"

寺院下面是一个村庄,或者说是这个小镇的村庄部分。村子就是一片低矮的土屋,那样灰颓,没有光彩。好在家家门前都有一个院子,用整齐的树篱围成。好在院子都辟成了菜地,灰颓中有了一畦畦翠绿。这是一个回族聚居的村子,所有土屋都拱卫在清真寺的周围。清真寺高耸的塔尖擎举着一轮新月,使这群土屋凝聚起来了。这也自有一种精神上的力量。

再往下,就是这个镇子新建的部分了——在这草原上显得最为唐突的部分,显示了人类所可能有的仓促与草率。一方面,所有建筑怕冷似的挤在一起,显示一种团结紧张的思想;另一方面所有房子的门窗都朝向各自的方向,好像唯其如此,才能显示自己的存在一样。所有这些饭馆、商店、仓库,一个乡政府所能具有的一切,就这样蛮横地破坏了草原的美感。这无意中流露出一种心态,这些房子的主人谁也不想在这里久待,但迫于生计又不得不待在这里。这样,它就不可避免地沾染上了所有这种偏远小镇的味道——它们自身却是作为现代文明的代表而备感骄傲的,叫人觉得要是和周围的环境协调起来就失却了存在的理由。

我想自己是一个理想主义者,情趣也比较古典。我想这些房子不要如此狭长死板,色彩不要这么暗淡,不妨栽种点树木花草,它们的表情就会自然松弛,而不那么倨傲紧张了。但是它们不,它们就那样挤在一起,中间狭窄的通道也无人去平整。这样也就只好终日面对雨天的泥泞与晴天的尘土。

问一个医生,为什么不把小镇弄得干净一点,他翻翻眼皮说:

"我们甘肃关四川人屁事。"

原来,我已经在不知不觉间跨到溪流的北岸去了。你不能把这条溪流只看作一条小溪,而要看作一条界河。界河不仅仅存在于国家之间。就是在这样一个看上去遥远宁静的地方,也同样规范着人们的言行,也在人们思想中制造可怕的东西。有了这种东西,人们表示敌意或轻蔑就有了一个可靠的依托。

这个地方,历史上有过民族间的冲突,而现在,民族关系日益融洽,种族限制也日益模糊。比如过去冲突常在两座藏传佛教寺庙和清真寺之间发生。近百年来,一旦明确了那小溪是一条界限,冲突也就转移到了两座佛寺之间,争夺供养之地和教民。当我到达的时候,小小的一个回族村子则为遥远的波斯湾战争而激动,他们当然倾向于穆斯林兄弟打胜仗。《金枝》一书的作者弗雷泽在澳大利亚曾看到这样的情形:当一个部落感到生活空间的狭小,感到了界限的束缚时,他们就派遣使者去要求更改,这种要求在大多数情形下都会被拒绝,于是,前者便派人去说,他们要来夺取所要的东西。后者便回答说,那样他们就要向邻近的近亲部落请求主持正义和进行援助。于是双方准备发动战争。会见时像平常一样说上多少愤激的言辞,最后同意次日每方以相等的人数来打个水落石出。但到了次日,却只进行一场个人决斗便解决了争端。

我喜欢这样的方式:直接,明快,自尊而又富于人情味。现在这种界限却暗暗腐蚀着人们的心灵,而这条作为界限的又是一条多么美丽的溪流哇,好似一条大江之源。水流哺育着文明、生命和天地万物,而在不止一个地方看到河流不再滋润心灵与双眼。当人们注视界限的时候,都会服从集体的冲动。我去参观甘肃那边的寺院，那儿的喇嘛也因为我虽和他是同族但籍贯在四川而向我关闭了他智慧的窗扉。四川这边的寺院允许我随意参观多半是因为那边寺院的拒绝。寺院住持去过印度。我向他打听佛教早期寺院的情形，比如对汉藏佛教均有过巨大影响的那烂陀寺。这个善辩的喇嘛警惕地看我一眼，之后就深深地沉默了。我知道，这是又一种界限作祟的缘故了。本来，仅对宗教而言，这种界限是不存在的。实际上这界限的存在，像一条阴影中的冰河散发着寒气。后来喇嘛答非所问，说，印度嘛，印度不好，印度的蚊子比苍蝇还大。

剩下的时间，我顺着溪流往上游走去。草地的尽头出现了岩石。

事先就有人告诉我可以在这些岩石上看到佛教史上有大功德者留下的圣迹，一些说明这个地方如何吉祥的胜景，但我都没看。我只是顺着溪流一直走向上游。沿着小溪的小路渐渐模糊，溪水也隐入了这片草原上唯一的一片森林，小路终于消失了。起初，森林中还有一些为建筑小镇而斫伐的痕迹。后来，就只有树木、苔藓和水了。每一株大树的根子，每一道岩石的缝隙都是水的来源。我只是想，人们又是如何替源头之水区划一条明确的界限？

我不想再回到山下的小镇。于是，翻过一个不算太高的山峰，眼前豁然开朗，又一片更加宽广的大草原展现在眼前。

非主流的青铜

中国文化太老了,太老的文化往往会失去对自身存在有力而直接的表达能力,所以,居于主流文化中的人走向边地,并被深深打动而流连忘返,自身都未必清楚的原因,一定是在这块土地上,在这些边地的非主流文化中感受到了这种表达的力量。

一

置身在抚仙湖岸上,无论是细雨霏霏光线暧昧的黎明,还是夕阳衔山时湖面显得一派辉煌的黄昏,看到湖水拍岸时,总听到一个声音在天与地这个巨大的空间中鼓荡。

是的,无论晨昏,无论天光晦暗喑哑还是辉煌明亮,在抚仙湖这个特定的空间里,我总在这特别的光色中感到青铜的质地,进而听到青铜的声音。一波波的水浪拍击湖岸,那是有力的手指在叩击青铜,水波互相激荡,仿佛一只巨掌在摩挲青铜。那是谁的手?谁的指与掌?我不想说那是造物主之手,我想说,那手的主人就是时间。在进化论者看来，造物主就是无形时间的一种拟人化的直观显现。

于是，没来由地就想起了戴望舒的诗句："我用残损的手掌／摸索……"

时间与天地共始终，所有时间之手即便都用青铜铸就，穿越了那么漫长的岁月，它的指与掌一定都磨损得相当厉害了。从现代物理学的观点来看，时间岂止是与这片天地共始终，即便这片天地消失了，它还要在我们所能理会的世界之外独自穿越，于是，伫立于雨雾迷蒙的湖岸，我想起了自己的诗句："手，疲惫而难于下垂的手……"同时，恍然看到一尊有些抽象的青铜塑像站在面前，发出一声轻轻的喟叹。

我很奇怪，产生这种感觉的地方，不是历史在泥土中沉淀为一个又一个文化层的古老的中原，而是在这里，在抚仙湖，在云岭之南。

二

必须说，过去我驻足于抚仙湖畔时，山即是山，水便是水，并没有这样多的联想。

那时，我也像许多来去匆匆的游客一样，站在这样一片通神般的湖光山色之间，却不知道近在咫尺，有一座小小的红土山丘叫作李家山。更不知道，李家山出土的那些奇迹一般的青铜器。

直到我稍稍离开湖岸一点，来到李家山，与那些青铜遭逢，一切才得以改变。

其实，又何止是我呢？

对多数一直受着一元论教育成长起来的中国人来说，青少年时代读过的教科书中，青铜所铸的物件都是"国之重器"，属于黄土与黄河，那是中华文化的正源。云南这样的边疆地带，可以书写的历史，在有着众多盲点的正统史观中，如大观楼的长联所写，无非是"唐标铁柱""宋习楼船"而已。当然我们也在正统的历史之外听闻过云南的青铜，那就是一些流传于边地的铜鼓。这些铜鼓的存在与使用，不过使民族风情更为浓郁和神秘而已。当一个人想起月夜下的隐约迢递的鼓声，就已经神游在原始与蛮荒的风情之中了。所以，人类学家说："鼓发出各种信息，或具有仪式的性质。"鼓声传达的信息，对别人总是难解，而鼓声在不同仪式上所具有的神秘性质，更是助长了我们关于一些古老风情的想象。

但现在不一样了，我看到了李家山出土的青铜。再站在抚仙湖边，感受就复杂起来了。其实，我之所以多次来到抚仙湖边，并不仅仅因为这湖光山色的胜景，而是因为这些青铜给我的震撼与启示。

比如，在这里，我发现了一只铜鼓。

这只铜鼓在一些庄重神秘的场合肯定被无数次地使用过，而且因为这频密的使用而老旧了。于是，人们让它重新回到曾经浇铸它的工场，开口以传出声音的那一面被一片青铜封闭起来，再加上一个小小的开口，一只具有礼器庄严的铜鼓，立即变成了很世俗的东西：贮贝器。顾名思义，就是储存贝壳的容器。贝是古代的货币。一面通灵的鼓使用经年后，再次来到匠人手中，变成了一只存钱的罐子！

对匠人来说，这个举动也许是不经意的，但这个行为却无意间构成了一个巨大的颠覆！今天，一句用滥了的话叫：走下神坛。很多时候，使用这个短句的人其实是在替这个过于庸常的时代开脱，也是每一个身陷于世俗泥淖者的自我开脱，但在意识中满世界都飘荡着各种神灵的古代，让一面可以通灵的鼓走下神坛，将其变成一只日常的器具，的确是一个伟大的举动——至少比今天我们不为自己的庸常开脱还要伟大。

就这样，李家山的青铜在中国的青铜中成了一个异数。如果那些试图上通于天的青铜代表了主流，那么，李家山这些努力下接于地的青铜就因为接近民生而成为非主流，我就会肯定地说，我所热爱的就是这种非主流的青铜。

三

正因为如此，我才不止一次来到抚仙湖边，不止一次走向那座博物馆，走向那些青铜中的异数，异数一般的青铜。

不是铸为祭器与礼器的青铜，不是为了铭刻古奥文字记录丰功伟绩的青铜，也不是铸为刀枪剑戟的青铜，所以这些青铜，在中国历史书写中不是主流。

这并不是说李家山的青铜器中没有这样的东西，比如铜鼓，比如此地视为标志性的牛虎铜案，比如众多的兵器——而且在刀枪剑戟之外，还有"叉"与"啄"，有狼牙棒这样别处青铜陈列中未见的兵器。同时，我还第一次看见"啄"与"狼牙棒"这样的兵器顶部还连铸有造型生动的动物雕饰，兵器的威力未减，但在观感上，却有了一点日常用具的亲切。但我更想说的是另一些非常生活化的物件与雕饰，复活了古代滇人的生产与生活场景。如果不是这些青铜器的出土，也许古代滇人的存在就永远是一个似是而非的传说，也许在对他们的猜想中，我们眼前出现的就是一群茹毛饮血者的形象——这是中心对边缘的想象，也是所谓文明对蛮荒的想象。但是，这些青铜从沉睡千年的李家山的红土中现身了，使我们看到了一种曾经辉煌的文明。从此，站在抚仙湖边，或者在云南的边地民族中行走，就能时时感觉到今天云南各族文化与生活中还有那些青铜的余响，在思考中原之外非主流的历史的时候，就有了一条可以追踪的线索。

所以，我不止一次静静地站立在这些青铜的面前。

我曾经写过一篇文章，叫作《让岩石告诉我们》。理由就是，如果"一段历史未能通过某种记录方式进入人类的集体意识，这个历史就是不存在的"。在一元史论和某些文化中心论的遮蔽下，边地的历史总是在有意无意间被忽略，被遗忘。所以，很多族群的历史就此湮灭，留下一点隐约的传说，也像是天空深处那些闪烁不定的星光一般。但是，游牧民族会在石壁上留下岩画，隔着空旷的草原和遥远的时间，给我们留下一些当年生活的信息。行走在那些已经成为荒漠的昔日草原上，心中一片空茫，恍然间会看到一个骑士的剪影，正挥鞭驱赶着刻画在石头上那些牛与羊——那些因为风化而轮廓日渐模糊的牛与羊。一个远古人群的身影就复活了。

那些昔日在广大地域上游牧的人在石头上留下这些刻画的时候，另外一些人在铸造青铜。从黄河岸边那些古代都城，到三星堆，再到李家山。

从长安到三星堆，那么多让人感到神秘与庄重的"重器"，至今还能让人喘不过气来。那些东西的产生与存在，仿佛就是为了让别人在精神上匍匐在地。然后，抬头向它仰视，或者连仰视都不敢。那些器物的精神核心是"天赋王权"，而不是"天赋人权"。从浇铸那些青铜的时候开始，经过数千年主子与奴才的共同努力，关于一个个逐次升高的等级与等级之塔顶端无可置疑与动摇的王权制度的建设已经日臻完善。谁说中国人没有宗教？等级塔尖上的王位就是最高的神坛。有时，君临天下者也需要"走下神坛"，那也是"微服私访"的性质，有点像今天的作家"深入生活"。完了，还是要回去的。那些下什么坛的，也只是偶尔下来一回，最终还是安坐在各种各样的坛上，安享供奉。

所以，不要说看见，我们就是想到青铜，以至后来产生的铜的雕塑，内心里产生的就是一种沉重的情绪。

但这是在一向被视为边疆的云南，在云南高原的抚仙湖，在抚仙湖的李家山。一旦看到这些青铜器出现在眼前，你就轻松地走进了一种可以复原出细节与场景的过往的生活，从而真切地接触到一段鲜活的历史。

四

就来看看古代滇人是如何装饰那些体形丰满的贮贝器，也就是他们存钱的罐子吧。

至少是那些展示出来的贮贝器顶盖上，无一例外都铸造上了神态生动的各色人等和不同的动物。而且，不是某个单一的存在，而是一组人,一组兽,或一组人与兽,相互之间因为呈现当时人类社会某一种活动或某一个生活场景而构成一种关系。这种关系或者紧张,或者松弛;这些场景或者和谐庄重,或者亲切幽默,都让我们这些总在思考一些文化与历史命题的脑子,产生一些新的感触与想法。前面说过,当我们在考察一些有别于我们当下存在的过往或其他民族的生活与历史时,往往会发现——不,不是发现而是总结出一种相当单一的特征,以至这种特征最后又抽象为隐晦的象征。这种情形,人类学家玛格丽特·米德早就批评过了:"他们个体生活的个性的侧面,总是泯灭于对群体的文化生活的系统描述之中。……这种描述是标准化的……像是制定确定的艺术风格的规则,而不是艺术家能够纵情地表达他的美学观念的方法。"

但现在,在这些贮贝器的顶盖上一组组精美的群雕中,你看到的不是这种象征性的符号,而是一种有温度的场景,你感受到的是仍然在呼吸的生活。可惜那些陈列的青铜器没有系统地分类、命名或编号,所以,说到这些器物也就无法准确地指称。但的确有这样一件贮贝器,在直径不到三十厘米的盖子上,中央铸造了一根铜柱,以铜柱为中心,一共铸造了三十五个人物。而且,这些人物都处于行动当中,或头顶束薪,或手持陶罐,或肩扛农具,或提篮挟筐,甚至一个人好像正在展开一块织物,这些行动中的人物站、蹲、坐、行,清晰地呈现出各自不同的装束与神态。就在这小小的一方天地中间,居然还出现了由四人抬行的一具肩舆,舆内一位妇人端坐在一柄宝伞下面。看到一篇考据文章说,这组群雕描画的是春耕前祭祀的场景,但我看这组群雕,却意不在此。当真切地看到一些人身着那时的衣裳,做着那时的事情,一个时代的一角就以原本的面貌呈现出来，至于他们是去往市集之上进行物物交换，还是正在进行祭祀，倒显得不那么紧要了。

我是凭着记忆写这篇文章的。现在，我又想起了另一只贮贝器上的驯马群雕。一共七个佩剑男子正在驯马，一人一马绕圈而行，正好吻合了圆形顶盖的形状。圆圈的中央，是一个踞坐于高座上的男子，怒目而视，双手舞动，显然是这场驯马的指挥。这其实已经用非常直接的描述告诉我们，当时使用这些青铜器的人，其畜牧业发展已经达到了怎样的一种水平。还有一组雕塑也相当直接地说明当时畜牧业的状况：一个头戴长檐帽，身着紧袖长衫，胸前挂着显然是用作容器的葫芦，一手揽着拴牛的绳子，一手正把什么东西送进牛的口中。研究者的解释是，这人是一个兽医（或者一个懂些医学常识的人），正在给牛喂药。

这组雕塑来自李家山青铜器中和贮贝器一样最为特别的一类：扣饰。

某年，我在美国弗吉尼亚的乡间旅行。某日，在一个镇子上进了一个特别的商店，这个商店出售各种马具，比如相当于一部汽车价格的一副马鞍。但真正使我感兴趣的，是店里出售的各式各样银质的精美扣饰。所有扣饰质地与式样各异，但都有一个共同的表现对象——马，我花八十美元也买了一枚作为此行的纪念。所以，在李家山看到那些青铜扣饰时，不用看文字说明，我立即就明白了这是些什么东西。

隔着玻璃展柜，我久久端详着它们。

想象那些无名的工匠如何在完成了这些皮扣的实用功能后，没有草草结束他们的工作，而又沉溺于美的创造，最终使一件件实用的器物变成了精美绝伦的艺术品。

扣饰之一,一个骑士驱驰着骏马猎捕野鹿,那只奔跑中的鹿昂起头来向前飞奔,一对犄角所有向后流动的线条为整个扣饰增加了流畅的动感,我仿佛看到它驱驰在遥远时空中,耳边掠过风的呼喊。

扣饰之二,四只猛虎刚刚把一头身量巨大的牛扑倒在地上……猎食者的凶猛与被猎食者的挣扎都表现得活灵活现。

还有之三,之四……但我毕竟不是为这些青铜撰写解说词,就此打住吧。所以愿意在具体器物描绘上多花一些笔墨,无非也是想让这些非主流的青铜得到更多的关注。

更值得一说的,还有那些青铜的农具。

从中国这块古老的、层层文化互相掩盖的地下,已经发掘出了那么多的青铜器,但哪里会有这么多的农具?

目前,李家山出土的器物并没有完备的陈列与展示,据发掘资料介绍,光是生产工具就多达十余种。除了至今还以铁器的面目在乡间被广泛使用的那些工具之外,我特别注意到有一类有较大面积的工具,上面都有整齐的镂孔,这显然是为了适应湿地作业而产生的发明创造。其中,还有一件研究者们至今也没有弄清楚其用途的带把的镂空的勺形器具,器具前端还有一个造型生动的蛇头。如此直接的一个用具,却给今人留下了一个难解的谜团。

看到这些精雕细琢的农具,使人敢于相信古代的农耕生活肯定具有比今天更多的诗意,而在今天中国广大的乡野之间,焦灼的田垄与村庄中间,那些温润如玉的东西却日渐枯萎了。

遂想起《诗经·郑风》中的诗句:"女曰鸡鸣,士曰昧旦。子兴视夜,明星有烂。将翱将翔,弋凫与雁。"

五

　　看到李家山各种青铜器物上对生活场景,对牲畜与野兽的精细刻画,恍然间,我真的感到《诗经》用富于歌唱性的文字所描述过的生活与劳动场景,以及那些场景中的人的情怀,在某一个瞬间真的复活了。

　　"皎皎白驹,在彼空谷。"我看到了《白驹》中那匹白马在扬蹄奔跑。

　　"谁谓尔无羊?三百维群。"这是《无羊》中一个牧人关于丰年的梦想。

　　再看一段《伐木》:"伐木丁丁,鸟鸣嘤嘤。出自幽谷,迁于乔木。嘤其鸣矣,求其友声。相彼鸟矣,犹求友声。矧伊人矣,不求友生?神之听之,终和且平。"这里,仅从美丽的声音就烘托出劳动者怡然的心情,更在场面的描写中升华出关于人际关系的温情的思考。

　　怀着《诗经》的情致读这些非主流的青铜,就能感到在辛勤劳动中生发美好与欣怡的流风余韵。今天,中国大部分乡村生活中那种怡然自得的情景已经荡然无存。曾经肥沃的土地日渐瘠薄,心灵中那些欢快的泉水也早已干涸。好在,在云南的乡村,无论是来自中原的汉族,还是世居的或同样是迁徙而来的少数族群,在他们的劳动生活中还多少保留着一些属于古代的乡村的诗意。一句话,生存的努力中还有让人感到温馨的"终和且平"的美感。过去,我对这种感觉无以名之,就叫作"云南的古意"。现在,有了李家山,我就感到这种"古意"其来有自,而又布于广远了。如果仍拿青铜说事,李家山出土的那种形制独特的小型编钟,在数百里外的红河岸边也曾出土。编钟出土的热带河谷里,生活其间的花腰傣,那些穿行于槟榔林间或稻田之间的女人,身上叮咚作响的金属饰品,在我看来,正是那编钟的悠扬余韵。

我喜欢云南,无非是两个原因。

一是云南的多样性——自然生态的多样性与民族文化的多样性。

再者,就是前述所谓"云南的古意"。这种古意其来有自,这个"自",部分当然源于中原文化,但这个"自"却也自有其特点。这个特点就是人类文化中最为质朴最为直接的那个部分,始终存活在民间生活中,在中原文明的发祥地,文化进入庙堂后成为一种玄秘的象征,而在民间生活中,流风余韵已经相当邈远。

现在我发现,自己对李家山青铜的喜欢,居然跟喜欢云南的原因如此一致地重叠在一起。中国文化太老了,太老的文化往往会失去对自身存在有力而直接的表达能力,所以,居于主流文化中的人走向边地,并被深深打动而流连忘返,自身都未必清楚的原因,一定是在这块土地上,在这些边地的非主流文化中感受到了这种表达的力量。太多的形而上的思辨,在诉诸形而下的生存时,往往缺少一种有力的表达。

正因为这个原因,"礼失而求诸野",人们来到云南,发现了美丽风景之外的云南,就会更加爱上这个像李家山青铜一样深藏不露的云南。

哈尔滨访雪记

在中国这个老的国家里,每一座城市都很古老。这些古老的城市,现在都变得千人一面般年轻。哈尔滨是个年轻的城市,却舒服地保留了一些老城市的味道。

夏天,不管你走到什么地方,除非荒漠,总是绿色覆盖了原野。夏天的绿色像一个帝王,把整个国家至少从地理上统一起来。到处都是雨水,到处都是浩大的水流。冬天就不一样了,从北到南,气温分成了一个又一个梯次,从低到高,改变了大地的色调。与此同时,水在枯萎,同时也变化出了丰富的形态:冰,雪,霜,雨,雾。仅仅凭借于此,整个国度就分出了南方与北方。2005年元旦,我从成都出发的时候,就担心弥漫在四川盆地里灰蒙蒙的雾气使飞机不能正常起飞。温润的空气里绿色植物继续生长,但雾气长期阻断视线却使人心情黯淡。

飞机在耐心的极限到来之前起飞了,降落在作为这次旅途中转站的北京。地理书告诉我们,北京是在冰雪的北方。但是,这里没有冰雪,没有水的另一种形态与气息。只有大堆的房子,干冷的风。好在今天,这里只是一个中转,只是从飞机场转到火车站时经过的一个地方。天很蓝,枯萎的树却是灰蒙蒙的一片。

夜晚的火车向着哈尔滨进发。火车穿越寒冷而又干燥的大地,除了偶尔一声汽笛,没有原野的辉光与声音。铁轨与车轮合奏的单调音节与同一节奏的摇晃,把人扔到床上,沦陷于睡眠。

夜半之后,我醒来,不是因为吵闹,而是因为安静。火车行进中那单调的声音越来越低,低到犹如梦境一般了。然后,我听到了一种巨大的差不多是无边的安静,那安静就是原野的声音。这么巨大安静的声音必出自更为宽广的原野。这样的原野上,必有河流浩大,犹如一株枝叶舒展的巨树一般。一些山冈蹲守在远处,犹如神灵。我没有睁眼,那寂静就已经让我看见。睁开眼,就看见透过窗户的稀薄的光亮。披衣走出包厢,走到更宽大的车窗前,光亮像水一样弥漫而来。我看见了南方雾气中久违不见的月亮!那月亮不发光,像只银盘滑行在天上。光是从地上弥散开来的,准确地说,是从地面的雪、地面的冰上弥散开来,把天空、树木、村庄、山冈照得微微发光,好像天地万物在这个夜晚,从自己的内部发出了光芒,而新鲜的寒冷的空气运行在这些光芒中间。我想,这才是真正的北方,想象中的冬天的北方或者北方的冬天。生活在这个世界上,我们总在想象一些事物的面貌,也总在发现这些事物与想象的差距。但是,在2005年开始的这个夜晚,我看到了与我想象契合的景象。

我呆立在窗前,列车的声音低下去,低下去,梦境一般穿越着冰封雪覆的原野。静谧的月光,穿过云层,穿过树林,越过村庄,梦境一般跟随着列车穿越。直到天渐渐放亮,月亮才隐去。此行是应哈尔滨市有关方面之邀前去观光,所以,我不能说哈尔滨之旅的高潮已经提前到来,但我可以说,哈尔滨之旅的调子已经定下了。

我的目的不是喧闹驳杂的城市,而是静谧广大的原野。南方冬天晦暗的雨雾中,田野已经很疲惫了,但仍然要生长粮食,生长蔬菜,生长鲜花,而不得休息,但在东北大地上,田野盖上洁净的雪被静静地休息了。我喜欢这种安静的休息,我们所有人的内心都渴望这样安静而且洁净的休息。

在中国这个老的国家里,每一座城市都很古老。这些古老的城市,现在都变得千人一面般年轻。哈尔滨是个年轻的城市,却舒服地保留了一些老城市的味道,而这些老城市的味道,并没有作为什么遗产,被圈禁起来。仅仅因为这个,哈尔滨就应该让我们喜欢,更何况还有大江穿过,更何况还有冰灯闪烁。更何况,还有程式夸张、内在质朴,语涉低俗、幽默机智却浑然天成的二人转在人们心头唱着,但我还是固执地喜欢着汇集在这个城市四周的旷野。

所以,友人带我逛街时,我特别想到冰封的松花江上看看。

好客的主人同我去访萧红故居,车经过一条河,我便被疏朗宽展的河床,河道中冰封的蜿蜒水流,河岸两边遒劲沉默的大树,以及背后夕阳的光芒感动了。主人指引说:"呼兰河。"我甚至说,可以兴尽而返,不去看什么故居了。相信哺育了萧红的不是那个故居的地主院落,而是这条呼兰河。当然,后来还是去了故居,果然是一个生气已失的院落。有意思的细节是,在壁上的名人字画中,有特别不像书法的一幅,上有四个没有布局也没有力度的大字"怀念萧红",落款是美国汉学家葛浩文的手迹。葛也是我小说的英译者,回成都后我发了封邮件给他说这件事情,他以前所未有的速度回了一信:"二十多年以前,呼兰县的人员先把我灌醉,之后让我一生中唯一的一次用毛笔写字:怀念萧红。够丢脸吧。"

所以,一行人到哈尔滨郊区滑雪时,我想到的是,回到南方便无雪可滑,所以不必费力去学。然后,我就被滑雪场四周疏朗的松林,松林中厚厚的积雪所吸引,一路踩着雪向着这个山冈的顶部走去。这山看上去很低,攀爬起来,却显得越来越高。太阳的光斑稀稀落落,积雪在脚下吱吱作响,呼吸越来越深,越来越多前所未有的凛冽,但也前所未有的新鲜刺激的空气涌入了胸腔。休息时,我脱下手套扒开深雪,现出了干枯的草和绿色的松树苗,但似乎没有想看见的东西。问题是有一时半会儿,我也想不起来,自己想在深深的积雪下扒出什么。我躺在雪地上,身上,脸上,洒着斑驳的阳光。在这冰雪覆盖的绵远大地上,身上无法感到阳光的热量,但闭上眼睛,却会感到透彻的明亮,听见阳光在树上,落在雪地上,发出细密的声响。这种声音里,宽广的大地,白雪覆盖的大地晶光闪耀,向四方铺展。

起身继续往上时,我想起来,前些时候,看过一篇迟子建的小说,说是东北的秋天短促,冬天来得迅猛,所以,积雪下会封冻住很多颜色鲜艳的野生浆果。我扒开积雪其实就是想看看下面有没有秋天未及凋落就已被冷藏的浆果。回哈尔滨看冰灯的时候,好像给迟子建谈了这事,她好像大笑,说,有,但在更深的山里,在她的家乡那边。确实,那天穿过的松林都很整齐,树都太小,而且品种单一,只是躺下来透过一些树冠看天的时候,有点森林的感觉。

爬上那座小山冈,举目看见更广大的雪野,更多的连绵起伏的山冈,休息的田野,封冻的长河。然后,一列火车,蜿蜒着穿过寂静大地,从远处而来,又向远处而去,使大地更加洁净与空阔,而道路辐辏,会聚于目力所及那片烟云氤氲热气腾腾处,那座叫作哈尔滨的城市。白天活力四射,傍晚,夜幕落下,然后点上盏盏冰灯,拢着那么晶莹的光,在整个白山黑水梦境的中央。

蜡 梅
——成都物候记之一

前些日子，动完手术，刚能走动就到医院园中散步，看到一株半凋的蜡梅，以为在病床上错过了蜡梅花期。

出院后几天，遇到成都冬日难得的晴天，便去浣花溪公园散步，远远就闻见浓烈的香气，知道那是蜡梅香——这个时节，也不可能嗅到别的花香。循味而去，果然见溪边小丘上盛开着几树明亮的蜡梅。近前去看，小丘顶上可落脚处已被老年时方焕发了文艺热情的人们占据了，正咿呀歌唱。歌声自然不会好听，所唱曲子也是"文革"战歌。揣想这些人都是当年的红卫兵吧，又想，这些人到了六十岁上下，又抖擞精神回头去唱三十多年前的歌，他们中间的这几十年上哪儿去了？这么一想，自然就打住了要在那里看看梅花的想法。

今天午后，笼罩成都平原多日的雾气散开，天空中难得地洒下来些许阳光，自然要出门沾沾地气，在小区公园里散步，眼无所见，却又闻见了浓烈的香气。结果在平常不大去的公园东北角上，发现了十好几株蜡梅，有的正盛开，有的已然开始凋零。那些凋零的花瓣先是失去了明净的黄，失去了表面亮闪闪的蜡光，也失去了花瓣中的水分，萎缩在枝上，然后在微风中悄然坠地。但那盛开着的几树仍足以把心情照亮，使我有心情跑回家给相机充电，换上合适的镜头，去记录它们的容颜。

就在收拾相机的这一刻，忽然起了一个念头，该随时用相机记录下自己所居住的这座城市花朵的次第开放。这时正值公历年头，农历岁尾，恰是开始做这事的好时候。

还最终想好了一个题目：成都物候记。

所谓物候，不想引辞书上的定义，还是气象学家竺可桢先生的文章《大自然的语言》更有趣味：

　　立春过后，大地渐渐从沉睡中苏醒过来。冰雪融化，草木萌发，各种花次第开放。再过两个月，燕子翩然归来。不久，布谷鸟也来了。于是转入炎热的夏季，这是植物孕育果实的时期。到了秋天，果实成熟，植物的叶子渐渐变黄，在秋风中簌簌地落下来。北雁南飞，活跃在田间草际的昆虫也都销声匿迹。到处呈现一片衰草连天的景象，准备迎接风雪载途的寒冬。在地球上温带和亚热带区域里，年年如是，周而复始。

　　……………

　　这些自然现象，我国古代劳动人民称它为物候。

虽然说，物候并不止于各种草本、木本植物花朵应时应季的开放与凋谢，而有更宽广的含义，但我喜欢这个词，便狭义地来用它一下。

过去，我也观察物候，拍花，并做文字记录，但限于一个范围，那就是青藏高原。今年，身体情况也许不会允许我做惯常的高原之游，那就从身边开始，来学习观察自己所居住的这座城市的花木吧。

美国作家梭罗以《瓦尔登湖》为世人所知，却很少人读过他有关植物的书《种子的欲望》和一本观察物候的笔记《野果》。我想，我的笔记就应该类似于那样的东西。只是干上这活，寻芳觅香，要耽误许多喝酒和打麻将的时间了，这俩在成都可是重要的社交。

一旦起意，我就拿起相机，到小区花园里去拍梅花。

不对，这么笼而统之说梅花其实很不正确。因为在植物学上，蜡梅自己独成一科，和在蔷薇科里有个庞大家族的梅并不相同。虽然它们同样在出叶前开花，虽然花朵看起来都直接从枝上绽放——其实它们本是出于叶腋，只是那叶子还要很长时间才会出现，待那叶子出现时，这些花朵与它们的香气都幽渺远去，无迹可寻了。

这一天，是2010年1月16日。

在我镜头所及处，尖瓣的蜡梅普遍在凋谢，圆瓣的正在盛开。

我是第一次这么仔细地观察蜡梅，才发现，以前以为就是一种的蜡梅，从花形上就有许多分别。按植物学术语，就是有很多变种。我不太确定这些变种是人工有意诱导出来的，还是在野生状态下就是如此。就我看到的有限的资料，好像大多为人工培育而出的变种吧。

蜡梅原产于我国秦岭南坡海拔一千一百米以下的山谷。进入中国人的庭院的时间却渺不可考。可以肯定的是蜡梅的栽培历史悠久，范围广泛，品种众多。从花径大小来看，有小于一厘米的小花类，也有大于四厘米的大花类。从被片颜色看，有冰色、白黄色、浅黄色、鲜黄色、金黄色和绿黄色的种种微妙色变。从被片形状看，有细长条形、披针形、长椭圆形、阔椭圆形、近圆形的分别。从内被片的颜色观察，则有紫心、红心、绿心、素心和晕心等多种类型。就花型看，又有碗状、钟状、磬口状、荷花状、盘状等。这些不同性状的相互组合，便形成了数量繁多的蜡梅品种。

中国的园艺，不是出于一种对植物普遍的好奇心，而是在传统文化提供了特殊寓意的少数品种上特别用心用力，好像园艺也是一种有人文意义的拓展工作。一方面，是大量可以驯化培育为美丽观赏花卉的野生种自生自灭于荒野；一方面，却在少数人工驯化成功的种上弄出相当数量有着细微差别的变种和种种诗意的命名。

蜡梅正是其后的一种。

前些日子写过一篇博文《错过了蜡梅的花期》，几位网友来指教，说，蜡梅的là是这个"腊"。这里先谢过一字师了。也许他们说得都对，我写得也没错。腊梅是说其开放的时间在腊月，而蜡梅是说其花瓣上那层光如涂蜡一般。大家都不错，两种用法都有人用，都有各自的道理。这其实和中国人的植物命名的随意有关。到了植物学家们那里，为了准确表述，他们都用拉丁文的学名，那是一个科学的但在我们看来未免生僻难解的命名系统。

但更多的时候，植物书上，还都是用蜡梅。

在我的印象里，从古到今留下的文字里，还是写作蜡梅为多。

苏轼、黄庭坚都写有蜡梅诗。

黄庭坚在《戏咏蜡梅二首》诗后写道："京洛间有一种花，香气似梅花，亦五出（五瓣）而不能晶明，类女功捻蜡所成，京洛人因谓蜡梅。"李时珍的《本草纲目》上也有类似的说法："此物本非梅类，因其与梅同时，香又相近，色似蜜蜡，故得此名。"这种花的花瓣外层为黄色，的确有点像蜂蜡，可见写作"蜡梅"，是就其花瓣的颜色与质感说的。

同在宋代的谢翱有一首写蜡梅的诗：

冷艳清香受雪知，
雨中谁把蜡为衣？
蜜房做就花枝色，
留得寒蜂宿不归。

这是说蜡梅以蜡为衣，以避雨雪的侵凌。诗人意犹未尽，又进一步以"蜜房"来比喻蜡梅枝头的花朵，并说这儿是蜜蜂躲雨避寒的好去处。诗人这一奇思妙想，虽然并不符合实际情况，当也与"蜡梅"这一写法有关。

关于寒冬里这种馨香黄花的命名之字，古人还有说道。明朝的《花疏》中写道：

> 蜡梅是寒花，绝品，人言腊时开，故以腊名，非也，为色正似黄蜡耳。

拍了蜡梅回家，又看到小区中庭中两树红梅已经满枝蓓蕾，一旦蜡梅隐身，它们就要热闹登场了。

还看见，从夏天到秋天再到初冬都不知疲倦在开着喇叭形花朵的洋金花（木本曼陀罗），差不多掉光了硕大的叶片，质感介于草、木之间的茎上、枝上，都已绽发出细小娇嫩的新叶了。如此说来，洋金花就是2010年最早吐芽的园中植物了。

2010年1月16日

2011年春节补记：

公历12月和1月，成都是蜡梅的天下。今年冬天奇寒，花信来得晚，2月间，蜡梅才盛开。出点好太阳的时候，人们都奔到东郊的一个新农村样板，叫作幸福梅林的地方去喝茶。更多的时候，是种梅的花农，剪了一大枝一大枝半开的蜡梅进城贩卖。那时候，一座成都城，几乎就是家家梅香了。如此情景，黄庭坚早有诗写在几百年前：

> 无事不寻梅，得梅归去来。
> 雪深春尚浅，一半到家开。

春节时候，我也从街头买了一大枝蜡梅回家，插在一个大瓷瓶中，每天夜里，都闻到强烈的香气，就知道，那是密密攒集在枝上的花蕾又绽开了。这枝蜡梅真的一多半都是到家开放的。我还为这枝蜡梅拍照一张，发在微博上，向大家祝贺新年。

梅

——成都物候记之二

早晨,看见对面的屋顶湿湿的,很松润的样子。盥洗完毕,才听见自己心中冒出话来:咦!春雨。再走到窗前,看昨夜雨过的痕迹。这一夜的雨,真是与看了一冬的雨的感觉大不相同了。

降温厉害的那些日子,雨水下来可没有如此温润的感觉。严冬的冻雨在别处怎么下的我不知道,但在四川盆地,总要先使天空灰暗压抑到无以复加,直到正午亦如黄昏,这才慢吞吞地降落下来。其实说降落是要为一个过程找到一个明晰的起点。冬雨常常是以雾的形态来临的,用这种方式先酝酿湿重而彻骨的寒意,然后才变成雨,无风也无声,就那么四处落下,并用更深更彻骨的寒意威胁盆地里所有绿色的植物:树、麦子、蔬菜和一切家养与野生的花草。看到街头人们瑟缩,看到一朵朵黑伞飘过,我唯一的愿望就是去一个有明亮天光的地方。但这样的雨,每一场都要下好一阵子。而且,在最阴霾深重的日子里,一个多月的时段里要下上好几场。每一场都像是马上就要凝成冰变成雪。那时就会想,干脆来一场铺天盖地的大雪吧!它又不来,它的目的就是让所有风湿病发作,连带着为这个时代多弄出一些忧郁症患者。

那些日子，顽强撑持的三角梅凋零了，菊花凋零了，我们小区院子里那几树紫荆大概是因为水土不服总是迟开，那些总是开得零落的花朵被直接冻萎在枝头上。

所有东西都因冰冻而收缩，对面的水泥屋顶也是一样。冬雨总是浮在物体的表面，不能渗透进那些因怕冻而紧缩的物体中去，只好浮在物体表面泛出一片贼光，冬雨用那种光在眼前唠叨：我要变成冰，我要变成冰。就这么从12月一直唠叨到1月。我想植物们也有些怕，因为在这个过程中确乎有好多花草树木都零落了。后来，植物们也烦了，特别是掉光了叶子的那些，特别是梅和海棠，反正该零落的都零落了，就很瘦硬地说，那你就变成冰吧。这么一说，冬天和它带来的那种冻雨却无可奈何了。这种迹象在蜡梅花开得很盛的时候就已经显现。蜡梅香弥散的时候，漏过云隙的阳光就一天多过一天，小区中庭那两树红梅的花蕾也一天大过一天。

那时就想，雨水也要变得温软了。

不想，这雨水在一个无梦之夜来了，又走了，只在对面的屋顶留了一些湿湿的痕迹。那是雨水浸入物体内部，使一切松弛并得到润泽的痕迹。这便是春雨的痕迹。打开锁闭很久的窗户，空气也带上了清新温润的味道。

我挑了维瓦尔第的《四季》佐餐，要用让乐队放大了的声音告诉所有事物，春天来了！

写小说的间隙，读闲书做调剂，看见古人有所谓"二十四番花信"的说法。

大意是指：自小寒至谷雨共八个节气，凡一百二十日，每五日为一候,计二十四候,每候应一种花信。二十四番花信,就是自小寒起,每五天有一种花绽蕾开放。如此次第开到谷雨后,就已万紫千红,春满大地。二十四番花信以梅花打头,楝花排在最后。楝花开罢,以立夏为起点的盛大的夏季便来临了。

今天已经是1月26号,查了一下二十四节气表,不只小寒已过,大寒(1月20号)也快过去一周了。红梅这番花信来得迟了些,因此推想,所谓二十四番花信之首的梅,应是蜡梅,而不是红梅。这倒应了杜诗中的景:"梅蕊腊前破,梅花年后多。"

住家小区的院子算得上宽敞,容下了众多植物。中庭疏朗处,有一树紫薇和两树红梅。紫薇属于盛夏,此时自然全无动静。两树红梅十多天前花蕾就在瘦硬的枝条上一天天膨胀,慢慢酝酿成了并不飘走的淡淡红云——远望有形,近看却又只见一朵两朵梅花试探性开着,稀疏零落而且干涩。不过,经过昨夜那样温润的雨水,那树梅花应该开了。

当阳光驱散薄雾,下楼就望见那团红云更加浓重。步步走近,那红艳并不消散。因此知道,这一树红梅花真的开了。这一树?不是说有两树吗?的确是长得好看的那一树热烈地开了。另外一树,一上午有多半时间在二号楼和几株高大香樟的阴影下,直到中午才晒得到太阳,总是受了委屈的样子,枝条不繁盛,花蕾也稀疏,所以这一夜春雨仍没将那些花蕾催开。

阳光下,我举着相机绕行的是盛开了的那一树,踩着书房里取书的梯子去够高枝上花朵的还是那一树。

再出门时,就看到城里城外,四处的红梅都应时而开。而且,玉兰与海棠,花蕾膨胀得都很厉害了。

自然要翻些古人写梅花的诗来读。

这些梅花诗，说喜欢也是喜欢的，有时也不甚喜欢。这缘故却也简单。中国诗歌，言志，抒情；有所描述，也是起兴，为了意在言外。写的是这个，要说的却是那个。写花，但花是什么样子并不真正关心，不过是用花做个引子。今天以观察植物之美的心情来打量这些诗，就发现这是个问题。单说咏梅诗吧，好像说的是梅花，其实并不是梅花，是诗人自况或别的什么，孤高清洁之类的。

> 不受尘埃半点侵，竹篱茅舍自甘心。
> 只因误识林和靖，惹得诗人说到今。

古诗名句"前村深雪里，昨夜一枝开"美则美矣，却不能让人知道写的是蜡梅还是梅。因为两种梅都是会在雪中开放的。

当然，它们也都会在没雪的时节开放，在没雪的都市开放，比如成都这样的城市。

来这座城市定居十几年了，不管有没有人注目欣赏，梅树是年年放花的，但雪从没有很好地下过，好让人赏玩积雪的枝头几星触目的红艳。现在我来写这些文字，想法相当简单，就是不管比兴，不管象征，不把景语做情语，就是为了看看梅花自然的呈现。就如看《瓦尔登湖》的作者梭罗观察记录野果："悬钩子到了六月二十五日就成熟了，直到八月还能采到，不过果实最佳的日子当数七月十五左右……信步走到一片悬钩子林前，看到树上结着淡红色的树莓果，不由得令人惊喜，但随之也感叹这一年快过去了。"

有文化批评家指出，咏花而不见花，这是中国文学甚至是中国文化中一种"不及物"的态度使然。所以，中国人可以没有观察过梅花而作梅花画，写梅花诗，因为那是写意写情，而不是写梅花这个客体。在记忆中搜索，在网上搜索，取出老书来翻，真没有看到"及物"的梅花诗。又想起成都曾是阴柔多情的词的发源地之一，《花间集》里的很多小令就产于这个城市，梅花也是本土自古就有的，便取了这书来看。读了十几页，二十好几首吧，却未闻到梅香浮动，如果吟到了花，也是海棠与杏花。想想也就明白了，在中国诗歌中，花是作为文化符号出现的，意象者也，先赋予意义，再兼及形象。所以，多情柔婉甚至淫靡的这些长短句中梅花就很难出现了。

还是回到硬朗一些的诗歌，陆游的《咏梅花》引起了我的兴趣：

当年走马锦城西，曾为梅花醉似泥。

二十里中香不断，青羊宫到浣花溪。

虽未描摹出梅花的情状，倒是写出了宋代在成都看梅花的地方"锦城西""青羊宫到浣花溪"。杜甫当年种桃写诗也在这一带，那是唐宋时来成都的名人依成都地理写出好诗的地方。我也想在这几日，挑一个好太阳、有小风的午后，在开过杜诗的万里桥某处泊了车，沿当年的濯锦之江，向西而行。这些地方都是当年的城外村野，所以梅花能开得"二十里中香不断"。今天夹岸尽是楼房，"香不断"已无可能，毕竟河的两岸十多年来，重新垒堤铺路、植草栽树，但景致也还颇有些可观之处。有青羊宫所在的文化公园，有浣花溪公园和园中的杜甫草堂，有百花潭公园。因此，河之两岸，定有梅花星落其间。还想起某天开车过滨江路,依稀看见岸边有树白花。正好下午浓雾散尽后出了太阳,便沿江去寻那树白梅。一路经过了许多红梅和一些性急绽放的海棠,走出六七里地了吧,在夕阳沉到那些高树背后的时候,寻到了那树梅花。远看是白色,近了,却是一树粉色。于是,借这一天已经黯淡的天光拍了几张粉梅。这树梅花已经盛开过了,准备凋零了,那些雄蕊柱头上的花药已几乎掉光(都尽数授给花瓣中央的雌蕊了吗?还是被风刮去到不知什么地方了?),剩下的花药也都从明亮的黄变成了黯然的深褐色。

这是1月的最后一天,周日的黄昏。和这株粉梅相会,无论是这一季,还是这一天,我都来晚了一点。

再补充一点,和蜡梅一样,梅经过广泛培育,已经有了众多的难以一一辨识的品种——枝形、花朵的颜色、花朵的单瓣或复瓣、复瓣的复杂程度,都是辨识特征。

植物分类学上,梅和蜡梅很不一样。蜡梅很孤独,一个品种自成一科,就叫蜡梅科。梅却出自一个热闹的大家族——蔷薇科,和好多开花好看的木本植物,桃哇,樱啊,都是本家亲戚。植物学还讲,梅花的花瓣为五瓣,那应是野生原种的形态特征,如今城里园中道旁,那些盛开着的,都是园艺种,有单瓣也有复瓣。复瓣者就是经过人工培植诱导的品种。往哪个方向引导呢?当然是往使花朵繁盛与热闹的方向。于是复瓣的梅花便更要繁复地重重叠叠了。

于我而言,还是喜欢那些单瓣的,更接近野生状态的品种。

2010年2月3日

贴梗海棠

——成都物候记之三

两周前。星期天。望江楼旁。

忽见河上有十几只白鹭，盘旋一阵，相继落在河上。这才注意到河水与前些时大不一样。水微微地涨起来，看得见流淌了，把潴积了很久的那些包藏着这个城市太多不健康成分的污水冲走。这样的情形，想必天看着高兴，阴了一冬的脸也就渐渐开朗，洒落下来温暖和煦的阳光。洒在身上，使身心温暖；洒在四周，使眼前明亮。这就是春天的意思了。江水还是浑浊着，但已不是将要朽腐的暗绿，而是带上了来自山中泥土的浑黄，散发的也是解冻的乡野土地那种苏醒的气息。

于是，白鹭也就结队飞来。

我以为，这就是看见了春天，而且，还想看见更多的春天，便进了望江楼公园去看那儿众多的竹子。是想看见拱地而出的笋吗？从时令上说，也未免太早了一些。可是，既然闻到了春天的气息，大概内心里有着这样的盼望吧。笋自然没有看到，却看到一株海棠将绽的蓓蕾，稀疏，却艳红耀眼。是这个城市准备开放的第一枝吗？

过几天去华西医院看医生，见院内差不多所有海棠瘦硬遒劲的枝干上，都很热闹地缀满了等待绽放的花蕾。想起早先在这里住院时，这里蜡梅都已凋谢，而别处的蜡梅才相继开放，便在花前小坐了一阵，想这个问题，并觉得自己想清楚了。当今的医院是个比市集还热闹的地方，提前开花是因为那么多人，紧绕着这个院落昼夜不停散发着热气的建筑，还有整个院落下的停车场里的汽车，共同把这个地方变成一个热岛。

之后，在城中各处经过，都要四处打量，看那些枝干最虬曲、最黝黑如铁的海棠树上如何透露春的消息。这些树都沉默着。在庭院，在河边，在公园，在车流汹汹的街道中间的隔离带上，都有许多海棠。在这个以"蓉"为别号的城市，海棠的数量远远超过芙蓉的数量。是现今才发生的变化吗？

查阅相关资料，知道至少在唐代，这个城市就有很多很多海棠了。有不得意被贬到四川来做小官的唐人贾岛的《海棠》诗为证：

昔闻游客话芳菲，濯锦江头几万枝。

意思大致是说，以前就听说这个锦官城花色很重，今天来果然看到锦江边上海棠成千上万树地开着。贾诗人来成都是路过。这个河北人要到下面去做小官，到今天高速路两个小时车程的蓬溪县去，后来，又到今天的安岳县去。不知是哪一次路过，看见了海棠花开的盛景。但季节应该是确切的，就是这春寒料峭的农历二月吧。

有一首宋人的诗正好回答了两个问题：一个是这海棠是否为成都土著，再一个就是它的花开时节。

岷蜀地千里，海棠花独妍。
万株佳丽国，二月艳阳天。

书上说，春天的二十四番花信，海棠花开应该在春分时节。但这个城市，海棠却是在一月底就相继开放了。

二月四日，立春。

昨天阴天，早上起来看见雾气浓重，知道今天天晴。这段时间就是这样，昨天是阴天，今天就一定是晴天，那么明天又是阴天。这样均匀地阴晴相间差不多十天时间了。虽然雾气浓重，手机订制的交通信息中还有高速路因雾封闭的消息，我还是敢断定今天太阳一定会露脸，就把相机放上汽车后座，打算天一放晴就到府河边上去看海棠。

照例塞车，照例是耐住性子慢慢挪动。看到了隔离带上红海棠零星开放，只可怜废气与尘土浓重，显不出令人鼓舞的模样。到了单位，听八楼会议室有人引吭高唱，是一副熟悉的嗓子在单位团拜会上表演节目，继之又响起好几副嗓子。时势使然，本是饮茶交谈的场合，也模仿电视综艺晚会了。正犹豫上不上楼去，却见雾气散开，阳光穿过云隙降临在这蒙尘的日子。光从天顶一泻而下，使阴暗者明亮，晦暗者开朗。在这种光的照耀下，出红星路二段上单位的院子，北行数百米到新华路，折而向东至猛追湾，人就在府河边上了。两岸有宽阔的林荫，穿行其中，喧闹的市声就微弱了，被忘记了,又见到微涨的春水了,闻到这春水带来的日益遥远的乡野气息了。河上几百米就有一座桥,观景人可以在两岸频繁往返。溯河西北行,第四座和第五座桥之间,两岸有着城中最多的海棠,可能也是最漂亮的海棠。

去年开始,为了避开下午的高峰车流,下班后,我会先到这段河岸上散步,看树看花,等到八九点钟再开车回家。那时就目睹了此处海棠盛开的景象。城中很多地方都有树形遒劲的红海棠,在此处,一树树怒放的红海棠中,却间杂着一丛丛白海棠。红海棠树形高大,花开热烈;白海棠只是低矮浑圆的一丛,捧出一朵朵娴静清雅的白色花。这种热烈与安静的相互映衬,比那一律红色的高昂更意韵丰满。低调的白也比那高调的红更惹眼。

应该说,这段河岸的植物布置是这个城市中最有匠心的地方之一。

今天,2月4日,比去年见海棠盛开的日子早了一些,但有淡淡阳光,立春两字更弄得心里痒痒,便穿林过桥直奔那段遍植海棠的河岸。本来是去看早开的海棠,不想海棠已开得一树树绯如红云。许多蜜蜂在花间奔忙。在怒放的海棠树间穿行,却未闻到花香,蜜蜂的飞舞让人好像闻到了花香。这些蜜蜂真是贪婪,刚一停在花上,也不摆个姿势让我留影,便一头扎进花蕊中去了,翘着个下半身在花瓣间让画面难看。前些天红梅开放时以为会看到蜜蜂,却一只都未见到。这天特意去附近看了一株仍在盛开的红梅,上面也未见蜜蜂。

于是,回身继续拍我的海棠。拍到一块牌子,有人给这个密集海棠处起了个名字叫"映艳园"。说不上好,也说不上不好。建这园子的立意倒好——"成都栽培海棠甚盛，古来闻名"，所以建此园，"表现海棠春艳的主题"。这些话就写在那块牌子上。可这海棠花开的情景，热闹固然热闹，却远不是一个"艳"字可以概括的。艳丽是簇拥在枝头的花朵的整体效果。走近了看，那花一朵一朵一律五只单瓣，不似绢的轻薄，而有绸子般肥厚且色彩明丽同时沉着的质感。更不用说那海棠花直接开在瘦硬、黝黑、虬曲的枝干上，像是显示某种生命奇迹一般（生命本身就是种种奇迹），而那枝干上还有不甚锋利却很坚硬的刺让人不过分亲近亵玩那些花朵。

因此推测，好多古人诗中所咏的海棠多不是这种海棠。典故"海棠春睡"喻美人慵倦的海棠不是这种海棠，不是这种民间叫铁脚海棠，植物书上叫作贴梗海棠的品种。《红楼梦》大观园中众小姐结海棠社咏海棠诗，从描绘的性状与引发的情感看，多半也不是这种海棠。只有林黛玉诗中一联，咏的像是眼下这种海棠。当然不是红海棠，而是白海棠。《红楼梦》中这一回结海棠社咏海棠诗就是因为贾宝玉得了两盆白海棠。林黛玉咏出的"偷来梨蕊三分白，借得梅花一缕魂"的妙句，像是开在眼前的红海棠丛中的白海棠的精神写照。

此时红海棠正盛开，白海棠大多还是萼片透着青碧色的花苞，只有当花苞打开，那纯净的白色才展开，寂静而冷艳。

我自己记得，无论白色还是红色，无论植株高大还是矮小，这种直接开在瘦黑遒劲且有刺的枝条上，一律单瓣五片环绕一簇黄色花蕊的花就叫贴梗海棠，蔷薇科木瓜属。这种海棠是蜀中土著，早在人类未曾意识花朵之美，未曾把它叫作海棠之前就已经存在了十万百万年。

还可以闲记一笔：坐在树下看花的时候，眼角的余光看见脚下地边有微弱的蓝星闪烁，仔细看去，却是花朵展开不超过半厘米的婆婆纳也悄然出苗，贴地开放了。

2010年2月9日

早 樱

——成都物候记之四

"草堂人日我归来。"

和这座城里的很多人一样,节前回老家过年,节后返城。我回城在人日这一天,而且真去了草堂。

在成都,说草堂就是杜甫草堂,任何人都不会认为本市还有另一处草堂。这些年来,人日这天,草堂似乎都有围绕诗圣杜甫的活动。这天出门前百度一下,跳出好多行的"草堂人日归来"。打开来,都是当地媒体关于草堂祭拜诗圣活动的报道。今年的活动是有人穿了古装扮演高适和杜甫在台上对诗云云。

高适在蜀州刺史任上时曾给流落成都的诗人朋友杜甫很多帮助。他治所不在成都,在成都市下辖的崇州市。今天上成温邛高速西行,不过二十分钟左右车程,那时骑马坐轿,到成都可能得两天时间。公元761年大年初七这天,高刺史做了一首《人日寄杜二拾遗》,其中有句云:"人日题诗寄草堂,遥怜故人思故乡。"多年后,杜甫离开成都飘零于湖湘,高适已经病故,他从故纸堆中翻拣出高适的这首诗,不由得百感交集,做了首《追酬故高蜀州人日见寄》。寄给谁呢？无处可寄，只是寄给自己的一腔哀思罢了：

> 自蒙蜀州人日作，不意清诗久零落。
> 今晨散帙眼忽开，迸泪幽吟事如昨。

如今，如此深挚的友谊已经渺不可寻。要叫人穿了古人衣裳，让在地理阻隔后更继之以阴阳阻隔的两位诗人相对吟咏确是大胆的创意，是对表演者要求很高的创意。所以到了草堂门口，还是不敢去看"诗圣文化节"上的演诗。其实本也不是为此去的，为的只是去看草堂四周的玉兰花。

回老家前的腊月二十八，就在草堂前看到有玉兰花开了，且有更多的枝梢擎着毛茸茸的花苞准备绽放。隔了一周回来，只见原来开放的肉质的花瓣已多半凋萎，原来含苞欲放的，却并未开放。人在远处，手机里每天还传来成都的天气信息，都是阴，都是降温，都是零星小雨。就这么从大年三十一路下来，直到了初七这一天。先开的玉兰被冻伤，未开的玉兰都敛声静息，深藏在花苞的庇佑中不敢探头了。

玉兰让人失望，不意间却见到了一树树白色的繁花。

李花？梨花？总之不会是梅花。梅花花期已到了尾声，早就凋零了。就这样，在没有一点期望的情况下，樱花展现在眼前。没有期望，因为成都的文化中——至少是那些流传至今的诗文中，没有描述樱花的——至少我没有读到过这样的诗词与文章。

初八日，去塔子山公园，也是要去看见过的几树玉兰。竹篱之中，牡丹正绽开初芽，间立其中的几树玉兰，也与草堂所见一样，节前开放的已被冻伤而萎谢，准备要开放的却因低温仍沉睡在毛茸茸的花苞之中。走下园中的小山时，在将近山脚的地方，忽然看见一片浓云似的白。原来是一株十多米高的大树四周围着几棵小一点的树，都未着一叶，都开着一样形态的白花。白色本是寂静的，但这几树繁花以数量取胜，给人一种特别热闹的感觉。尤其是最大的那一株上，每一条枝上花都开得成团成簇，每一簇上定有三五十朵白色小花，结成了一个个硕大的花球。不由人不停下脚步，停留在那些花树间，眩晕在浓烈的花香里。

我曾在樱花季节里去日本旅行。第一站，就去看鲁迅写过的，"望上去确也像绯红的轻云"的上野樱花。看了很多很多樱花，领略了日本人浩荡出游赏樱的情景。当然也见到很多过敏体质的人被空气中弥漫的花粉所苦，戴着大口罩避之唯恐不及。之后一路北上，一周过去，竟然跑到樱花花信的前头去了——去一个私人博物馆参观毕，在露天里喝茶望远时，主人几次遗憾地说，要是晚来两三天，满坡漂亮的樱花就开啦。回想起来，那些樱花在我记忆中都是深浅不一的粉红，也是一朵朵花结成一个个花球，上面猬集着数十朵复瓣的花朵：美丽，精致，却有点不太自然——典型的日本味道。还得到一本日本友人见赠的和歌集，其中多有吟咏樱花的诗句，不独歌唱其盛开，更多是喟叹群英的凋落。一片一片花瓣被春风摇落，一条曲折小径被花瓣轻轻覆盖，确有一种幽泠的意韵。

我还是更喜欢看到花树们蓬勃盛开。

塔子山公园这几株樱花，一色的白，就在2月的天空下盛开着，而不是在日本建立起关于樱花记忆的5月。让我确认其是樱花的是一块牌子，上面确切地写着"樱花"，而且写的是"日本樱花"。到网上一查，日本樱花却是一个庞大复杂的家族。花形、颜色、花期、香气都各有不同，没有见过许多实物怕是弄不清楚。但得到一个大致的印象，凡是单瓣的，大概都更靠近野生的原种，而且是早开的。反之，复瓣越是繁复，越是人工诱导培育的结果，大致也都晚开。眼前这几株，不论花朵攒集得如何繁密，把花一朵一朵看来，都还是朴素的单瓣，都像蔷薇科李属的这个家族那些原生种一样，规则地散开五只单瓣，中间二三十支细长的雄蕊顶着金黄色花药，几乎要长过花瓣，簇拥着玉绿色矮壮的雌蕊。资料上谈到樱花的花期，都说是3月至5月，也就是说，早樱开在3月，而晚樱一直可开进5月。但在成都，这些白色樱花在2月就开放了。

可惜的是，这片园林景观没有很好经营，这么漂亮的樱花树竟未形成突出的景观。而且，树的四周还横穿着电线，树下还放着垃圾箱，想拍一个全景都不能够了。

尽管如此，经过的游人也在感叹：好漂亮的花。

也在讨论是什么花。梨花？李花？杏花？遂想起两句诗："三月雨声细，樱花疑杏花。"看来不止我一个人没想到会遇到樱花。还是一个像是来自农村的老太婆说："樱桃嘛。"

植物学对樱桃这般描述："树皮紫褐色，平滑有光泽，有横纹。"那横纹却漂亮。细长，微微凸起，在紫褐的树皮上是浅浅的紫红，如细长眼眉。植物书上还说，樱桃的花有很好的观赏性，有几种亚洲樱桃品种是专门用来观赏的。这些观赏性樱桃是樱桃的变种，最主要的特点是：花的雄蕊被另外一丛花瓣所代替，形成了双丛花（也就是复瓣吗？）。因为缺少雄蕊，这些品种都不可能结果。

印象中樱花属于日本，看植物书才知道，其实中国也是樱花主要原产地之一。樱花真正的故乡是喜马拉雅山地。日本的《樱大鉴》中说，樱花从喜马拉雅山地先传到北印度和云南。如今日本樱花都由原生于腾冲、龙陵一带的苦樱桃演变而来，在人工培育下，花由单瓣变重瓣，并产生出从淡粉红到深粉红的种种颜色。苦樱桃？我在自己的小说《遥远的温泉》中曾描写过生长在青藏高原上的野樱桃花，不过那花开在高原迟到的春天，开在6月。而高大挺拔，树皮上长着许多细长眉眼的野樱桃结出的鲜红多汁的果子确实是苦的。少年时代，曾经攀爬过许多樱桃树，期望发现一棵果实甜蜜的野樱桃，结果自然是徒然。那些苦樱桃只适合做鸟与熊的食物。

也有人说，中国人早在秦汉时期，就将樱花栽培于宫苑之中了。不知真是如此，还是外国人有的我们也要有的心理作祟，但"樱花"一词，确见于唐李商隐的诗句：

何处哀筝随急管，樱花永巷垂杨岸。

如果樱花原生于中国的青藏高原是确实的，那么，成都紧邻着青藏高原，我小说中写到的那种野樱桃，就遍生于距此不过一百多公里的邛崃山脉的山谷中间。那么，至少在李商隐的时代，城中也有樱花开放了吧。

据说日本有樱花，是12世纪后，即日本的平安时代的事了。还据说，当时日本人的本意是引进梅花，樱花是随那些梅花无意间夹带过去的。没见过确切的资料，算是"姑妄言之"的谈资，没有要轻视另一国文化的意思。

还是回到草堂，看草堂门口的招贴，人日活动的主题是怀念杜甫和赏梅花。其实，从节令上说，蜡梅早已开败，红梅也到了尾声，仍留在枝上的簇簇花朵也失去了盛开时的灼灼光华，倒是白色的樱花盛开了。也许，多年后，"草堂人日我归来"，人们要来此处赏花，赏的就是中国的樱花了。识了这白色的早樱后，在城中四处走动时，就四处都看到洁白的樱花在一树树开放，甚至在一环路上，一个加油站旁也看到开得非常繁盛的一株。而且，就在小区公园中也看到好几株，只是新栽没几年，那树还没有高过蜡梅，远看去还误以为是李花之类罢了。今年识了樱花，想必明年春天，就能预先滋养着看樱花的心情了。

2010年2月23日

玉 兰
——成都物候记之五

检索图片收藏，第一次看见玉兰开花是2月6号，在城东的塔子山公园。

本是去看海棠，却不意在竹篱围着的牡丹园中看见了开放的玉兰。牡丹支棱着短促的木质茬，全无春天消息。倒是其间几株瘦高的玉兰，都高擎着毛茸茸的花苞，其中两三株竟然已经盛开了。瘦高的树把繁盛的枝子举得老高，不好拍摄。见过仰拍的玉兰照片，好看的都有如洗的蓝色天空作为背景。而成都的冬天，或者说初春，不可能有这样的天空，最晴朗的时候，蒙蒙雾气也不会散尽。低头，是照不出影子的淡淡阳光，抬头，是蛋青色的微微有些发亮的天空。这种天空，显然不好做白色花的背景。只好把镜头对准低垂下来的稀疏的那几朵。两层六只厚厚的肉质花瓣，是象牙般的、玉石般的莹润的白。欲要放出光来，却又收敛了，于是，那厚厚的花瓣就像是含着光，又像是随时要放出光，却又偏偏不放。就这样叫人瞩目，叫人沉静。

公园中正在搭建形状各异的架子，用各种鲜艳的材料包裹出种种人物、山水和器物的造型，为春节期间的灯会做准备。

再看到玉兰，是2月11日，城西的杜甫草堂门前，高可两三米，是栽在盆中待开放了从别处移过来的，花朵硕大饱满。和塔子山所见比较，也是一样莹润的白，不一样的却是白中晕出丝丝片片的红，花瓣也未尽情绽开，露出里面的雄蕊与雌蕊。植物书上把这样的花描述为杯形花。我想如果捧在手里，这花的流线型肯定很适合人类手掌的形状。

要过节了，好些工人在做营造气氛的工作，把一盆盆杜鹃放在钢架上，直到做成了两根高大粗壮的花柱。另外，还在玉兰树边放了些长得奇形怪状的海棠和梅树的盆景。

那是离开成都回老家过年的前一天，心想，过一周左右的时间回来，就该看到玉兰花四处开放了。

在路上开车时我还想起塔子山上那些长得矮小些的玉兰，花朵都沉睡在花苞之中，想必再过几日就要开放了。这些花树开放起来肯定方便拍摄。

不料人不在的这一周，成都连日降温，"多云间阴，有零星小雨"，把前些日子已然四处泛滥的春意给冻回去了。这种情形，杜甫早就经历过，并在《人日二首》里记录了下来：

元日到人日，未有不阴时。

冰雪莺难至，春寒花较迟。

只是当今气候变暖，只见冻雨淅沥，不见飞雪踪迹罢了。而低温时的雨水照样能让"花较迟"。

初九日，2月22日，再上塔子山。十几天前开放的玉兰，已经凋谢，枝头上还挂着些深棕色的残片，那些十多天前就准备好了要绽放的，依然深藏在花苞之中。不同的只是，好些花苞的尖端都绽开了一点，把白色的、微黄的花露出一点来，是在感觉外面气温的变化吗？这时的公园也因为灯会那些大红大绿的绑扎出来的造型，卖上了门票。如果晚上里面亮上灯，这些造型应该是好看的吧。现在却了无生气。好在道路两边聚集了各种饮食与小商品摊点，加上人流涌动，算是成功营造出了一种节日气氛。没拍到玉兰，却不期然遇到几大树盛开的樱花，还在小摊上吃了一碗酸辣粉驱除寒气，否则无法留下来拍摄樱花。

2月24号，出北三环到天回镇附近小山上的植物园。听朋友说，那园子还有些野趣，林下的草地不像公园里全是人工的，想必能遇到些野草花，比如二月兰，比如堇菜。去了，果然有些野趣。林下的草地基本都荒着，果然有那些期望中的野草花，甚至还看到几朵悬钩子的白色花开在山茶树下，只是都还稀疏，不成气候，真正拍它们还得过些时候。园中早樱与梅花都开到尾声了，西北角上的木兰园中，其他品种未见动静，白玉兰花却在十米、十几米高的树上灼烈而繁盛地开放了。如今的城里，四处都是新开的道路与楼盘，新植的玉兰树都还矮小，到这里，才晓得植物书上把玉兰列为乔木不是一种错误。在蜿蜒的山路上仰望一树树和香樟比高的玉兰花真是梦一般的情境。坐在还有些枯黄的草地上仰望天空，从繁花的缝隙中看见天上出了太阳，云彩慢慢散开。天空不再是与玉兰花色相近的蛋青色，而泛出一点点的蓝，虽然很浅，但确实是蓝色了。这是成都春天的天空的颜色，这是大地回暖时天空的颜色，这是草木泛青,花朵次第开放的季节天空该有的颜色。那些被大树高擎着的白色花朵也带上了淡淡的蓝色。但是,手中的相机只会让我安坐片时,因为担心难得的阳光又会被阴云掩去。当我凝神屏气,在镜头里注目那些花朵时,它们更美了,一朵朵像是将要向着那淡蓝的天空飞升,顺着倾泻下来的明亮光线向天空飞升。我无法把这些美丽动人的花朵的实体留在尘世,只是在一声声快门中,留住一朵朵虚幻的光影。

就是这样,极致的美带来一种怅然若失的伤感。

这是一种有关生命,有关美的深刻的伤感。

果然,阳光并没有停留太久,又被厚厚的云层掩去了。我坐下来,听到林子中被太阳晒了两个小时的枯草在嚓嚓作响。这时倒有时间可以躺下来了,但寒气又从四处逼来,而且,山下的川陕路开始堵车了。

就从那一天起,成都开始回暖,太阳露脸的时间一天比一天长。虽然央视的天气预报又在报道冷空气南下,全国大部分地方都将降温的消息,但是寒潮被秦岭挡住了。四川盆地依然一天天大地回春,连续几天下来,最高气温一下就从十二三摄氏度,升到今天的二十一摄氏度了。今天是正月十五,2月份的最后一天,有人送抗震救灾的书稿来,希望"指正"并"作序",晤谈完毕,又去赴一个中午的饭局。吃饭是顺带,主要是去看一个朋友春节期间拍的一组大地震后羌族传统文化遗存的照片。说了许多话,因为话题是大家都感兴趣的,那些地方,也是大家都熟悉关切的。照片好,更激起了说话的兴趣。三点多钟回家,经过创业路,注意了一下路边那排三天前还全无动静的紫玉兰,却突然在阳光下盛开了。假日期间,难得这出城的马路上行人与车辆都少,便在路边停了车,一气拍了几十张片子。三天前,我还担心,今年是拍不上紫玉兰了,因为2号就要出发去北京开会,十几天后回来,玉兰的花期肯定过去了。边拍片子边想,真有玉兰花神吗?因为那天散步在这些紫玉兰前,还开玩笑说,玉兰花神,让你的花开放吧,不然我外出回来,它们就已经开过了,我今年就拍不成它们了。今天,这些花真的就毫无保留地,不留一朵蓓蕾地盛放了。这当然是从24号起,太阳天天露脸,气温一天比一天升高的缘故。几天之内,差不多所有草木都在萌动,人们都减去了臃肿的冬衣。尽管如此,我还是愿意想,是玉兰花神满足了我的愿望。

  在2月的最后一天,夜晚,当我写下这些文字的时候,窗外的夜空里,一朵朵节日焰火正升起来。此时,塔山子公园的灯会也该到高潮了吧?如果真有玉兰花神,她也会从牡丹园的竹篱后走出来,混在观灯的美女群中吗?那些玉兰花朵,被灯光映照时,又该是怎样的颜色?

2010年2月28日

李

——成都物候记之六

3月2号飞到北京,阳光明亮,树影下还有斑驳的残雪。坐大巴进城,脑子里转着别的事情,目光却不时被植物吸引。榆树,槐树,杨树,枣树,光秃的枝条很苍劲地在蓝色的天空下展开,很劲道的样子,却未看到什么春意萌动的景象。第二天会后,到北海公园沿湖转了一圈,除了东北角上一小片水面浮着些水禽,大部分湖面都还冰封着,清冷凛冽的空气,倒是在成都难得领略的。一路又难免去观察树,不要说迎春、紫荆和珍珠梅一类落叶的树木没有萌芽的迹象,就是常绿的松柏也是很枯瑟的样子。没想到后来在西门附近看到好几株玉兰倒是不畏寒意,虽然树根周围还拥着残雪,但枝头上已经高擎起毛茸茸的密密花苞。这回在北京要待两周之久,应该能看到春天到来。

这么一来,一年之中,就两次经历自然界神奇的春光乍现。

与北方的这种景象相比较,这些日子,成都的春意来得多么汹涌啊!2月初,等春花次第开放还让人焦急:梅,玉兰,海棠,樱,可是一到2月底,花信越来越频密,那么多草木,就都迫不及待争相开放了。在城里这种感觉还不很强烈，因为城里对所植的草木是有选择的，要有美感，而且要有秩序——城市虽然看起来混乱，却是人类构建秩序的最大场所——让开花植物次第匀速地登场也是一种秩序，至少见出构建秩序的努力，或者至少体现了某种对秩序的渴望。好了，不能再用这种缠绕的罗兰·巴特在《神话学》中常用的句式了。我要说的是，如果这样的日子去到郊外，就是另一番情形了。

2月28号，最后一次拍了玉兰，已经收拾好相机，要十几天后归来时再用了。这时却接到一个朋友的电话，相邀第二天去郊外"赏杏花"。因为开公司的朋友承包了那里的一个山头，搞农业开发，去了不只有花可赏，还有酒、肉和田野里刚出苗的野菜伺候。

预约了下午三点左右在成南高速收费站会合后一起前往，无奈想象中郊野的花树使人迫不及待，吃过午饭我就自己先去了。从东北方向的成南高速出城，去二十多公里外的青白江区的福洪乡杏花村。刚下高速，就看到杏花节的路线指引，看到"与春天第一次约会"的大招贴。"与春天第一次约会"？至少于我而言，杏花不是这一年的第一番花信，但花的消息总能激荡人心。所以，边开车还听了几遍《春之声圆舞曲》，心情也像是洒上了晴朗日子的明亮阳光。车出了平原，驶入红砂壤的丘陵地带。那曲子也道路一般回旋，地貌一样起伏，轻盈悠扬。还想再听下去，却见有花树赫然出现在红砂壤的丘冈之上。

这树比城里所见更符合我本人关于树的想象：枝干蓬勃，黝黑粗糙的树皮显得苍老，而在这样的枝条上却开出了一簇簇密集的白色繁花。过去几年，我对开花植物的兴趣都集中在青藏高原的植物上，对四川盆地内这些很中国的植物认识不多。站在一树繁花前就想,这就是杏花吗?从书上晓得杏所在的蔷薇科李属这个家族相当庞大:桃、李、梨,甚至樱都属于这个家族。从花的形态上来讲,这个家族共同的特征是:单生花、伞形花序或总状花序。花通常呈白色或粉红色,包含五瓣花瓣和五个萼片。于是,先把镜头对准了这种枝老花繁的树。在镜头中,那一簇簇白花上面泛起雾气般的淡淡青绿,凝神观察,发现青绿来自花柄,来自还未绽开、未将白色花瓣释放出来的绿色花萼。虽然尽情开展的白色花瓣形成了主色调,但在太阳光照下,这些绿色的叶柄与花萼也发散出淡薄的光,把那些纯白的颜色晕染了,使之带上了一种更令人舒心的蕴藉色彩。这时,丘上一户人家有人走出来,我担心他们会有不友好的表示,但是,一个抱着小孩的年轻女人就那样站在那里,男主人来到我跟前,说,上面还有一树比这个好看。

他还提了一个要求,我要从你机子里看看我家的树。

他从取景框里望了一阵他家开花的树,大声对下面说:真正比我们只用眼睛看好看!

我问他这是不是杏花,他摇摇头,说,李子树。

不是杏花节吗?

他笑了,你还没到看杏花的地方。

这人下到丘底的开着黄花的油菜地里去了。我打算去找他说的更漂亮的那一树,结果,刚刚迈步就被浅丘上别的花朵吸引了。在那些不算肥沃的小块土地里,蚕豆花开了,豌豆花也开了。蚕豆花很密集也很低调,差不多四方形的直立茎上,腋生的唇形花三五枚一簇从宽大的叶片下半遮半掩地露出脸来。豌豆花稀疏却很张扬,碧绿的豆苗匍匐在地,白瓣红唇的花很轻盈地由长长的花莛高举着，轻风拂动，它们就像一只只精巧的小鸟在绿波上飞掠，或者悬停，很恣意也很随心的模样。我想，这么漂亮的花形与姿态，值得它们这样得意扬扬地让我看见。而在二三十米的丘下平地上，金黄的油菜花田中，蜜蜂们欢快的嗡声竟传到我耳中。

更出人意料的是，在这些地块之间的小路上，我看到了野花开放！先是零星的二月兰，四片蓝中透紫的花瓣构成规整的十字形；然后看到紫堇成片开放，一丛丛深裂的掌状叶青翠娇嫩，捧出了一串串自下而上渐次开放的花朵——植物学上把这种花束叫作总状花序。这些地上的草本花，差不多让我把高树上的李花与杏花都忘记了。太阳把空气和脚下的土壤晒得暖烘烘的，我坐下来，很安心地和这些花草泥土待在一起，嗅到了被花香掩住的更绵长持久的草味与泥土味。要不是手机叫唤起来，我会在暖阳下坐很长时间。如果说花香叫人兴奋，青草与泥土的味道却叫人安心。但是，朋友们已经超过我到了目的地赏杏花了，催我赶紧。

起身赶到目的地，开花的杏树站满了好几座高低不一的丘陵。说实话，有了前面繁盛的李花打底，就觉得眼前的杏花不甚漂亮。来前做过一点功课，包括在百度上看了上百张杏花照片，也是一树树繁盛耀眼，但眼前这些杏树却不是这样，多站一会儿就看出了缘故。这些杏新栽下没几年，都还低矮，而树冠经过不断修剪也不可能尽情展开。它们首先是为了结果而生的，花朵观赏只是一种附加价值。对于这些成群的、高矮与间距都大致整齐的杏树来说，花只是因，雄蕊向雌蕊授了粉，子房受孕膨胀而成的果才是果。不过，如果不从整体效果着眼，这些树上略显稀疏的花还是相当美丽的。这些白花是白里透红的，白色花瓣被紫红的花萼映出了浅浅的红晕。这也就是跟被绿萼映绿的李花的明显区别了。我不敢肯定这是不是一种普遍现象,但我暂且就这样来区别李花与杏花。

这些年城里还有另外一种叫红叶李的观赏树种大量栽植。这些日子,差不多就两三天时间,在公园,在新拓的马路边,两年以上的红叶李的枝条上也都已开满了细碎而繁密的白花。道路边的树比果园中的修剪得还整饬;但在公园中,还能看到这种树很自然地生长,花很繁盛地开放。和刚刚观察过的李花相比,红叶李花的形态更与杏花接近,近看花瓣白色,远观却透出淡淡的红色,也是因为紫红嫩叶、花柄与萼片辉映造成的视觉效果。

在浣花溪公园中,离那群未经修剪,因此花开得十分欢实的红叶李不远处还立了一块木牌,回答了人们心里可能产生的一个疑问:既然植物靠叶绿素进行光合作用,那么,红叶李这些紫红叶子会不会进行光合作用呢?木牌上的文字告诉我们,即便是红叶李这样紫红的叶子中还是有叶绿素存在,和绿叶树一样可以进行光合作用。

也是在这个公园的西南角上,一株红叶李上还斜伸出一条比红叶李本身的枝条更粗壮更黝黑的树枝,上面开满了白中泛绿的繁花,正是去青白江的路上农民教我确认的李花。显然,这一枝是嫁接上去的。红李叶的枝条蓬勃向上,而这一枝,却横斜出来,差不多伸到了人行道上,引得游园的人驻足称奇。其实,嫁接是一种很古老的园艺技术了。在北京开会,白天讨论严肃的问题,有时候讨论的气氛甚至比问题本身更严肃,晚间上床看闲书调剂一下,其中一本叫《植物的欲望》,作者迈克尔·波伦,很有意思地谈到植物怎么样引诱人驯化它们。书中有这样一段话:"真正的驯化一直要等到中国人发明了嫁接之后。"而且,作者还指出了具体的时间,

"公元前二千年的某个时候，中国人发现从一种想要的树上切下来的一段树枝可以接到另外一种树的树干上，一旦'进行'了这种嫁接，在接合处长出来的树木上长成的果实，就会分享其父母的那些特征"。嫁接后长成的果实我们当然已经吃过很多，但在这里，我想说的是，我看到的那条枝上的李花，却还跟我在农家地头看到的一模一样，并没有把两种不同的特征混合而产生一种新的李花。

转眼在北京就待了两周时间，并未见到春天到来的迹象，报上说，本该在本周末结束的供暖时间将要延长。前些天经历了一场漂亮的雪。那天在前海和一个老朋友一个新朋友小饮聊天，饭罢出来，见湖上的冰面已铺上了一层薄雪，在城市朦胧的灯光下闪烁着微光。小雪飞扬中散步回饭店，经过一个胡同，遇到了一个好听的名字：棠花胡同。那些老院子中的海棠树在雪中耸立着，不甚明亮的路灯，照着枝干苍劲的老树，还有飞舞的雪花，还有狭窄深长的巷子，仿佛某种记忆，某个似曾相识的梦境。

昨天，将要离京的夜晚，雪花又开始飞扬，今天白天也一直下着，直下到午后我们到达机场。而在两个半小时后，走下飞机，在成都等候着的却是一场雨。气温十三摄氏度的情形下，那雨下起来就有些美丽。在进城的路上，看到桃、垂丝海棠、迎春和紫荆都开得很热闹了，树影浓重处，鸢尾科的蝴蝶花也在零星开放。

这些花开得我写物候记都有些应接不暇了。

2010年3月16日

梨

——成都物候记之七

依我个人的趣味，在同属蔷薇科的春花中，以为梨花最是漂亮。

虽然，成都城里并不容易见到梨花，但在《成都物候记》中，最终决定还是要写一写梨花。梨树虽是人类成功驯化的植物之一，但还没有驯化成一种仅仅提供花的观赏性而不结果实的纯粹的园林植物。也就是说，梨在这个世界上，虽也年年开放洁白如云的花朵，但还会结下累累的香甜果实。在今天，我们的城市中，任何一种结出甜蜜果实的植物的出现，肯定是对市民道德水准的一个巨大挑战。所以，园丁们只植下那些只开花不结果的树站立在身边。至于那些引诱我们时时想伸手的，又会于伸手的同时自感道德危机的果树，就自然只能生长在城外乡下了。当然，这只是我兴之所至的推测，所以这么想，是因为相信中国园林并没有成文或不成文的规定，有甜美果实的树不能进城。

现实的情形是，梨树虽然花朵胜雪，繁盛时漾在半空如云如雾，更能装点我们的生活，园丁们也不大会给它发放入城证，让其摇着满枝果实让脆弱的人性接受残酷考验。

我并不是为写这篇小文章才绕出这样的想法。几年前,去美国科罗拉多州立大学,和我小说的英文译者讨论长篇小说翻译中的一些问题。大学所在地是一个宁静的小城,叫波德。一下车就闻到满城的果酒发酵的那种味道。后来发现,是好多街道旁栽着苹果树。秋天,落基山上的草已经泛出金黄。一阵风吹来,树上的苹果就被摇落在树下,躺在草丛中慢慢腐烂,使这座小城的风中充满了果酒的酸甜香味。每天,讨论完小说翻译,就在这种香气中步行观赏异国风景。有一天终于忍不住问主人,为什么没有人采这些苹果,结果得到一句反问:那小鸟们吃什么?再问,专门为小鸟栽的?答,也不尽然,春天可以看花。有些时候,中国人喜欢嘲笑外国人傻,这个事例可能也可作为佐证之一。去年10月,在瑞士一个叫佐芬根的小镇短住了几天,看寄居的主人去超市买苹果,而屋后的小山上,苹果树下一样落了满地苹果,我也就不问什么了。最近在罗马,常见街边树上挂着黄澄澄的柠檬与橙子,觉得也非常好看——挂果的树与开花的树相比,也自有一种特别的美感。但这并不是本文的重点,我只是有点遗憾,为什么结果的树就不能站在我们城市的中间,散布比花香更为持久的果香?

我这个人性子慢,在物质上能得好处的地方,一向不大能得手,但在买房子居住这一项上,却自以为碰上了好运气。不但楼下和周围几幢楼共拥了一个宽大的中庭,和中庭中的许多花草树木,更和业主们另外拥有一个不太大也不太小的业主公园。在这个公园西北角上,和蜡梅、红梅、海棠、樱花、玉兰一起,居然还有几株梨树。梨树得以在此生长,也是因为这个地方并不太公共吧。春天,就可以在树下草地上,仰望衬在天空底下繁盛如云的梨花。翻检照片,去年3月16日,我在业主公园中拍了几张梨花盛开的照片。然后是3月18日,又有几枝梨花拍于城北的植物园。记得当时是为找一种草花二月兰,却在植物园中发现几株苍老的梨树。那天坐在树荫下,望着开花的梨树出神。是要忘掉古诗中"雨打梨花深闭门""寂寞空庭春欲晚,梨花满地不开门"那些强烈暗示的情感路径,自己来发现梨花的美丽。

梨花的白是一种真正的纯净的白,原因在于它相较其他蔷薇科更厚一些的花瓣。白色花瓣太薄,就会被花萼的颜色所映照,白色中便渗入了别的色光。杏花的花萼是棕红的,花瓣便白中泛红。李花花萼为绿色,白光中便泛出如玉的绿来。梨花被长长的绿色花柄举起来,相较花冠显得狭小的萼片的绿色就无法透过厚实的花瓣。于是,眼前五枚花瓣组成的花冠便只是一片纯净清洁的白色了。这白色还有一个特别之处,就是不像别的白色花那样反射阳光,而是吸引着阳光,使那白色变成了一团凝固的光——十朵二十朵白花由长长的绿色花柄托举着,簇拥在枝头。这如丝如玉的白中,还有非常漂亮的红色点缀。花将开未开之时,花蕾松动开了,就要绽放的花蕾边上晕着一线浅浅的红;花朵盛开了,散发隐隐的香气了,引来蜂蝶了,白色花冠中心簇生的雄蕊上,花丝顶着一点一点的红色花药。难怪古人写梨花都会有些油然而生的惆怅。面对过于美丽的东西,人很容易会生出对于造物神奇的感叹。古希腊的天神宙斯说过:"只有短暂易逝的,才被我造得如此风采绝伦!"

仿佛是为了增加人的这种感慨,梨树自己也来制造苍老与娇美的强烈对照。和蔷薇科的其他春天盛放的品种相比,梨树的枝干又最为虬曲苍老。最显眼的是，梨树厚厚的树皮，黝黑，深深龟裂，主干如此，分枝也如此，更显出枝头花朵娇嫩脆弱的美丽。一个德国植物学家说过，花是人类情感最古老的信使，让我们在观赏的同时看到自己情感深处的秘密。梨树就是这样，从最显老的枝干上，捧举出最纯净娇美的花朵，让人深味生命的秘密——让人的情感在欣喜的同时又感到悲伤。

去年没有抽出时间去郊外看看梨花。成都附近，每年春天里，有好几处都以梨花节为号召，吸引城里人去春游。今年春天，便时时留心郊外的梨花消息。韩愈写过一首诗《闻梨花发赠刘师命》，其中有这样的句子：

闻道郭西千树雪，欲将君去醉如何？

但是，今年，成都周边好多以花为主打的节都推迟了，也就没有听到"郭西千树雪"的消息。梨花迟迟不开，还一日日在阴雨不断的倒春寒中。因为一部该死的电影，北京和杭州催促前去的电话不断，我便在3月17日，奔成都的"郭西"（其实是南）新津而去。那个地方，是王勃诗"风烟望五津"中的五津之一。过去的岷江古渡上已有一座宽阔的大桥。过桥下高速，那里有条梨花沟，每年梨花开遍溪涧和溪涧两边的丘峦，是成都人看梨花的去处之一。明天就要出门去电影筹备组，行期不可再推，等再回成都，梨花花期肯定是过去了，只好今天去碰碰运气。出城，上高速，下高速，进梨花沟。阴沉的天空，云缝渐渐裂开，漏出越来越明亮的太阳光，但进了山沟，梨花却还沉睡着。远远看见几树白花，披荆斩棘，走到近前，却是几株李花。且喜天放晴了，一树树李花也让人兴奋不已。累了，坐在松软的地上，享受暖烘烘的阳光里越来越浓重的青草与黄土的味道。又见身边许多黄色的蒲公英与苣荬菜，还有蜜蜂在嘤嘤吟唱。然后，去一户农家院中喝茶吃饭。仍然不甘心，向主人打探梨花的消息。主人手指屋后的小山。上小山，先看见一株盛开的桃花。走近了，却是一株塑料的假花。周围的苍老相的梨树的花蕾还被绿色的花萼紧紧包裹着。我站在假花前哑然失笑。再向上望，这一回，在最向阳的坡顶看见了几树白花。不是李花。李花更稠密，更细碎，更如雾如烟。上去，果然是几株早开的梨花。纯净的白色花瓣全数打开，花朵中央，顶着红色花药的雄蕊环拥着绿色的雌蕊。嘤嘤的蜜蜂声中有浅浅的花香四散。

这天，我看见了这一年最早开放的几树梨花，时间是3月17日，正好是去年两次在城中看到梨花的3月16日和18日这两天中间。只不过，去年这时候，梨花已经盛开，而今年，去年拍到梨花的小公园里，那几树梨花还了无消息。

2011年3月19日于北京

苹果属海棠

——成都物候记之八

先得说说植物学的专业词,又不想抄植物学书上的定义,就以我的理解来说吧。好在如果说得不恰切,也可以预先原谅自己,说我不是植物学家。也怪吾国的植物学家,何不多对大众说些通俗的话。

就我理解,这些专业词就是方便把所有植物分门别类的一种命名。植物是生命,所以,首先要将其从地球上的所有生命形态中分别出来。这个大分别叫界。我已写、将写的开花的草木都属于植物界。

界下又分出门:裸子植物门和被子植物门。通俗地说,被子植物就是明显开花的植物,这是植物界最大的类群。这门类的植物开花后所结的果有果皮和果肉包裹着种子,所以叫被子植物。这么一说,裸子植物是什么都清楚了,就是所结的种子没有皮肉的包裹。在如今的地球上,裸子植物数量不多,就苏铁、银杏和松柏三类。

门下还要分纲。什么意思呢?在野生状态下,植物靠种子繁殖,当它们的芽拱出地面,萌发成的最初叶片叫子叶。说也奇怪,被子植物数量众多,长成后彼此间也千差万别,但无论是草本还是木本,无论是乔木还是灌木,子叶一律分两类:一片,或两片。一片的属于单子叶植物纲；自然，两片就该是双子叶植物纲。

纲下是目。这个概念有些难缠，没有太明显的标识。理论上说，目的级别比科高，但以我读植物书和网上查询的感觉来看，人们常常习惯于跳过目，而直接说科。以前说过的贴梗海棠，和今天要说的这两种海棠都属于蔷薇目。这个目下面有好些个科，共有的特征是花开五瓣（人工培育后花瓣繁复者不计），其中最为我们所熟知的就是蔷薇科的植物。所以，人们很多时候直接就跳过了蔷薇目，而说蔷薇科。这一科可是一个大家族。全球共有三千多种，中国有一千多种，这一千多种又分为五十三个属。

这种分类法当然是作为现代科学从外国传进来的，古代的中国，没有这么缜密细致的科学。所以，看古典诗词里写海棠，都笼而统之，不会具体说写的是哪一种海棠。李商隐没有说过，苏东坡也没有说过。今天，我们要再来分别他们所咏者为何种海棠，总是有些困难，要猜测，要费些思量。中国古代有一本植物书叫《群芳谱》，分海棠为四品——也就是四种的意思。这四品分别为贴梗海棠、木瓜海棠、西府海棠和垂丝海棠。这四品都属于蔷薇科。

科下面还有属。这四品海棠在植物学中就分为两属：木瓜属（贴梗海棠和木瓜海棠）与苹果属（西府海棠和垂丝海棠）。也就是说，蔷薇科下两种海棠的特征与木瓜相像，另两种却与苹果更为相像。都是木本的海棠，彼此间的相像度反倒低于木瓜与苹果，更不要说，在中文里还有几种也叫海棠的草本植物，和这些木本海棠连这么一点亲戚关系都没有。如果硬要说有，那也太遥远，大致比人和猿的亲缘关系还要遥远。

这些日子，曾经开了个满城的贴梗海棠已凋零殆尽，硬枝上早就长满了嫩绿的新叶。木瓜海棠没有见过，或者见过却不认识。倒是离开两周后，从下雪的北京回来，见西府海棠和垂丝海棠已经盛开了。开车穿行城中，街道的隔离带上白中透红与粉中泛白的繁花盛开，一树树从车窗外一晃而过。那种细心规划计算过的空间，需要树木装点，却又不允许树木尽情伸展。

我和所有人一样，当然喜欢这城中四处都有植物，都有开花的植物，但进而会更喜欢植物以自然姿态出现在眼前。自己家楼下就有这样的海棠树。早上太阳刚露头，就拿着相机下楼。院子二号门旁，水池边那两株垂丝海棠已经红光照眼，但一面贴墙，一面临水，让人无法近观，更无法通过相机镜头去凝视，去观察。便又移步小区公园内打探，观景桥边那几树垂丝海棠简直开成了一堵粉红色的花墙！在拍过梅花的公园深处，又见一株西府海棠。所有花蕾都尽数盛开，如一团云彩浮在淡蓝的天空之下。

通过取景框屏息凝神，看见那些花朵。于是，周围的世界就消失在那个方框之外了。只有花朵，将开的花朵，盛开的花朵，在初升太阳的照耀下变幻着光彩。直到该去单位的时间，才收拾起心情，将自己塞进车里，汇入了滚滚车流中间。

下午，接到去韩国做文学交流的邀请，发现护照过期，去公安局排号申领。事毕出来，走青江路时见一路车流的尽头、参差楼群后的天空中，一轮夕阳温暖金黄，就想，真是春天了。成都的春天很美，首要之处不在百花竞放，而在一冬的阴霾散开，常常有了艳阳与蓝天。这么想着，已经下意识把车开进了省博物院，取了相机就进旁边的公园去看海棠。一路看见，玉兰到了尾声，水边垂柳绿条柔软摇荡，黄色的迎春垂岸而下，把绿水映得发亮。相伴而开的,还有同样明黄照眼的棣棠。桃花开了,李花开了,榆叶梅开了,但我直奔记忆中曲径旁有成群海棠的地方。

是的,它们都盛开了,都是苹果属的海棠:西府海棠和垂丝海棠。

互相在花树下留影的女子,总要拉下一枝来横在胸前,总要伸着鼻子去嗅,因为没有嗅到想象中的浓烈香气,脸上有种不肯置信的表情。其实,花有香气,或有颜色,或有蜜,就是要引诱昆虫或飞鸟来帮助传播花粉的。没有香气不过就是不需要某些外媒来传粉的意思。也就是说,不是每一种花都需要散发香气。花吸引飞鸟、蜜蜂、蝴蝶和其他昆虫传播花粉,除了香气,还有颜色、花蜜和形状。鸟与昆虫都是需要酬劳的媒婆。但是自然界也还有一个不计报酬的,做了好事都不知道的媒婆,那就是风。风摇落花粉,风扬起花粉,风吹送花粉,把花粉变成一阵甚至有些呛人的烟尘。美国人萝赛在《花朵的秘密生命》中这么写花粉:"我们都呼吸着这种雄性的细致的烟尘。"风就这样把这一朵花雄蕊上的花粉(精子)扬洒到另一朵花的柱头上,使之受孕,帮助植物解除近亲繁殖的风险。

现在,我眼前这些没有多少香气的西府海棠与垂丝海棠,花朵的颜色与姿态,其美丽确实难以言喻,不断有蜜蜂从这一朵花飞向别一朵花。蝴蝶也飞来了,它们多毛的双脚上,花粉都聚成了粉色的小球。那个美国作家萝赛还说过:如果我们只从生物学的意义上来观察植物,那么,路过那些萼片与花瓣尽情展开,大胆暴露出雄蕊与雌蕊的花朵时,我们都应该感到脸红。虽然说花开并不是为了让人观赏,因为花出现在地球上已经两亿多年了,而人才出现多长时间？但人又确实在观赏花，而且还做了很多工作，让很多花变得更适于人观赏。

那么现在就忘记植物学吧。观花就是这样，需要适度地懂一点植物学，但当花成为一个审美的对象，比如现在当一株满枝都是红色花蕾的垂丝海棠和一株盛开着白色花朵的西府海棠并立在一起相互辉映的时候，就应该忘记植物学了。

西府海棠或者较早开放，或者有更快的开放速度，花朵已经尽数展开了，三五朵一簇，构成聚伞花序，密密地缀满了枝头。近看，如玉如缎的片片花瓣上泛出阵阵红晕，仿佛美人腮上匀开的胭脂。不由得想起一个词：海棠红。

垂丝海棠花瓣软柔如绢，花蕾与刚开的花红得深一点，盛开的红得浅一点，垂在长长的青中泛红的花梗上轻轻摇晃。所有粉白都从一派粉红中轻泛出来，不是每一枝，而是每一朵，那粉白与浅红的变幻都莫测而丰富，就是同一朵花，每一片花瓣，那粉与白的相互渗透与晕染都足以吸引人久久驻足，沉湎其间。自然之神就是这样一个随心所欲的调色大师。这些色彩精妙变幻的花朵，让人想象自然之神也许有比我们更细致，更丰富，更自在的情感。表现这些颜色，文字其实无能为力，也许好的音乐更接近那种自由与丰富。其实，最有力的表现就是这些颜色它们自己，这些花朵它们自己，又喧闹又安静，在春天成都越来越明丽的蓝天下面。

2010年3月18日

紫 荆

——成都物候记之九

六天时间下来,看看里程表,将近两千公里。

去了趟川滇交界的金沙江边,看到了那边天旱的景象。草几乎全枯了,海拔三千多米那些地方,箭竹也一片片枯死。扎根深的树,还是绿着,虽然绿得有些萎靡,但该开花的还是开出满树繁花。看见了红色的木兰。看见高山杜鹃,因为干旱,那些肉质肥厚的叶片都很干瘦,也失却了叶面角质层上晶莹的蜡光,即便这样,还是捧出了一簇簇顶生的粉红色的花。只是,近看时,那些花瓣因为缺乏水分而干涩不堪,光彩黯然,让人都不忍举起相机。我便提醒自己,观花不是我此行的主要目的。乡间道旁,五色梅依然在尘土中顽强开放。林下,干涸的河道,未播种的地头,肆行无忌的紫茎泽兰无处不在,开着满眼干枯的白花。听当地人说,过了江,继续南去,怕是再顽强的花都难以开放了。

从准备写作《格萨尔王》以来的三年多时间里,时常在川藏交界的金沙江边行走,访问,感受。去年出了书,不想似乎还缘分未尽,这次又特意到下游川滇交界的地带行走一番。为什么呢?我不确定,大概跟未来的写作计划相关。在高峰列列耸峙,河谷条条深切的这一地带,在清末,在民国时代,曾经上演过许多悲壮纠缠的活剧。过去那些头绪纷繁的故事的面目正日渐模糊不清,但余绪悠远,一直影响到今天的族群、文化与政治格局。我不知道,自己是不是已经准备好了,要一头深扎进去。所以这么说,是因为我在犹豫。

其实,抛开这个沉重的话题不谈,这么些年来,我对于植物的兴趣,就集中于青藏高原与横断山区,只是去年生病,体力不行,一时手痒难耐,才来关注所居城市的植物,内心里真正向往的还是西部高原,但既然做了这件事情,也该有始有终。毕竟,身居这个城市,这个城市的一切并不是我以为的那样与自己没有太多关联。

昨天,不,是前天,行经的那些干旱许久的高山深谷天变阴了,有零星的雨水降落。稀疏的雨水中,飞舞的尘土降落下来,一直被尘土味呛着的嗓子立即舒服多了。行走在路上,仿佛能听到干渴的草木贪婪吮吸的声响。昨天黄昏,回程中翻越一座高山,先是漫天大雾,继而飞雪弥天,能见度就在三五米内,增加了道路的艰险,但想到这些湿润的饱含水分的雾气会被风吹送,去到山的背面,翻过一列又一列的山,给那里干渴的村庄与田野带去雨水,心里还是感到非常高兴。

成都真是一个自然条件得天独厚的地方。前一两个月,北方寒流频频南下,横扫北方与东南,但隐身于秦岭背后的四川盆地却独自春暖花开;当南方高原干渴难耐,盆地中的川西平原却还有细雨无声飞扬。这不,离成都还有两百多公里,还在从高原上那些盘旋不已的公路上往盆地急转而下,手机响起,是成都郊区青白江的朋友说,那里樱花节开幕了,请我去聚聚,顺便看看樱花。

越靠近四川盆地,道旁的草木就越滋润,不时有树形壮大的桐树与苦楝开满繁花,撞入眼帘。这一来,眼睛真的就舒服多了。

正因为此行看够了干枯萧瑟,早上起来就出门去看盛开的鲜花。

特别要去看几树此行前已拍过的紫荆,它们可能已经凋谢了。

紫荆是很早就开在身旁的。十年前住在另外一个小区时,楼下围墙边就有几株。每年春天,暖阳让人变得慵困的日子,就见未着一叶的长枝上缀满了一种细密的红花。

那种红很难形容。上网查一下,维基百科有直观的色谱,给了这种红一种好听的名字:浅珍珠红。对了,在太阳下,这些密集的花的确闪烁着珍珠般的光泽,但那时的印象就是围墙边有几树开得有些奇怪的花。那么多细碎的花朵密密猬集,把一条长枝几乎全数包裹起来了,但没有移步近观过。我想,这也就是大多数人对于身边花开花落的态度吧。也询问过这花的名字:"花多得把枝子全都包起来了,就像蜜蜂把蜂房包裹起来了一样。"问得并不认真,答的人也多半心不在焉,"也许……大概……可能……"不记得是不是有人告诉过正确的名字了。就这样,这花年年在院子里兀自开放。

后来,工作过的杂志挣了些钱,在郊区弄了一个园子。虽说是公共财产,但还是想尽量弄得漂亮一点。当然就是在建筑之外的十多亩空地上多植花木。也就是这个时候,知晓了这种植物的名字,叫作紫荆。当时所请的花工,叫的是这花的俗名:满条红。虽然土俗,却也贴切。离开那家杂志有三四年了,不去那个园子也有三四年了，那里的花该是很繁盛了吧。不只是紫荆，还有紫薇、芙蓉、含笑、樱、桃、桂、梅……也是在循时开放吧？

真正近距离观赏，还是这两三年。不只看见漂亮的花色，看见满枝密聚的小花，更看清楚了朵朵小花也有精妙的结构。五片花瓣分成两个部分，三片花瓣在上部张开，两瓣在下面，合成袋形，前突出来，像某些食草动物前伸的下颚，雄蕊与子房就包裹在这闭合的两枚花瓣中间。书上说，紫荆是乔木，但在我们四周，作为一种景观植物，它却以灌木的姿态出现。也是书上说，这是因为紫荆强健、易修剪，因而不断被塑造形体，随意长成栽培它的人所希望的样子。

紫荆花期真长，2月底就拍过依附于枝上含苞待放的花蕾，3月中就尽数盛开了。今天看见整个植株所有枝梢上心形的绿叶都尽情张开，快要形成绿色的树冠了，但那些红花还热闹地开着，至少还能在枝上驻留一周时间。

现今城里很多观赏植物不是中国的原生种，但我写这组物候记还是尽量往中国的原生种上靠。紫荆是中国的原生种。既是原生种，就忍不住要找找古人的文章与诗词是不是写过。

真是有很多诗文写过紫荆，但在那些文字中，花本身的形象并不鲜明，依然是睹物寄情的路数，那花树不过是一种兴发的媒介罢了。

安史之乱时，流离中的杜甫"感时花溅泪，恨别鸟惊心"，某天写了《得舍弟消息》，其前两联即为：

风吹紫荆树，色与春庭暮。

> 花落辞故枝，风回返无处。

诗中紫荆是何模样与情态我们并不知道，读这些文字所能感受的是诗人对不能返回故园与亲人团聚之悲苦的深长咏叹。

中国的古典诗，以物起兴，成功者就成为后来者的习惯路数。"昔我往矣，杨柳依依"，后来一路写下来，大多是柳色伤别。而紫荆兴发的情绪，也有一定指向，那就是离人思念故园。还有韦应物《见紫荆花》为证："杂英纷已积，含芳独暮春。还如故园树，忽忆故园人。"

我看见花树，就看见了树与花，只是想赞叹造物的神奇与这花具象的美，并没有唤起与古诗言及的类似的情感。这便是文化的变迁。文化的变迁重要的不是过什么节不过什么节了，穿什么衣服不穿什么衣服了，重要的是人的思维方式与感受事物的路径的改变，是情感的产生与表达方式的改变。为什么今天有人依律或不依律写五言、七言我们不爱看？端的不在于形式，而是其中一脉相承的抒情表意方式，与我们今天的心境，已有千里万里之远。

2010年3月28日

桃

——成都物候记之十

有时候，语言学也很可爱有趣。有趣之处在于，某些字与词还包含着字典、词典释义之外的秘密。

比如这个字，这个作为一种植物名字的字——桃。

记得有本书上说，一种植物是不是本土植物，可以从名字的字数上看出来。一个字的，都是本土植物，比如梨，比如李，比如杏，等等。如果一种植物的名字是两个字，那就说明是非本土的，是远来的植物，比如苹果，比如葡萄，等等。所以如此，道理很简单。上古之时，人们开始为万物命名时，汉字还是非常简洁的，只消看看《诗经》就知道。诗句基本四字一句，其中提到的植物，真的也多以单字命名。到了屈原们的楚辞时代，就比较繁复，比较洋洋洒洒了。与之相应，其中香草鲜花的名字，差不多都是双声了。"扈江离与辟芷兮，纫秋兰以为佩"两句诗，三种植物都是双声，与《诗经》中"呦呦鹿鸣，食野之苹"已大异其趣了。

但我在写物候记的时候，很快就遇到了例外。

这个例外就是：桃。

桃，形声字，木形兆声。"兆"是大数量级的词，表示空间感时，其意为远，加上个"木"就是"远方移来的树种"。那就翻老一些的辞典，也许有答案。原来"兆"表示距离。那么，这远方有多远，是哪里？也就是说，这个字产生的时候，那个本土是在哪里？回答了这个问题，一切就明白了。我们当然知道，汉字最早的产生地是在河南，那个出了甲骨又出青铜器的地方。那么，这个"兆"不是当今中国的远方，而是那时的河南的远方。从黄河中游往西北走一千公里左右到包括青海和甘肃的青藏高原东北部边缘，今天中国的西北地区——这棵又开花又结果的树来自这个"远方"，今天的人并不以为是远方的地带。也就是说，古代在中原地区扎根的桃树，是上古时代从一千公里外的西北地区引进的，"黄河之水天上来"的那个地方。

直到今天，在中国的西部，还有漫山遍野的野桃。去年在雅鲁藏布江河谷，闻名遐迩的美丽雪山南迦巴瓦峰下，我就曾经为漫山满谷盛开的野桃花心醉目眩。

四川盆地，西部西北部边缘，就紧靠着青藏高原东部的横断山区，可以想象，在中原地带移栽了桃树，写出了"桃"字的时候，这里也早种植了桃树，年年收获甜美的果实了。村前村后，"桃之夭夭，灼灼其华"，不该只是中原地区那个卫国特有的景象。但也只是一个推想。推想也需要相当的理由。成都这个地方，距今天中国西部的高山大野距离更近，人类尚未书史纪年，盆地里的人就与高地上的人时相往还。更何况，虽然那时的蜀地"不与秦塞通人烟"，却已发展出非常发达的文化了。三星堆和金沙考古发掘的辉煌发现就是明证。

因此之故，写成都物候，不写桃花简直就不合情理。今天的成都，春深时节，李花与梨花之后，东郊的龙泉驿区满山桃树，万株桃花同时盛开，是一大盛景。

只是今天的人，居于一地而不囿于一地。去年外出，就错过了桃的花期。今年3月中旬，还城里城外四处打探桃花的消息。但这其间，北方冷空气一波波越秦岭南下，四川盆地持续低温，成都阴雨连绵，听说龙泉的桃花节也推迟了时间。这一回，在外地忙一部电影剧本，也一路看春花绽放。在以樱花闻名的北京玉渊潭公园看到非常漂亮的迎春，又在杭州看二月兰盛开。回到成都，开车从机场进城，听广播里说，龙泉山上的桃花已到盛花期，赏花的时间只有四五天了，偏偏又遇到低温和阴雨，每天都打算出门上山，终于还是不能成行。

"船人近相报，但恐失桃花。"杜甫这两句诗似乎就写出了我眼下的心情。当年诗圣流寓成都，草堂初成，就曾向朋友乞要桃树若干，植于堂前。有《萧八明府实处觅桃栽》为证：

奉乞桃栽一百根，春前为送浣花村。

河阳县里虽无数，濯锦江边未满园。

明府是县令的美称。杜甫于公元760年在成都筑成草堂，写诗向朋友们讨要花木树苗。这个名叫萧实的县令就是他索要花木的对象之一。他还另有诗《诣徐卿觅果栽》，那就是直接上门讨要了。当然，过日子并不只是弄一片杂花生树，所以，做这两首诗的同时,他还有一首诗,是向朋友索要大邑出的瓷碗:"大邑烧瓷轻且坚,扣如哀玉锦城传。君家白碗胜霜雪,急送茅斋也可怜。"

桃树蓬勃生长,不几年,有的桃树已经枝繁叶茂而妨碍屋主出入了。公元764年,有人建议杜甫伐掉门前几棵碍路的桃树,他还写《题桃树》一首委婉拒绝了:

> 小径升堂旧不斜,
> 五株桃树亦从遮。
> 高秋总馈贫人实,
> 来岁还舒满眼花。

理由是桃树不但结果回馈贫家,而且明年春天还绽放满树花朵,让人心情舒朗。

桃苗栽下了,桃树开花了。估计那时候成都人还不大聚集喝茶神聊,也不急着邀约麻将扑克,用大邑白瓷碗吃饱了肚子,那就该要赏赏花了。怎么欣赏?移步换景。读古人诗,看花时,静中看是在树下花前,诗酒文章;动中看,是徐行,"杖藜徐步立芳洲"。诗人们很喜欢坐船,看缓缓移动的河岸美景。还是杜甫看桃花的诗《风雨看舟前落花戏为新句》:"江上人家桃树枝,春寒细雨出疏篱。影遭碧水潜勾引,风妒红花却倒吹。"

今天,要如此赏花已很困难。一来,水难看且难闻;二来,水上所见,多是挖砂之船。更要紧的是,城中所栽,已经不是春华秋实的品种,而是经人工培养,花朵非常繁复的碧桃。花瓣繁复到无以复加。只有紧紧挤在一起的皱巴巴的花瓣,难见雄蕊尽情伸张,子房躲在下方,等一阵风来,一只蝶来,摇落雄蕊顶端药囊上的花粉。植物学上,把花萼、花瓣、花蕊,几大件齐全的花叫完全花。桃所在的蔷薇科,我以为最漂亮的就是五只辐射状花瓣构成的基本形状。那些复瓣多得过度的纯观赏性的碧桃,把桃花最基本的美感都取消了。私以为园丁们以繁复为美,其实是服从一种贫困美学。从人类美学史着眼,以过度的繁复为美的时代,社会总体是贫困的——或者是物质的贫困,或者是精神的贫困。

一位美国人写过一本有趣的书叫《植物的欲望》。他在书中写道:"大约在一亿年前,植物就依赖于一种方式——事实上是几千种方式——让动物来把它们和它们的基因携带到这里和那里。这是一种与被子植物的出现相联系的进化上的分水岭,这是一种不同寻常的、新的植物类别,它能长出炫示的花朵,形成大大的种子,其他的物种会被吸引来散布它们。"

从这种意义上说,人也是被植物利用的动物之一。

植物用果实(种子)诱惑了人,让人类发展出农业文明。农业文明最终的目的,就是收获果实,并且为了收获更多果实而播撒种子。所以,《圣经》说,是果肉丰美的苹果诱惑了亚当夏娃。从纯科学的意义上说,苹果和桃之类的肥腴的果实中所含丰富的维生素正是帮助人类变得越来越健康聪明的直接原因。也许,园丁们培养那些花瓣繁复而使花朵中的生殖器官萎缩不见的品类,算是人类对于植物诱惑的一种反抗?

个人观感,漂亮的桃花,还是开在那些会结果的桃树上,因为这些桃花的构成，符合植物学对于桃花的基本描述：辐射对称花；萼片五，离生；花瓣五，离生；雄蕊多而不定数，雌蕊一。完全，简洁，精巧。

终于，4月9号中午，久阴放晴，马上开车上龙泉山去看桃花。沿着事先设计的路线，从城东出城，上成渝高速，从隧道里过龙泉山，在龙泉湖和石经寺出口下高速，可以在龙泉湖稍作休息。我在湖边看到桃花大多开始凋谢，便急着上山。往路牌上写着"桃花故里"的方向而去。路很好，是平整而有着隐隐弹力的柏油路面。在这样沿山盘旋的路上开车，可以真正享受驾驶的乐趣。这段盘山道，其实就是老成渝公路。公路两边，不断出现一个个热闹的桃园。农家乐的伙计们在路上招徕过往车辆。随着山势的升高，凋谢的桃花渐少，而盛开的桃园越来越多。路边还有一丛丛亮眼的黄花，那是野生的迎春和家种的棣棠。

在一家农户门前停了车，因为他们家的桃园正开得漂亮。买一壶茶，放在桃树下的混凝土桌子上，以此获得了进入桃园的权利。虽然天气阴晴不定，空中厚厚的云层来来去去，云层中难得漏下阳光，但桃花在树上的确开得热烈而隆重，一派来自山野大地的勃勃生机，全无古诗词中那些或者轻薄，或者红颜遭妒的意味。于是一面观花，一面按动相机快门。桃园的主人看有人如此爱他的桃花，自然也心中高兴，到果园里来向我夸赞自己的园子。我对热爱自己生计的人总是怀有好感，便坐下来，一面看夕晖脉脉中盘山公路蜿蜒着越过龙泉山，看山谷的湖泊闪闪发光，一面与他闲话。

闲话收成，闲话桃树品种和嫁接方式，直到夕阳西下。

下山道上，回城的看花人拥塞于途，堵车了。就后悔，还不如在桃园中多坐一会儿，和主人说会儿闲话。刚才就忘了问他，路牌上大书四个字"桃花故里"，是不是经过考证。这里真就是家种桃树的发源地或发源地之一？

2011年4月10日

迎 春

——成都物候记之十一

去重庆一周时间，开会，见朋友，谈天，喝酒，喝茶。

刚回成都，又去参加第八届华语传媒文学大奖的颁奖礼和相关活动，在距成都几十公里的三岔湖的花岛。依然是开会，见同行朋友，谈天，饮酒吃茶。上花岛嘛，也带了相机去，不想连续两天雨水淅沥不止，岛上，岛周的湖上，水雾如烟。即便是晴天，有很好的光照，也没有什么可拍了。这个岛上，几株樱花已经到了尾声，桃花早已凋谢殆尽，满树紫色新叶在雨中闪烁的，不是自身的光亮，而是水光，只有临湖的一段高岸上，有一株泡桐，开放着繁花。樱桃树上，一簇簇的绿色果子从叶腋下探出头来向外张望。

虽然成都这个城市一年四季都有鲜花渐次开放，但春三月这么浩大的花事确乎是到了尾声，以宽阔无边的绿色做主调的夏天将要来临。用我老婆的话说："一到4月，好像一下就安静了。"

回到成都，依然在下雨，楼下花园里鹤望兰和含笑开了。城里很多地方，用作篱墙的粉红蔷薇与为绿廊盖顶的白色七里香也在盛开。尽管如此，更多的、更照眼的是植物的新绿。落叶树除了极少数的几种——比如龙爪槐——都披上了繁密的绿色，常绿的草木更萌发了新一茬嫩枝与新叶。虽然雨中还有薄薄的轻寒，但春天，在我不断地离开这个城市，还未及充分体味它时，确乎就要过去了。居停在这个城市十多年了，并未认真体察过它的春天。现今欲去深味它，却又因自己的匆忙，更多深入细致的体味要等待来年了。这也是一种留春与惜春的情致吧？却又与古人那种"惜春长怕花开早"的心境有很大差异吧。我算是一个甘愿过自己慢生活的人，但也很难如古人那般在一地一季中充分驻留，以至于想好好看看写写这个城市的花信，也因种种事务与义务，让自己落在这个城市的花事后面了。

以至于今天来写迎春，都属于补记的性质。查电脑里的图片库，第一次看到迎春早开是正月十五（2月28号），地点在百花潭公园散花楼下的河堤上。那时，从高处往下悬垂的枝条已经苏醒过来，冬日里的僵硬干涩变得柔软滋润，那些照眼的黄花紧贴着淡绿的枝条绽放了。那天还遇到了早开的重瓣繁复得看不到花蕊的棣棠。我还以为，这也是迎春，经过了人工选育培植的迎春。之所以这么认为也有自己的根据。很多花比如樱花、茶花，就在人工选育与培植的过程中，使得有着单纯美丽的花朵变得繁复不堪了。

3月17日，在近年经整治而变得美丽宜人的城东沙河两岸，去看沿河盛开的迎春，又看到了和迎春处于同一生境中的棣棠，看到了这种植物长出的比迎春阔大而且脉纹清晰漂亮的叶子，方才知道不是迎春。查植物志才知道，是棣棠。只是和迎春一样的花期，一样柔蔓细长的下垂枝条，一样喜欢丛生于湿润的河岸。而且，从远处看去，丛生的棣棠的花朵比迎春更加密集，团团明黄比迎春在阳光下更加耀眼。我不知道真正野生的棣棠花是怎样的形态，但和迎春比起来，我很不喜欢这种花瓣繁复到掩去了花蕊，而使一朵花失去基本形态的花朵。这些棣棠就是这样。近看，就见整朵花像团被揉皱了捆扎起来的薄绢，而不能呈现出一朵花的各种植物学的也是美感的构成，以及这些构成要件奇妙天成的组合。正是因为这个原因，这个春天，几次起意要拍拍茶花，最后都作罢了。至少在这个城市，四处都有的茶花就是这个样子，一团皱巴巴的花瓣紧挤在一起，缀在枝头，了无生气，全无美感。两者相较，我还是喜欢棣棠，至少它们能把一条河装点得这般明亮照眼，虽然不太宜于近观。

迎春就不同了。五裂的花瓣规则中也有许多的变化，黄色花冠靠近中心的地方，一条条暗红色的淡纹环列于通向子房的那个幽深通道的进口，中间，是更加嫩黄的花蕊，而且，那些细小的花蕊，还会在它们性成熟时，如护持它们的花朵一样，再次绽开。也真有复瓣的，却也没有繁复到那种无以复加的程度。

想起最近翻过两本教人观花的书。一本外国人写的，说观花时需要一些辅助性工具，其中最重要的一个就是放大镜，用以细致观察花朵精妙的细部特征，特别是花丝、花药、柱头和子房所构成的那个核心部分。连带想起我喜欢的一个美国博物学家的照片，长着马克思式的大胡子，正拿着一只放大镜端详一朵野花。中国的那一本没说这个，而是详细告诉人要穿什么样的衣服——也就是户外活动爱好者从头到脚的那一身。间接说明，在国人这里，观花这么一项亲近自然的活动，也必须贴上时尚性标签，才可能被更多的人所认同。

3月18日，去城北的熊猫基地见人，顺便到林中走走，又看到很多盛开的迎春。

　　其实，以上三个日子，是留下了照片的日子。那段时间在城里行走，差不多无处不见迎春。最繁盛者，除了河岸与湖边，另有一个地方，也颇见这个城市管理者的匠心。那就是四处都有的立交桥上，栏杆两边的架上，都密置着迎春。它们从高处或欹斜而出，或悬垂而下，长枝上都缀满了繁密的黄花。如果再遇到一个小晴天，车行桥上，那心情真是轻盈而明亮啊。

2010年4月11日

桐

——成都物候记之十二

等到有空有心情要写桐花的时候，城里的桐花都几乎开尽了。其实句子还没有浮现出来陈述这个事实，仅仅是心里一个念头，想到桐花将要谢尽，就已经很不情愿。几天前还特意从华阳出城上了一次丹景山。根据热岛效应的说法，城外山上应该还有开得繁盛的桐花，不想城外的桐花比城里还谢得干净彻底。山坡谷间，不只是桐花，所有在春天里该开花的树都开过了，只剩下满目的翠绿。那绿色沉郁起来，像在暗中蓄积力量，使开花期中所有"珠胎暗结"的子房都变成可以期待的果实。草的生长也不再是一点点张望着，一点点地试探，它们都哗一声潮水拍岸般地醒过来，一个劲疯长。只有沟头路边，那些新翻出来的瘠薄新土中，苣荬菜多浆汁的茎上，细碎而有些寂寞地开满了小黄花。这个春天最早的那些花开始绽放的时候，苣荬菜就零星地开放了——在那些喧闹的花树下。即便在精心规划与打理的城中公园，林荫道旁，只要有一点点泥土还没被人工栽植的草与树所覆盖，也不需要谁播撒种子，苣荬菜就钻出土来，展叶伸茎，不知疲倦地一轮又一轮开着寂寞细碎的黄花。一批花凋谢了，结成了细小的籽实，它就自己用白色花序打起一把漂流伞，随风去寻找新的落脚之地。

就这样，苣荬菜会这么一轮轮一直开到秋天里去。

这样的花我们是不会专门去看它的。我上山去，为的是桐花的身影，但桐花确乎是谢尽了。原本想，看不到泡桐，会看到城里没有的更漂亮一些的油桐吧，结果，油桐花也已开尽了。油桐花漂亮，树形也漂亮，城里怎么就没有它的身影呢？于此，我想起了巴黎街头那些漂亮的栗子树，想起在美国科罗拉多州立大学所在的高原小城波德，街边那些硕果飘香的苹果树，是因为国人"君子远庖厨"的那点心思，城里的树只该开花，而不该结那些可以收获的果实，不然就俗气了吗？

扯远了，还是回到正题上来吧。

原来，开始写这组物候记时，是想让这些文字与花期同步，与一个个花信同时到达的，现在却越来越落到后面了。

首先，当然是因为春深时节花信来得太猛了——简直是花潮，一波未平一波又起。再者，虽然说，在这个仓促纷繁的世界中，我算是个闲人了，但当潮头迭起的花信涌来，还是因为一些事务而应接不暇。

现在，差不多所有从早春依次开放过来的先花后叶的植物都安静下来了。自然之神会让我们稍稍静默一下，在静默中回味一下，然后，就该是那些先叶后花的树了。要不了多久，就是丁香的时节，槐花的时节，女贞的时节，夹竹桃的时节，还有槐花的时节。

这些年城市绿化时引种的外来植物越来越多，城里土著植物成气候的蔚为壮观的地方已经不多了。泡桐正是这渐渐退隐的土著植物之一。如今能在城里蔚为壮观，有些气象的就是府河堤上活水公园往西北去的那一段了。

4月17号，我在那里度过了一段午休时间。

那时，树上对生的卵形单叶一片也未曾萌发，十数米高的树上，所有枝头都沉甸甸地坠着白中泛紫的花朵。

那些花朵每一朵都沉甸甸的，质地肥厚的花自身的重量把本该是钟状的花萼压成了盘状。

如果仔细观察，花冠的构成也奇特而精妙。五裂的花瓣分成上下两部分，上部两片翘起来，退缩，又向上翻卷，下部的三片却直伸而出，就这样一部分向后退缩，一部分又努力向前突出，亮出了深喉般的萼部，是要尽力发出其中我们未曾听闻过的声音吗？

那些花朵不可思议地硕大繁密，若干朵花形成一个聚伞花序，若干个聚伞花序相复合，又构成一个圆锥花序。把一条条粗细不一的长长树枝坠下来，深垂向堤下的河面。

太阳钻出云层的一瞬间，所有的花都在被照亮的同时，闪烁出光华，会在一段假寐般的沉静的中午，把府河两岸的桥、水面、路灯柱子，甚至桥头上天天卖盗版碟的摊子都一下照亮。好多本来对身边景物漠不关心的人在那一瞬间也被惊住了，立住脚，张望一番。这一时刻有什么不一样吗？还是原来的样子啊，水、桥、路、树，都是一样的嘛。树开花了，树嘛，当然会开一些认识或不认识的花。于是，云层又掩去了阳光。奇迹般的光消失了，一切又都回归到原样。那么多人，在那一刻，都受到了自然之神的眷顾，差一点就让内心关于自然，关于美的意识被唤醒了。但是，自然之神是从容自在的，自然之神不是政治家，并不那么急迫地要唤醒那么多人追随与服从。但我知道，我所以努力在靠近与体察，不是为了一种花、一棵树，而是意识到人本身也是自然之神创造的一个奇迹——也许是最伟大的奇迹，但终究只是奇迹之一，所以，作为人更要努力体味自然之神创造出来的其他的种种奇迹。

那一瞬间，我听到雄壮的华美的交响乐声轰然而起，我想起了康德的一句话："世界万物非瞬息之作。"

还想起了歌德说过这样的话："大自然！我们被她包围和吞噬——既无法摆脱她，又不能深入其内。未经请求和警告，她把我们纳入她的循环舞蹈，并携着向前，直到我们疲惫不堪，从她的怀抱中脱落。"

哦，看见了大自然最华美亮光的人们，为什么又对这启示性的惊人的美丽垂下了眼帘？这就是先哲所说的"不能深入其内"？还是因为生存的疲惫从自然的怀抱中滑脱出来了？是什么把我们变成身在自然之中，却又对自然感到漠然与困倦？我们这些只能经历一次，或者说只能意识到自己一次生死的人，请记住歌德还说过这样的话："生命是自然之神最美好的发明，而死亡则是她的手腕，好使生命多次重现。"而花开花落正是我们可以历经的多次的生命重现。交响乐声是真切的，那是贝多芬的第九交响曲。我听见了最后那个乐章的雄浑合唱，那合唱曲正是歌德那伟大的诗章！

花开满树，是生命的欢乐！满树繁花映射着阳光，使晦暗的事物明亮，是生命的华彩！风起了，花香四溢，一朵朵落花降到水面，随波起伏，更是生命深长的咏叹！

今天下午两点飞深圳。

上午在办公室跟文学院一个签约作家讨论他的小说。这是一部有着非常明显优点的小说。这个优点是与这个人的某种天赋相联系的，这是我看小说时非常看重的一个方面。同时这部小说在叙事与布局上还有很多待商量的地方。我与这位比我年轻的人商量，我想看看，有没有办法让这个小说变得更好。以后的结果如何我不敢预测，但我们谈得很好，好像找到了解决之道。出了办公室，这种好心情仍然存在，看看到机场还有一个小时左右的空子，便绕个弯子又去了一趟府河边，去看那城里唯一一处泡桐这种土著植物还蔚为壮观的地方。

现在，一个多月前来拍过的那些树长满了硕大的、先端尖锐的掌形叶片，已经绿荫覆岸了，但花谢得却没有城外山上那么决绝。还有零星的花朵悬在枝头。有风吹过的时候，便有一管管的白花坠落下来。盛开的时候，泡桐花是白中泛紫的，尤其是敞开的深喉的那个地方，更有片片的紫斑显现。但现在，子房受孕了，环绕着子房的花朵完成使命了，就松弛下来，从花萼处与之分开，待得一阵风来，就像一个空杯子脱落下来。当初活力充沛时那些紫色都消失了，只剩下一些灰白色，蜕尽了内在精气的空壳，委顿在草间……生命的结局总是这样，有些黯淡，总是这样，寂静无声而没有光华闪耀。

是的，这些花朵会成灰化泥，重新沉入土地，成为大地蓄积的能量，来年春天，让一些新的花朵绽放，让一些新的生命闪烁动人的光华。

去机场的路上，就这样想着那些落花。后来，堵车，差点要误航班，一着急，就把这样的心情给止住了。四点钟到了深圳。六点半从酒店出来在深南大道散步,到处是盛放的夹竹桃、黄槐和三角梅,回来,又有了心情把所有这些都记录在案。然后,再次收拾心情,准备听取接下来的法律课程了。

2010年4月24日

丁 香

——成都物候记之十三

打开电脑新建文件时就想,关于丁香有什么好说的。其实不只是丁香,很多中国的植物,特别是在诗词歌赋中被写过——也就是被赋予了特别意义的植物都不大好说。中国人未必都认识丁香,却可能都知道一两句丁香诗。远的,是唐代李商隐的名句:"芭蕉不展丁香结,同向春风各自愁。"就这么两句十四个字,丁香在中文中的形象就被定格了。后人再写丁香,就如写梅兰竹菊之类,不必再去格物,再去观察了,就沿着这个意义一路往下生发或者扩展就是了。

于是近的,就有了现代诗人戴望舒的名诗《雨巷》:"我希望逢着 / 一个丁香一样地 / 结着愁怨的姑娘 / 她是有 / 丁香一样的颜色 / 丁香一样的芬芳 / 丁香一样的忧愁 / 在雨中哀怨 / 哀怨又彷徨。"

一个女人,如果有了诗中一路传承下来的某种气质,就是一个惹人爱怜的美人了——这种气质就是丁香。虽然,我们在仲春时节路过了一树或一丛丁香,那么浓重热烈的芬芳气味四合而来,但作为一个中国人的文化联想,却是深长悠远的哀愁与缠绵。或者怀着诗中那种薄薄的哀愁在某个园子中经过了一树丁香,可能会想起丁香诗,却未必会去认识丁香;也许认识,但也不会驻足下来,好生看看那树丁香。我甚至想,如果有很多人好好看过的话,这样的丁香诗就不会如此流传了。

抛开眼前的丁香花暂且不谈,还是说丁香的诗。这种象征性意义的固定与流传,在李商隐和戴望舒之间还有一个连接与转换。那就是五代十国时南唐皇帝李璟的多愁善感的名句:"青鸟不传云外信,丁香空结雨中愁。回首绿波三楚暮,接天流。"

但是,丁香花却并不是真的这么愁怨的,花期一到,就一点都不收敛。那细密的花朵攒集成一个个圆锥花序,同时绽开,简直就是怒放。我在植物园拍一株盛花的火棘时,突然就被一阵浓烈的花香淹没了,但我知道,火棘是没有这样的香气的。抬头,就见到一株纷披着满树白花的丁香!说纷披,确实是指那些缀满了顶生与侧生的密集花序的枝子沉沉地弯曲,向着地面披垂下坠。那么繁盛的花树,是怎么引起了古人愁烦的?待我走到那树繁花的跟前,那么多蜜蜂穿梭其间,嗡声不绝于耳,我只在蜂房旁边才听到过这么频密的蜜蜂的歌唱——同时振翅时的声响。这么热闹,这么强烈的生命信息,怎么和一个"愁"字联结起来?

但是,诗人们不管这个,只管按照某种意思一路写下去,"看山不是山,看水不是水""感时花溅泪,恨别鸟惊心",就这么按照某种意思一路写下去。

所以,李璟写下"丁香空结雨中愁"时,不仅接续了李商隐的愁绪,而且请来了雨,让丁香泛着暗暗的水光,在长江边的霏霏细雨中了。这位皇帝还把这种写愁的本事传给了自己的儿子李煜。李煜写愁的诗句甚至比乃父更加有名："问君能有几多愁，恰似一江春水向东流。"这李姓父子身逢乱世，却不是曹操父子，文有长才，更富政治韬略与军事禀赋，所以强敌环伺时，身在龙庭却只好空赋闲愁，只好亡国，只好"流水落花春去也"，只好"自是人生长恨水长东"。

这就说到成都这个城市了，李璟、李煜写出那些闲愁诗也是亡国诗的时代，也是我们身居的这个城市产生"花间派"的时代，是那些为成都这个城市的历史打上文化底色的词人用"诉衷情""更漏子""菩萨蛮"和"杨柳枝"这样轻软调子的词牌铺陈爱情与闲愁的时代。

"花落子规啼，绿窗残梦迷。"

"偏怨别，是芳节，庭下丁香千结。"

看看，那时候长江南北战云密布，偏安一隅的成都就很休闲，那时文人们还赋予了丁香后来在中国人文化观念中固定的爱情意义："豆蔻花繁烟艳深，丁香软结同心。"什么意思？一来是诗人格了一下物，看到丁香打开花蕾（所谓丁香结），花瓣展开，这种两性花露出的花蕊，也就是雄蕊与雌蕊的组合都是那么相像——"同心"，并从此出发联想了爱情（也是"同心"）。而这么一种地方性流派审美生发出的意义，在后来浩大的诗歌洪流中不甚显著，因为这个地方的文化从来不能顺利进入或上升为全国性的主流。当然，李白们，苏东坡们是例外，因为他们无论是地理上还是文化视野上都超越了地域的局限。所以，后人评花间词说："嗟夫！虽文之糜，无补于世，亦可谓工矣。"

再后来，好多很好地描写了成都的诗文都是外来人的杜甫们所写下的了。成都太休闲，不要说修都江堰这等大事，连写诗这样不太劳力费神的事，都要外地人代劳了。

以上，是我说丁香时顺便想到的，对成都努力让自己符合休闲城市这个定位时，关于文化方面一点借古喻今的意见。

既然说了意见，索性顺便再说一点，这就是有关这个城市的园林设计与道路街巷的植物布局。

人们常说，一个城市是有记忆的。凡记忆必有载体做依凭。城市最大的记忆承载体当然是一个城市的建筑。成都与中国大多数城市一样，靠老的街道与建筑来负载这个城市的历史记忆与文化意味是不可能的了。那么，一个城市还有什么始终与一代一代人相伴，也比人的生存更为长久？那就是植物，是树。对成都来说，就是那些在这个城市出现时就有了的树：芙蓉、柳、海棠、梅、槐……这个城市出现的时候，它们就在这座城里，与曾经的皇城，曾经的勾栏瓦舍，曾经的草屋竹篱一起，构成了这个城市的基本风貌，或被写进诗文而赋予意义，或者院中，或者某一街口，一株老树给几代人共同的荫庇与深长而具体的记忆。但是，在今天的城市布局中，这些土著植物的地盘日渐缩小，而从外地、从外国引进的植物越来越多。我个人不反对这些植物的引进，比如立交桥下那些健旺的八角金盘就很美观，而且因其生长健旺也很省事。池塘中和芦苇、菖蒲站在一起的风车草也很美观，街道上一排排的刺桐与庭园中的洋紫荆也不可谓不漂亮，只是它们突然一下子来得太多太猛了，大有后来者居上的意思。在我看来，其实没必要一条一条的街道尽是在这个非热带城市连气根都扎不下来的小叶榕，须知是它们挤占了原来属于芙蓉的空间，属于女贞和夹竹桃的空间，当然，也有一部分是属于丁香树的空间。这几日，正是丁香盛开的时节，但城中却几乎看不到成气候分布的丁香了。一种漂亮的芬芳四溢的土著植物差不多已经从街道上消失了，退缩到小区庭园与公园，聊作点缀了。前天，被请到什邡去为建立地震遗址公园出点主意，回来的路上，三星堆博物馆主人留饭，在博物馆园子里，看到几丛很自在、很宽舒地生长着开放着的丁香。那里虽然在地理上还属于成都平原，但毕竟行政上是在别的行政区划的地盘上。

还是今天，5月2号，到城北的植物园才看到几株漂亮的丁香。

出城进城，正在扩建的108国道都拥挤不堪，但让人安慰或者愿意忍受这般拥挤的是，改造过后就好了，而且道路两边的挡土墙上，就彩绘着扩建完成后大道的美景。我就想，那时大路的两旁，会有很多丁香吗？

真的，让这个城市多一点土著植物，因为这些植物不只美化环境，更是许多城市居民一份特别的记忆，尤其是当这个城市没有很多古老建筑让我们的情感来依止时，多一些与这个城市相伴始终的植物也是一个可靠的途径。植物也可以给一个有着悠久历史的城市增加一些历史感。

含 笑

——成都物候记之十四

翻检照片，2010年拍摄含笑花开是4月4日，但那不是初开的时间。含笑花期长，所以，一蓬蓬绿叶中象牙色的花朵开始零星开放到盛开至少有一周多的时间。也就是说，去年，含笑在3月底就零星绽放了。今年，拍下含笑的时间已经是4月20号了。

原因之一，公历是外来的纪年法，不如土生土长的农历纪年能准确反应中国的物候。原因之二，去冬严寒，好多露地越冬的植物都被冻得一下缓不过劲来。楼下院子中，有几株非土著的洋紫荆，往年虽然开花不好，且喜那偶蹄类动物蹄状的叶片形状美观，常常被阳光照得透亮，相当照眼。今年就不行了，直到今天，不仅未见新叶萌发，去冬冻萎的叶子，还一直在片片凋落。院墙外，一排高大的刺桐也是一样，往年此时，已开出串串红花，今年才长出新叶。但含笑是本土的温带植物，只管按照自己的节律替换新叶，萌发花蕾，绽放花朵。很多春花，特别是先叶开放的那一些，梅、李、桃、杏之类，是很能造势的。没有开放之前，密集的花苞就一天比一天晕染出越来越浓重的花色，相当于一天比一天大声地发布将要辉煌绽放的预告。

和含笑同属木兰科的红玉兰与白玉兰也一样很声张。

含笑则不同，一丛丛立在路边。阳光明亮时，它们常绿的蜡质叶片闪闪发光，显出兴奋的样子。天气晦暗时，它们也喑哑黯然。但某天黄昏或者早晨，你走过那些常绿的灌丛时，突然就会闻到一股香，一股浓烈的甜香，就知道，是含笑应时而开了。这种甜香的味道，最与香蕉的芬芳相仿。所以，在有些地方这花就有另一个俗名，香蕉花，但那是比成都更南的一些地方。成都人还是叫它的正名：含笑。

闻到这股甜香，再去细看那圆形的树冠，就看见密集的枝条间，互生的椭圆形叶片下，叶柄和树枝间的那个小小的夹角上——植物学上叫作叶腋的那个地方，一朵两朵的含笑，绽开了它小小的六枚肉质花瓣。花瓣淡黄色，边缘带着紫晕。从花瓣中央捧出的翠绿色的穗状花蕊，可以认出它是白玉兰、红玉兰和优昙花的亲戚，在植物学上属于同一科：木兰科。昨天，去西岭雪山看杜鹃和珙桐，山上大雾，加上索道检修，什么都没看见，倒在花水湾镇附近的村落附近看到厚朴正在开放，一朵朵硕大的花朵被高捧在枝顶。和其他木兰科植物相比，含笑植株低矮，花朵碎小，而且不像其他玉兰那样同时开放，而是陆续开放，花期绵长。书上说，含笑花期可长达三到四个月。据我的观察，成都的含笑花期也有一月之余，所以，从3月末到5月初，不经意就闻见甜香袭来，沁人心脾。

更令人喜爱的是，此花常在黄昏时分散发最浓烈的暗香。因此宋代诗人邓润甫咏此花："涓涓朝露泣，盎盎夜生春。"就是说它早晨凝着欲滴的清澈露珠，夜晚则用香气渲染盎然春意。

更有名的宋人杨万里更说此花是"无人知处忽然香"。因此，今天有人说此花的花语为：矜持，含蓄。

花语这种说法似乎不是中国本土文化。但我猜想，含笑这种中国本土植物，所谓花语，当不是西方人的定义，而是国人根据其特性附会出来的意义。

南宋人李纲写有一篇《含笑花赋》：

> 南方花木之美者，莫若含笑。绿叶素容，其香郁然。是花也，方蒙恩而入幸，价重一时……
> 凭雕栏而凝采，度芝阁而飘香。破颜一笑，掩乎群芳……
> 花生叶腋，花瓣六枚，肉质边缘有红晕或紫晕，有香蕉气味。花常若菡萏之未放者，即不全开而又下垂。

所以对这段文字感兴趣，因为：一、我们的古人，少有如此正面对花木形态进行描摹者；二、说明那时已经开始栽培含笑，而且是从比杭州更南的南方移植而来（"蒙恩入幸"，就是被南宋皇帝看上）。但成都是什么时候有含笑的，还不得而知。

在网上搜关于含笑的文字，得到几句，是近人苏曼殊写在小说《绛纱记》中的："亭午醒，则又见五姑严服临存，将含笑花赠余。"据我多年经验，国人并无折含笑赠人的习惯。想必，他将此写进文中，是出于这位多才多艺且后深有佛缘的人对此花的深爱。正好架上有《苏曼殊诗文集》，翻检一遍，知道此文写于1915年。三年后，苏曼殊于三十五岁上去世，葬于杭州。

今天，有朋友在宽巷子招喝酒，早到了，就去看那间散花书屋，因为那里常常可以得到一些说成都的书。但翻看一阵，未见说成都花木栽培的，也未见有成都文人写植物的文字。然后，喝酒，微醺，回来补写这篇成都物候记。

2011年4月22日

鸢 尾

——成都物候记之十五

该说说草本的花了。

回顾写成都时令及花开的文字,我发现,竟然一直说着木本的花。但在我们四周,更多的花却是草本,开在林下或林缘的草地,或者就一株草也可以独自圆满的地方。草本的花更普遍,更强健,随处点染着我们置身的环境。它们不要观赏树那么宽大的地方,修枝剪叶,那么精心的侍弄。小小一粒种子,哪怕落在人行道的砖缝里,只要有点泥土,有点水分,就能抽枝展叶,只要目中无草的人不去践踏,就会绽蕾开花。

春天的时候,去一所大学,在一处楼前阶梯,就见到水泥台阶的缝隙间闪烁着别样的紫色光,原来却是紫花地丁已经展叶开花。这株地丁一共花开三朵,诚恳的紫色,那样的空间里,五片花萼依然片片舒展。那天,我是去听一个考古学的讲座。这时却在成都午后那种淡淡的暖阳下想起了川端康成《古都》的开头:"千重子发现老枫树干上的紫花地丁开了花。'啊,今年又开花了。'千重子感受到春光的明媚。"

而我，看到这几朵孱弱的地丁，那部优雅小说开头那优雅的话就在心头浮现了。回家的路上，顺便逛逛书店，从书架上取了这本久违的书在灯下，看到川端康成在小说中还有这样的话："紫花地丁每到春天就开花，一般开三朵，最多五朵。"这样的文字，不只是安静的雅致，更有植物学的精确了。

因为花期短暂（两周左右），紫花地丁让小说家与小说主人公在欣喜的同时又心生惆怅。我真的很喜欢那花的样子：几片漂亮的基生叶，几朵柔弱而又沉着的紫色花。后来，我还专门到城外某处曾见过它们的山坡上去，可是今年春旱，未能看到它们成片开放时欣欣然的景象。在那座一下脚就带起尘土的干燥的小丘上，它们只是稀疏地开放着，在干燥的浮土中，一副灰头土脸的样子。我连相机都没打开，傻坐一阵，就下山去了。

还好，在下面湿润的溪边，在一丛醉鱼草和几株枸树下遇见几朵开放的鸢尾。3月的开头，还不是鸢尾花的月份，但确实有几丛剑形的碧绿叶片在树荫下捧出了白色中透着青碧的花朵。

说鸢尾不太准确，鸢尾是一个科，很多种花构成了这个家族。我所看到的，是一种很普遍的草本的花，通常叫作蝴蝶花。成都的人行道边，那些成丛成行的树下空地上，四处都有它们的身影，只不过，我是在城外见到了它们最初的开放。十来天后，城里，四处，街角道旁，它们就星星点点相继开放了。再过十来天，它们就开得非常繁盛了，在林荫下，闪烁着一片一片的照眼光芒。成都市区身处盆地的底部，少风，特别少那种使花草舞动的小风，不然，那些白中泛蓝的鸢尾花就真的像蝴蝶翩飞了。

4月，蝴蝶花开始凋谢的时候，另一种叫作黄花鸢尾的鸢尾——长在水中的鸢尾,就要登场了。在住家小区的二号门前,夹着通道的两个小池里,马蹄莲和黄花鸢尾一起开放了。马蹄莲那么纯净的白色映照得鸢尾的花色更加明艳。每天出门,我都要停下脚步看一看它们。

如果愿意细细观察,会发现鸢尾的花朵确实长得很有意思。一眼看去,似乎都是六枚"花瓣",殊不知鸢尾花只有三枚花瓣,外围的那三瓣乃是保护花蕾的萼片,只是由于这三瓣状萼片长得酷似花瓣,以至常常以假乱真,令人难以辨认。但细看之下,会发现,这六枚"花瓣"其实分成两层,下面的一层三片单色,没有斑纹。上面的三片才是真正的花瓣,中央都有漂亮的斑纹。更奇妙的是,鸢尾从花蕊深处伸展出来与花瓣基色相同的三枚雌蕊也长成长舌状的花瓣模样,只是质地更厚实而又娇嫩。我看外国关于观花的书上,除了照相机的微距镜头,总还建议你带上一柄放大镜,这样可以细细观赏与由衷赞叹花朵这种特殊构造的美妙天成。

现在是5月,黄花鸢尾也凋谢了。

昨天下午,雨后,到府河边某酒楼赴饭局,怕堵车而早到,便到活水公园散步。去看那些模仿自然生境中污水自净的人工设计,去看那些曲折水流与长满水生植物的池沼,去看与风车竹、与菖蒲共生一池的马蹄莲和黄花鸢尾。雨后空气分外清新,满眼的绿色更是可爱。特别是鸢尾那一丛丛剑形的叶片,但可爱的黄色花朵委实是凋零了。

就是这个时候,通常,我们就把它叫作鸢尾,或者说,就是能当成鸢尾科的当然代表的蓝色花到了开放的时节。这种鸢尾在城中并不常见,但愿意寻觅花踪的人总还是偶尔可以遇见。

这种被当成鸢尾科当然代表的鸢尾花花朵更硕大，在那三枚萼片长得像花瓣、三枚花蕊也像花瓣的花朵中，那三片真正的花瓣中央，还突起了一道冠，漂亮的飞禽头上才有的那种冠状物——而在白色的蝴蝶花和黄花鸢尾的花瓣中央，那里只是鸟羽状的彩斑。凡·高有一幅名画就叫《鸢尾花》，花朵也是蓝色的，那么浓郁的一丛蓝色花盛放着，只是用了印象派的个人印象强烈的笔触，从那画面上看不清细节，也就无从知道，他画的是不是也开在我们城中的这一种了。

　　是的，3月，4月，5月，这城中就开过了这么三种鸢尾花。现在，5月将尽，属于这座城的鸢尾也都要开尽了。从什么地方搬来，一盆盆摆在街心与广场的那些不算。露地生长的车轴草（三叶草）、酢浆草，也都要开尽了，但一定有新的花陆续登场。又要出门几天，先去韩国，再去慈溪，回来的时候，它们一定又开放了。

　　鸢尾这一科的，在国内还见过两种，却都不是在这座城市了。一种是在天山深处的那拉提草原，叫作马莲（学名马蔺）。再一种，是在贡嘎山谷中，蓝到近乎发黑的颜色，那种调到很稠的油墨的颜色，三片真正的花瓣上，是耀眼的金色斑纹，因此得名金脉鸢尾。

　　在国外也见过，一次在巴西，在做客人家的院子里，回国后又在一个植物园见过，牌子上写的名字就叫巴西鸢尾。

2010年5月21日

栀 子
——成都物候记之十六

5月27日。夜。

台湾有人捎了高山茶给成都的朋友,于是就有了一顿酒。

出去和这位受茶礼的朋友喝酒。阵雨刚过,带着醉意回家,脚步轻飘地穿过院子,一阵浓香袭来。我晓得,是栀子花开放了。

前两天,银杏树下半匍匐的硬枝上闪着绿光的那片灌木丛,刚竖起毛笔头形状的绿中泛白的花蕾。还以为还要好几天才会开放,却恰恰就在这不经意的时候,这些栀子花就悄然开放了。

杨万里咏过这种花,最恰切的那一句就描摹了当下这一刻:

无风忽鼻端。

驻脚停下,也许是听到了这句诗吧,竟然凝神做了一个倾听的姿态。朦胧灯光中,真的无风,院中池塘,有几声蛙鸣,香气再一次猛然袭来。

我笑。

笑花香该是闻见的,却偏偏做了一个听的姿态。真的听见那夺魄香气脚步轻盈,缥缈而来。

拐个弯,移步向雨后暗夜里开放的栀子。在去往停车场的那个小斜坡上,银杏树笔挺着直刺夜空。树下,几团似乎在漾动的白,是院中最茂密的那一丛栀子盛开时放出的光。

这些光影中,盈动暗香的,是今年最早开放的栀子花。由于灯光而并不浓酽的夜色,却因为这香气而黏稠起来。

5月28日。上午。

去年远行南非,深夜从机场拖着行李回家,一进院子,就闻见了这花香。那是6月,花香有些不同,不是现在这样的清芬,而是带着过分的甜,是果酒发酵的那种味道。

那是栀子开到凋败时的味道。

昨夜回到家里,我就打开电脑,查照片档案,查到去年的时间,是6月23日。记得去年回家的第二天早上起来,迫不及待去拍了几张照片,却只拍到稀落的几朵花瓣已经变黄的残花。今年栀子初开的夜晚,是5月27日。去年这个时候,正要出国去遥远的非洲之角。远行前等栀子花开等到6月几号都没有等到。那一枝枝半匍匐的绿叶间,挺起来一枚枚浅绿的花蕾,却久久不肯绽开。今年则不同,那些毛笔头形状的花蕾刚冒出来几天,就在这个雨后的夜晚,悄然绽放。

今年,媒体上炒过一阵千年奇寒的说法,后来又都齐齐出来嘲笑这是无稽的谣言。电视上还有囤了许多羽绒服的商家因亏了本,哭着谴责气象学家。但在媒体辟谣不久,冬天真的就冷起来了。结果之一,自然是差不多所有花的开放时间都比去年要晚,偏偏这栀子却早于去年开放。

回到家里,第一件事,给相机充电。早上醒来,却见天一味阴沉。到了十一点,天还不见晴,只好拿相机下楼,拍了一阵,并试了试一只新买的镜头。这只80—400mm的变焦镜头,本来是准备盛夏时上青藏高原时好拍那些够不着的花朵。现在把长焦拿来近拍,因为这种镜头对景深的压缩,也有些特别的效果。6月1号还得出门,我想未来几天,应该有晴天,有好的光线,能把这些漂亮的花朵拍得更加明亮。

想起了里尔克的诗:

> 给我片刻时光吧!我要比任何人都
> 爱这些事物
> 直到它们与你相称,并变得广阔。
> 我只要七天光阴,七天
> 尚未有人记录过的七天,
> 七页孤独。

5月29日。

今天上午,天放晴了,但要出门办事。

路过常去的器材店,买了两只偏振镜,就是要对付强烈的阳光照射下花朵上的反光。下午急急回到家,天又阴了。更多的栀子花竞相开放。便只好坐在电脑前记下这些文字。

这时,门铃响了,是清洁公司的钟点工。这两位中年妇女都各自别了两朵栀子花在身上。随着她们走动,隐约的香气便在屋子里四处飘散，也时时飘进书房。这两个喜欢边干活边家长里短的妇人，在我眼里显得亲切起来。

我问其中一位讨了一朵，放到眼前，翻出植物志来细细观察。

书上的描述并不特别详细："花单生于枝端或叶腋，白色，芳香；花萼绿色，圆筒状；花梗高脚碟状，裂片五或较多。"但对我这个初涉植物学的人来说，也是有用的指引。我想起花开园中的情形，如果不是生于枝端，也就是每一枝的顶上，那些花蕾与花朵就不会那么醒目地浮现于密集的绿叶之上。花瓣自然洁白，而且厚厚的——植物书把这描述为"肉质"——在我看来，却应该有一个更高级的比喻。那花瓣不仅洁白无瑕，而且，有着织锦般的暗纹，却比织锦更细腻柔滑。花萼——也就是花蕾时包裹着花朵的那一层苞片，确乎是绿色的，当它还是花蕾时，萼片被里面不断膨胀的花朵撑大，越来越薄，薄到绿萼下面透出了花瓣越来越明晰晶莹的白，直到花萼被撑裂的那一刻。要是有一架摄影机，拍下栀子花开放的过程，那种美，一定摄人心魄。花梗差不多有两厘米长，花朵就在这长长的花梗上展开。因为这个长梗，书上才说它是"高脚碟状"。对这么美丽的花朵来说，这个比喻也太不高级，而且不尽准确。这朵直径三厘米左右的花朵，花瓣分为三层，每层六瓣，跟书上所说的"裂片五"不同。这一点，倒是一句宋人诗写得准确："明艳倚娇攒六出。""六出"，也就是展开六枚花瓣的意思。这些花瓣捧出的，是作为一朵花来说最重要的部分：雌蕊与雄蕊。看过一张照片，是一个美国植物学家的照片。老头儿在用放大镜观察一朵花。刚看过的一本外国人写的描述地中海植物的书上也强调，观花的必备工具里要有一只放大镜。我想，这是为了便于对结构精巧的花蕊进行仔细观察。我没有备下这个东西，于是，也只好和手边的植物书一样语焉不详。我只看见六枚棕黑瘦弱的雄蕊，围着一支明黄的雌蕊，有些自惭形秽的样子。栀子的雌蕊颜色娇艳，而且长成一个蒂，像是这朵花的兴奋点。如果这朵花要发声，肯定就是它引发的一声娇喘。这么写，好像有点情色了。但花朵的开放，于植物自己，就是一场盛大的交欢。如果要冷静下来，就再引杨万里的诗句：

孤姿妍外净，幽馥暑中寒。

又下雨了，轻寒袭来，栀子花又是诗中的模样了。

5月30日。

又听了一夜雨声。

前些天升高的气温又回去了。今天最高气温是二十四摄氏度。有拍纪录片的人来，要我谈谈一个故世二十年的作家。谈到中间，我觉得冷，找出外衣来穿上。送他们走，回来，看见院子里更多栀子花开了。又拍了几张照片。有露珠的，可爱，但仍然期望有阳光。栀子的白色在明亮光线下应该更加照眼。但没有办法。明天要去参加为纪念萧红一百周年诞辰而创立的萧红文学奖的颁奖礼。

回来，又读了些有关栀子的文字。

所以不愿在这组成都物候记中漏过栀子花，因为它是装点蜀地人生活很久很久的本土植物。它的花香至少在成都这座城池中萦回不去有上千年了。我想，花开时节，被女人们缀在发间，宝石一样挂在襟前也有上千年了。有诗为证，如唐代刘禹锡说：

蜀国花已尽，越桃今已开。

　　越桃，就是栀子在唐诗中的名字。其中说到的就是"物候"——此花开放的时节。四川盆地春花次第开尽的时候，栀子花就开放了。也就是说，栀子的开放宣告了夏天的到来。

　　宋代的草药书《本草图经》也说："栀子……今南方及西蜀州郡皆有之。木高七八尺，叶似李而厚硬。"确实，栀子枝硬，叶也硬，因此也才更显出栀子花朵动人的娇媚。

　　写下这些文字的时候，院子里所有栀子都已盛开，早开的那一丛，已经露出了萎败的端倪。

2011年5月31日于哈尔滨

荷

——成都物候记之十七

今年的天气总归是奇怪的。雨水说来就来，从不经酝酿与铺垫。而且，总是很暴烈地来。紧接着，不经过渡就是一个大晴天，气温扶摇直上，酷热难当。天气预报把这叫作极端天气，好像天上的雨师雷神差不多都成了奉行极端主义的恐怖分子。

6月1号那天，中午出门还想着要不要穿双防雨的鞋和防雨的外套，不想三四点钟时走到街上，空中阴云瞬间踪迹全无，艳阳当顶。天气预报显示次日是一个晴天，再次日，暴烈的雨水又要回来。就想该趁明天的晴朗去看看荷花了。暴雨倾盆的时候，我就有些忧心，妖娆的荷花如何禁得住这般如鞭雨线的抽打。天老爷再极端几回，今年的荷花怕就看不成了。

于是，我决定第二天去看荷花。

成都市区里没有大片的安静水面，到哪里去看荷花？先想到东郊的荷塘月色。前几年吧，以"荷塘月色"命名的新乡村刚刚建设完成，当地政府曾请了若干人前去参观。他们是要招些画画的人，弄音乐的人去住在湖边，结果我这个整天在键盘上敲字的人也误入了名单。询诸友人，我被嘲笑了，说，看荷花怎么不去桂湖？我恍然大悟。桂湖，对，桂湖！里边还有一座杨升庵祠的桂湖！

写成都物候记这么久，想找一个与成都本地出身的文人相关的场所竟不可得，却偏偏忘了这多桂花也多荷花的桂湖！今天的成都，早已不是当年围着九里三分城墙的那个成都，也不是破了城墙，用一环二环三环路绕着的成都，而是一个实验着城乡一体化的包含了若干区县的大成都。过去位于成都北郊的新都县已是成都市的新都区了。

这天，且喜天朗气清，且喜交通顺畅。不到一小时，车就停在了桂湖公园门前。买三十块钱票入得门来，围墙与香樟之类的高树遮断了市声，一股清凉之气挟着荷叶的清香扑面而来。穿过垂柳与桂花树，来到了湖边。荷叶密密地覆盖了水面，它们交叠着，错落着，被阳光所照亮：鲜明，洁净，馨香，在这个日益被污染的世界，唤醒脑海中那些美丽的字眼。乐府诗中的、宋词中的那些句子在心中猛然苏醒，发出声来。平静的喜悦满溢心间。在水边慢慢端详那些美丽荷叶间的粉红花朵，看它们被长长的绿茎高擎起来，被雨后洁净的阳光所透耀。也许来得早了一些，荷叶间大多还是一枚枚饱满的花蕾：颜色与形状都如神话中的仙桃一般。那些盛开的，片片花瓣上，阳光与水光交映，粉嫩的颜色更加妖娆迷离。古人诗中的"映日荷花别样红"，想必描绘的就是这种情景。阳光不只是直接透耀着朵朵红花，同时还投射到如一只只巨掌的荷叶上，落在绿叶间隙的水面上。受光的叶与水，轻轻摇晃，微微动荡，并在摇晃与动荡中把闪烁不定的光反射到娇艳的花朵上。我用变焦镜头把它们一朵朵拉近到眼前，细细观赏那些闪烁不定的光线如何引起花朵颜色精妙而细微的变幻。镜头再拉近一些，可以看清楚花瓣上那些精致的纹理。有微风使它们轻轻摇晃时，便有一阵香味淡淡袭来。那些凋萎的花朵，花瓣脱落在如巨掌的荷叶上，露出了花心里的丝丝雄蕊和雄蕊们环绕的那只浅黄色的花托。圆形花托上有一只只小孔，雌蕊就藏在那些小孔中间。风或者昆虫把雄蕊的花粉带给藏在孔中的雌蕊，它们就在花托中受精，孕育出一粒粒莲子。当风终于吹落了所有花瓣，花托的黄色转成绿色，一粒粒饱满的莲子就露出脸来。一朵花就这样变成了莲蓬，采下一枚来，就可以享用清甜的莲子了。只是，在这里，这些莲蓬也只供观赏，至少我自己不会有采食之想。倒是想起了古人的美丽诗词：

灼灼荷花瑞，亭亭出水中。

一茎孤引绿，双影共分红。

荷的确是植根于中国人意识深处的植物。

"释氏用为引譬，妙理俱存。"这是李时珍说过的话。意思是说，在佛教中，荷花的生物特性变为一种象征。《华严经》中详说了莲花——荷花的另一叫法——"四义"：

一如莲华，在泥不染，比法界真如，在世不为世污。二如莲华，自性开发，比真如自性开悟，众生诺证，则自性开发。三如莲华，为群蜂所采，比真如为众圣所用。四如莲华，有四德：一香、二净、三柔软、四可爱，比如四德，谓常、乐、我、净。

其象征意义都说得再清楚不过。李时珍在他的药典《本草纲目》中也离开对于植物药用价值的描述，按自己对荷的种种生物特性生发出更具体的象征：

夫藕生卑污，而洁白自若；质柔而穿坚，居下而有节。孔窍玲珑，丝纶内隐，生于嫩弱，而发为茎叶花实；又复生芽，以续生生之脉。四时可食，令人心欢，可谓灵根矣！

到了北宋，周敦颐《爱莲说》出世，更把荷花的特性与中国君子的人格密切联系起来：

予独爱莲之出淤泥而不染，濯清涟而不妖，中通外直，不蔓不枝，香远益清，亭亭净植，可远观而不可亵玩焉。

算是对荷人格寓意的最后定性。

这不，一位当奶奶的领着孙子从我背后走过，我也听到她对孙儿说其中那个差不多人人知道的短句。说完这句她就登上旧城墙边的凉亭，用苍老的嗓子去和一群人同唱激越的红歌了。

我避开这个合唱团，去园中的杨升庵祠。

这座园子，在明代时，是新都出了当朝首辅又出了杨升庵这个状元的杨家的花园。看过当地的一些史料，考证说，这个园子的水面上，早在唐代时就种植荷花了。所以叫桂湖，不叫莲湖，是因为后来由杨升庵亲手在这荷塘堤岸上遍植了桂花。现在，不是桂花飘香的节令，只有荷塘上漾动的馨香让人身心愉怡，但怀想起这个园子当年的主人杨升庵，却不免心绪复杂。

升庵是杨慎的别号。杨慎生于1488年，明正德年状元，入京任翰林院修撰，翰林学士。1521年（正德十六年）3月，明武宗朱厚照病逝。武宗没有儿子，便由他堂弟朱厚熜继位，是为世宗。世宗当上皇帝，要让生父为皇考。杨升庵的父亲，首辅杨廷和等认为，继统同时要继嗣，也就是新皇帝应尊武宗之父为皇考，现任皇帝的生父只能为皇叔考。这么一件皇帝家里并不紧要的家事，酿成了明史上有名的大礼议之争。一个国家的权臣与文化精英为这件屁事争了整整三年。明世宗朱厚熜是明武宗朱厚照的堂弟，明武宗之父明孝宗的侄子，因武宗无子，这朱厚熜才继承皇位。按照封建王朝旧例，即所谓礼，朱厚熜应视为明孝宗的儿子，尊称明孝宗为皇考，而只能称自己的亲生父亲为本生父或皇叔父，绝不能称为皇考。多数大臣，包括杨廷和、杨升庵父子的意见都是这样。但也有少数阿谀拍马的大臣认为朱厚熜是入继大统不是入嗣为人后，故应称本生父为皇考，而称明孝宗为皇伯考。朱厚熜自然非常赞同后一种意见，并责问杨廷和等人："难道父母可以移易吗？！"双方各执一词，互不相让。嘉靖三年（1524）七月的一天，杨升庵鼓动百官，大呼："国家养士一百三十年，仗节死义，正在今日。"反对派二百多位官员，跪伏哭谏。嘉靖皇帝大怒，把一百三十四人抓进牢狱，廷杖了一百八十多人，也就是当众扒下裤子打屁股，当场就有十七人被活活打死。杨升庵也在十天中两次被廷杖，好在命大，大难不死。后与带头闹事的另外七人一道，受到编伍充军的处治，被贬逐到云南永昌（今保山）。

秉持儒家精神的传统知识精英，常把大量的精力甚至生命浪掷于对封建制度正统（礼）的维护，其气节自然令人感佩，但在今人看来，皇帝要给自己的老子一个什么样的称号，真不值得杨升庵这样的知识精英付出如此惨烈的代价。在家天下的封建体制中，知识精英为维护别人家天下的所谓正统那种奋发与牺牲，正是中国历史中时常上演的悲剧。这个悲剧不由杨升庵始，也不到杨升庵止。他们这样义无反顾，如此忘我牺牲，真是让人唏嘘感慨。顶着烈日，站在杨升庵塑像前，心里却冒出几个字：为什么？

这个杨升庵并不是我特别敬佩的那个杨升庵。

我对这位古人的敬佩源于在云南大地上行走时，从当地史料和当地人口中听到的那些有关他的传说。明朝于洪武十四年（1381）攻取云南以后，建立卫所屯田制度，先后移汉族人口三四百万到云南，使云南的民族结构产生了变化。至于杨升庵本人，从三十七岁遭贬到七十二岁去世，三十多年，在云南设馆讲学，广收学生，而且，还在云南各地游历考察，孜孜不倦地写作和研究，写成了牵涉学科众多的学术著作。他百科全书型的知识结构和不畏强权的人格魅力，使得云南各族人民在杨升庵之后形成了一股学习中原文化的巨大潮流。这是知识分子的正途——在一片蒙昧的土地上传播文化新知，以文化的影响为中华文化共同体的铸造贡献巨大的功德。

杨升庵流放云南，使他从庙堂来到民间，从书本中的纲常伦理走入了广阔的地理与人生。他每到一地，留意山川形势，风土人情，征集民谣，著为文章，发为歌咏。他在《滇程记》中记载了戍旅征途沿线的地理情况和民族风俗等，为后人了解西南边疆情况提供了重要的历史资料。更为难得的是他在放逐期间，深入边疆地带的民间，关心人民疾苦，当他发现昆明一带豪绅以修治海口为名，勾结地方官吏强占民田，坑害百姓时，正义凛然地写了《海门行》《后海门行》等诗痛加抨击，并专门写信给云南巡抚，请求制止如此劳民伤财的所谓水利工程。

所以直到今天，在云南老百姓中最受崇敬的三个神（或人）就是观音、诸葛亮和杨升庵。有学者指出，明初之时，今云南和西藏、新疆、内蒙古等地区一样还是中原文化的"化外之地"。明以后，云南的文化面貌便与上述地区大异其趣，主要是由于两个原因，一个是朝廷实行的卫所制度，再一个，就是杨升庵的文化传播与教化之功。

但这样的教化之功，并不能稍减他个人与家庭命运的悲剧感。杨升庵先生独在云南时，其夫人黄峨就在这个满布荷花的园子中思念丈夫，等待他的归来。远在边疆的升庵先生同样也深深思念在这座家乡园子苦等他归来的妻子黄峨：

离亭月影斜，东方亮也，金鸡惊散枕边蝶。长亭十里，阳关三叠。相思相见何年月？泪流襟上血，愁穿心上结。鸳鸯被冷雕鞍热。

黄峨也以《罗江怨》为题，回赠丈夫：

青山隐隐遮，行人去也，羊肠鸟道几回折？雁声不到，马蹄又怯，恼人正是寒冬节。长空孤鸟灭，平湖远树接，倚楼人冷栏干热。

今天，被倚栏人身体焐热的栏杆也冷了，在夕阳西下之时，慢慢凝上了露水。我打开笔记本，翻出抄自云南某地写在某座升庵祠前的对联：

罢翰林，谪边陲，敢问先生：在野在朝可介意？
履春城，赴滇池，若言归宿，有山有水应宽怀。

这也不过是我们这些后人相同的感叹。出了桂湖公园，已是黄昏时分，在街边一家粥店要了几碟清淡小菜，喝汤色浅碧的荷叶稀饭。去公园门口开车时，还意犹未尽，又踱进桂湖公园墙外新开辟的公园，一样荷塘深绿。我在一处廊子上坐下，给自己要了一杯茶。茶送上来，茶汤中还漂着几瓣荷花。喝一口，满嘴都是荷香。带着这满口余香，我起身离开。不经意间，遇到了前辈作家艾芜先生的塑像。当年，这个同样出生在新都县的年轻人，只身南游，经云南直到缅甸，为中国文学留下一部描写边疆地带的经典《南行记》。我在这尊塑像前伫立片刻，心中涌起一个问题，先生选择这条道路，可曾受过升庵故事的影响？艾老活着的时候，我还年轻，不懂得去请教、去探寻他们传奇般的人生，如今斯人已去，也就无从问起了。隔两天，北京来了一位文化界领导，要去看望马识途马老，邀我陪同前去。他们交谈时，我的目光停留在马老书案后挂着的横幅字上。字是马老的，文也是马老的，叫《桂湖集序》。20世纪80年代，巴老（巴金）曾回到故乡成都，和艾芜、沙汀和马识途同游桂湖。马老此序即记此次游历。马老手书的序文后，还有巴金、艾芜、沙汀的签名。那一刻，我深怀感动，心想这就叫文脉流传。更想到，如果自己愿意时时留心，正在经历的很多事情都暗含着神秘的联系，都不是一种偶然。

2011年8月21日

紫 薇
——成都物候记之十八

不在成都一个多月,已经错过好多种花的开放与凋谢了。

行前,莲座玉兰刚刚开放,女贞饱满的花蕾也一穗穗垂下来,准备把花香散布了。在南非看世界杯,打电话回来问,说栀子花已经开了。回国后,又在深圳停驻一段,还有来自外国的电邮,问我是不是该写到栀子花了。这位去了异国的朋友说,想成都时就闻到栀子花香。等到世界杯完结,半夜里回来,拖着行箱穿过院子,下意识也在搜寻栀子花那团团的白光,鼻子也耸动着嗅闻那袅袅的香气。可这一切都未有结果,不在成都这一个多月中,我是错过栀子的花期了。

早上醒来,我就想,错过了栀子,那紫薇呢?应该已经开放了,并且还没有凋谢吧。印象中紫薇花期是很长的,有诗为证:"谁道花无红百日,紫薇长放半年花。"这诗句是宋代诗人杨万里写下的。而且,不只他在诗中留下这样直白的观察记录,明代一位叫薛蕙的人也有差异不大的记录:"紫薇花最久,烂漫十旬期,夏日逾秋序,新花续放枝。"也正因为紫薇这个花期漫长的特点,紫薇在一些地方还有"百日红"这么一个俗名。

在南非旅行,常常惊叹其自然环境的完整与美丽,引我赞叹的,就有广阔稀树草原上两种树冠开展华美的树,一种是长颈鹿抻着长脖子才能觅食其树叶的驼刺合欢;一种,羽状复叶在风中翻覆时,上面耀动的阳光真是漂亮无比。在克鲁格国家公园外的度假酒店,清晨出来散步,看见两只羽毛华丽的雄孔雀栖息在这种树高而粗壮的枝上。为了弄清这种树的名字,还专门在开普敦机场买了一本介绍当地植物的书。查到这树的英文名和拉丁名,再用电脑上的翻译词库,汉语词条下却没有与植物学有关的内容。也许,编词库的人认为诸如此类的东西是不重要的。后来,还是华人司机兼导游在一条被这种树夹峙的公路上行驶时说,哇,这些紫葳花开放的时候是非常非常漂亮的。他说,下次老师选在春天来,就可以看到了。

我说,什么?紫薇?

对,紫葳。

我说,怎么可能是紫薇呢?

导游说,真的,大家都叫紫葳呢。

我说,不是又是我们中国人自己起的名字吧。所以这么问,是他把那么漂亮的驼刺合欢叫作"牙签树",因为树枝上的刺真就牙签般长短。以我们对待事物的实用主义和具象主义,就不求原来已经有的名字,而给它一个直指实用的,同时也少了点美感的命名。

晚上在酒店上网查询,果然,这树正式的名字就叫紫葳,与我晓得的紫薇音同而字不同,并且分属两个不同的科,特征相距遥远的科。紫葳本身就是紫葳科,而在中国土生土长的紫薇属于千屈菜科。紫葳树形高大，树冠华美，翠绿的羽状复叶在风中翻拂着，耸立在高旷的非洲荒野之中，那美真是动人心魄。这一科的树，我见过一种叫蓝花楹，满树的蓝色唇形花开放时，梦幻一般。

此紫薇与彼紫葳相比较，美感上就要稍逊一筹了。但是，抛开我们的城市气候适不适宜其生长不说，就是这逼仄的空间，也难以为那些豪华恣意的大树腾出足够的空间。所以，我们还是深爱那些被古人吟咏过的紫薇。

紫薇是小乔木，很多时候呈灌木状，理论上高度可到三至七米，但在园艺师的手上，它们总是难于自然生长，而是被不断修剪，以期多萌发新枝，树干也要长成虬曲扭结的模样。紫薇叶互生或对生，椭圆形、倒卵形，与紫葳的羽状复叶大异其趣。在深圳曾见过一种大花紫薇，一朵一朵硕大的花朵舒展开来，黄色的花蕊分外耀眼，手掌大小的叶片也纹理清晰，被海边的阳光照得透亮。

紫薇叶子的形状与脉络的走向与大花紫薇很相似，只是缩小了不止一号，树干也更细小、更光滑，对人的抚摸也更敏感。那种名叫含羞的草在人触动时，只是把叶子蜷曲起来，而紫薇是树，当你伸手抚弄它光滑的树干时，整棵树都会轻轻震颤。如果它是一个人，我们从它的模样上，不会相信它是一个如此敏感的人，但这个家伙就是这么敏感。它的枝干看起来很刚硬，我们的经验中，刚硬与敏感是不互通的。它的叶片也是厚实的，上面似乎还有蜡质的膜，而但凡厚实的，有保护膜的，我们也不以为它会是敏感的。如果人虚心一些，植物学也可以给我们一些教益。紫薇就给以貌取人者一个无声提醒。只是如今的人，历史的经验与现实的教训都难以记取，何况植物那过分含蓄的暗示呢。紫薇的花也很特别，看上去，那么细碎的一簇簇密密地缀在枝头，仔细分辨，才看出其实是很大的花朵，萼裂为六瓣，花冠也裂为六瓣，瓣多皱襞。正是这些皱襞，这些皱褶，造成了人视觉上细碎的效果，让人误以为紫薇枝上满缀了数不清的细碎花朵。其实，那些长达十几二十厘米的圆锥花序上不过五六朵花。如若不信，只消去细数那一簇簇顶着许多黄色花药的花蕊就一清二楚了。

是的，在成都的7月，紫薇刚刚开放，离盛放的时候还有些时日。今年多雨，好几天不见阳光，气温低，紫薇的盛花期来得更加缓慢。那也就意味着，紫薇花将会伴随我们更长的时间。

但我已经等不及了，这天下午，天短暂放晴，身边也没带好点的相机，花又开在高枝上，身矬臂短，拍了几张，效果都不好，但也只好暂且如此了。

2010年7月18日

女 贞

——成都物候记之十九

6月里，满城花放。

一周，又一周，差不多又是一周。

这花势还没有稍稍减弱的意思。

开花的是这座城市中最多的常绿行道树。这些树，从春到冬，就那么浓郁地绿着。当天气开始变得炎热，这座城市中这些数量最为众多的树就高擎起一穗穗由细碎密集的小花构成的圆锥状花序。天气热得日甚一日。车流滚滚，人群匆忙，更是增加了城市的热度。也许是这花开得太触目可及，太普遍，都没有人愿意抬眼看看它们。直到黄昏，城市累了，喧嚣声渐渐消退。

穿上宽松的衣服，穿行在这些浓荫匝地的高大的树下，感到白昼时被热浪与喧嚣所淹没的花香开始在空气中浮动。落日通红，从街道尽头那些参差的楼群后慢慢下坠，下坠，然后消失，只剩下灰蓝天空中的淡红晚霞。当那些晚霞因为自身的燃烧变成了灰黑色，路灯便一盏盏亮起来，投射下来的树影和那隐约浮动的花香就把人淹没了。这时候，行在道上的人们的表情与身体才都松弛下来，都似乎意识到了人和人群之外的别物之存在。

不由得想起古印度吠陀《创世颂》中的诗句：

> 幼芽的基座为激动之力，
> 自我栽种在下，竭尽之力在上。
> 然而，谁能成功地探出？

现在我会轻易给出答案"成功地探出"的是头顶上满树的花朵。沿着南二环路宽阔的人行道漫步，经过一棵树又一棵树。一棵棵树上开满了花朵。那些和丁香非常相像的细密的簇生的花朵组成花序在树顶挺立向上，而另外的一些，随着平伸并略微下坠的枝条轻拂过肩头，簌簌有声，那些丁香般大小，且有着桂花般浅黄的小花便离开枝头，落在身后和身前。按古印度人的想法，花开是创世之神的激情集中绽放，那么，这些花朵的坠落呢？我想，是树的生命激情的劲射——香气四溢的激情劲射。

还读过一首外国诗《邀至野外》：

> 研究樱桃树。
> 路旁的白色接骨木：
> 五根茎，五个花瓣。
> 五个雄蕊。
> 好精确，妹妹——
> 我搂住你。
> 一日一次，

> 直正地看,
> 粗略地看,
> 这就足矣。

　　这首诗,说明另外一种文化对于自然深究的态度。所以如此观察与深究,端是因为观察对象所饱含的生命奇迹般的美丽与激情。现在,树也一行行、一片片长在城里,在窗前,在街角,在广场,在水边。散步回来,躺在床上看书,鼻端还似乎有隐约的香气缭绕。那些美丽深致的文字也就更加余韵悠长。是的,我在读那些关于刚刚经过的那些花树的文字。

　　那些花树的名字叫作女贞。

　　上床前,我在微博上发了一张女贞开花的照片。有朋友马上告诉我,在他们的地方,这开花的乔木叫冬青。冬日里,那绿色的稍带蜡质的叶片总是淡淡发光,想必因为这缘故,它得到这个名字。女贞叶片所以闪闪发光,是因为含有较多油脂,用蒸馏法可以提取。女贞这个中文中的正式名字,却有着道德的诉求。古书上说:"负霜葱翠,振柯凌风,故清士钦其质,而贞女慕其名,或树之于堂,或植之于阶庭。"传统的男权社会,用这种寻找象征意义的方法,为一种树总结出一种品德,并将其与女子贞节联系在一起——不是女子们自动追求,而是男人们祈使她们追求。

　　看到过一则史料:明代,杭州城某官员令城中人家必须栽植女贞。我却想,这个官员到底是一个真正的道德家还是一个虚伪的道德家。虚伪的道德家我们几乎天天见到,可以略过不提。如果这位官员是个真正的道德家，那才有些意思。以我们日常得到的对古代官员的印象，能以道德要求人的，普遍；而以之律己者，稀罕。当然还会想到，为什么宋明以来，中国男人突然会把女子的贞节视为理想社会的命门。就像今天，也时时有人把社会良心与道德的建设系于一些可笑的说法上一样。这种古今一致，没有建立系统的植物学体系，却弄出来一套树木社会学或树木道德学。弄得人一会儿要向松树学习，一会儿又要向荷花学习。

今天，更多的人看见这树，还不至于立即就产生禁锢女性的想法。这些树开出满树繁花时，他们走近，看见的还是诗情画意。

去某大学听个讲座，在校园里散步时，突然想到前两年，就是这所大学几个女学生，在报纸上高调宣称，要保持处女之身到新婚之夜。此事结果如何不得而知。今天，炒作这种事件的媒体同时也把"炒作"这个词教给了我们。所以，我们并不追问这件事的真伪，更不会要求媒体把这几个女同学发布宣言后实行的结果如何告诉我们。这件事，我也只是等待讲座开始前偶然想起。当然又想到了好玩的树木命名的政治学。想这事时，正好有这所大学的女博士在旁边，便有意问她认不认识头顶上正在开花的树。说不认识。我告诉她这株树的名字，但人家并没有想到这树的道德意义，只是淡淡地说，好像有味中药也叫这名字。对，女贞子，就是这树开花后结的子。今天是科学时代，所以，当女人看到一种植物，联想到有关植物的药理学，而不是树木道德学，也说明男人对女人树立起的权威是多么快就丧失殆尽了。

今天中国女人脑子里如果塞了一些花的知识，也是来自西方习俗系统中的所谓花语。

但我在开写这组物候记时,就严诫自己,不去中医学中开掘植物的药理学内容。中国的植物知识,一个缺点是太关乎道德;再一个缺点,就是过于实用,或是可以吃,或者是因为有什么药用价值,否则,这些植物就会被排除在我们视野之外。道德主义与实用主义,首鼠两端,正是我们身处其中的文化的病灶所在。

打住吧,我要自己记得,写这些文字的唯一原因,是"多识鸟兽草木之名",从身边的草木学习一点植物学,像惠特曼诗中所说:"学习欣赏事物美感"。

女贞的确是一种美丽的植物。如果不是树姿如此优美,它们不会成列成行,如此广泛地站立于这个城市的街角道旁,在台湾人称为"石屎"的水泥堆砌的坚硬建筑中洒下温情的阴凉。在人群过于聚集必然会散发污浊气味时,它的香气使我们心清目明。女贞是木樨科植物。和同科的丁香相比,女贞的香气不是那么浓烈。和也是同科的桂花相比,它又不是那样的"暗香浮动"。感谢木樨科的植物:丁香、女贞、桂花,用绿叶消化着我们制造的废气的同时,还提供着那样的阴凉;更要感谢女贞、丁香和桂花,向我们播撒着如此的芬芳,因为这样的香气,至少让我们有了清净的情感追求。

夏至已到,丁香早已开过,桂花要等到秋天,而女贞也已经开到了尾声。这时走在街上的女贞树下,脚下会有一地细密的落花。我们看到树上的一簇簇的花其实是这些细密小花的集合。现在,它们分散开来,一朵朵顾自坠落到地面,色彩渐渐黯淡,香气也渐渐消散。

2011年6月29日

桂
——成都物候记之二十

我要再来说一种以单字命名的花：桂。

记得我在某篇写成都花事的文章里说过，差不多所有以单字为名的植物，一望而知，都是古老中国的原生种。那时书写介质得之不易，用字都省。检阅古籍，知道桂花树，在中国最早的神话和地理书中就已出现了。这部书当然是《山海经》。这部书中就有"招摇之山，临于西海之上，多桂，多金玉"这样的记载。

这个"招摇之山"位于何处，《山海经》的叙述邈远迷离，我这个对古地理知识近于白痴的人，不敢臆测那个可以用作参照的"西海"是今天的哪一片水域。但由此知道，那个时候的人们就已经识得桂树了，也已经欣赏并珍视桂花了。不然，那时候山上的草木远比今天繁多茂盛，何以独独提出桂这一种来和地下的宝藏金玉并列呢？坡上坡下，有了这么些宝贝，这座山是值得"招摇"一下的。古往今来，金是有点俗气的。但这种香气四溢的花与温润生烟的玉并列一起，也是一种雅致。所以，这座《山海经》中的山也算是颇有品位。不像我们今天的人，今天这个时代，仅仅因为多金就招摇得厉害。

今年中秋后的第二天,也是在一座临海的山上,就看到桂花已然开放。那海是今天中国地图上的东海,这座山叫莫干山。漫山竹林之间,凡大路小径,都立着树形浑圆的桂花。只是当时只顾看竹林,没怎么在意桂花。都晚上了,坐在宽大的临着峡谷的阳台上看浑圆硕大的月亮,突然有香气袭来。月色如水,俯瞰山下平原,都笼罩在朦胧的月光中间。正是古人诗中的意境:"桂子月中落,天香云外飘。"

脑子里闪出一个词:桂花!抬头再望月亮时,心里就有了吴刚,有了吴刚被罚在月宫中砍伐那一株永远不倒的桂树的神话。

又想起杨万里写桂树的诗:

不是人间种,移从月中来。

广寒香一点,吹得满山开。

杨诗人干脆直接声称这树本不在人间,是从"月中来"的。现在,原先广寒宫中凝结的一点冷香,来到温暖的人间,被热气熏蒸,被风吹送,就这样弥漫开来,充满世界。这个世界不单是指外部,也包括了我们内心情境的那个世界。

过几天,从浙江回到成都。桂花真的是盛开了。

坐在十楼上开窗看书。楼下两株桂花散发的香气不时扑鼻而来,忍不住下楼去看桂花。看了这两株不够,又开车去城北的熊猫基地。那里有起伏的山丘,迂回的小径,葱郁的林木。从那里望出去,还可以看到这座城市残留的几角乡野,总之是成都一处可以尽情欣赏花树的好地方。仿佛是为了应和人的心情，一路上，阳光越来越明亮，远望见那株成都不多见的高大的蓝花楹。看见蓝花楹漂亮的羽状叶在阳光下闪烁不定时，就知道到地方了。

喜欢这个地方还有一个原因。园子大，还有一两个角落在不通往熊猫馆舍的路上，人少，有些荒芜，因此有些山野的自然意趣，不像所有公园，太多人，太多人工意趣的刻意痕迹。进了园子，先看到四季桂在道边出现。桂花细小，又隐在繁密的叶下，如果不是香气盈溢，很难引人注意。特别是四季桂，植株本就矮小，还时常被修剪成树篱状。虽然顾名思义，四季都在开放，却不像有些品种的桂花那样香气浓郁，被人注目的时候，自然不多。

今天，我却是专程来寻看桂花开放的。只不过，不是这种四时都开，却不起眼的四季桂，而是秋天开放的丹桂与金桂。

不等看到花树出现，已经有香气袅袅飘来，循香而去，便见几株桂花树和一些女贞、一些栾树相间着站在了面前。

桂花在植物分类上属于木樨科。

至少我认识的木樨科的植物都花朵细密，同时香气浓烈，比如这组物候记中写过的丁香和女贞。在细花浓香这点上，桂花也与同科的丁香与女贞相仿。也有不同，就是桂花远不如丁香与女贞花那么繁密，以至可以形成一个个引人注目的圆锥花序。

桂花，用植物志上的话说是"花序簇生于叶腋"。这里，有必要解释一下这个"叶腋"的意思。植物学上的定义还是很专业："叶片向轴一面的基部称叶腋。"没有植物学基础的人还是不太明白，但大家都看见过叶子长在树上的样子。桂树是一种阔叶树，所以我说的不是松树那样的针叶树长叶的样子，而是阔叶树长叶的样子,比如茶花树长叶的样子,因为桂树也是相同的样子。这一类的阔叶树,叶子从树干或树枝上长出来的时候,每枚叶子,用四川话讲,都有个"把",然后,叶子才展开在这把上。也就是在"叶柄"上展开。叶柄与树干间,就有了一个夹角,就像人的胳肢窝——腋,叶腋。腋,这个比方,就是从人身上取譬来的。是的,桂花就是从桂树叶子的腋间长出来,紧贴着枝干,隐身在闪烁着皮革光亮的对生叶下,相当低调。所以,平视或俯视的时候,往往只见一树纷披的绿叶。好在桂树总能长得比较高大,所以,一旦站在高出我们身量的树前,那些叶子就失去了掩蔽的功能,稍稍仰视,淡黄或橙黄的簇簇桂花就显现在眼前了。

色分两种。

橙黄的叫丹桂。

淡黄的叫金桂。

金桂颜色淡雅,香气却十分浓烈。丹桂颜色较为艳丽,香气却若有若无。

这也是植物界的普遍现象。花色艳丽者并不若我们想象的有那么浓烈的香气。香气浓烈的花,未必花色绚烂。这是因为,颜色和香气,其实都是花朵吸引昆虫前来传粉的招数。对头脑简单的虫子来说,不必两招并用,色彩和香气,用上一招,就足够诱惑了,无须耗费那么多能量,因为对植物来说,最耗费养分与能量的,就是开花这件事情了。

看见过一本外国人的观花指南上,有一个建议,带一只十倍的放大镜。桂花就是这种该用一只放大镜细细观赏的细花植物。每一朵花都是四个花瓣,护卫着中间两个顶着褐色花药的雄蕊,雄蕊下面,是暗藏的娇嫩的子房。

前面说过,喜欢到熊猫基地观赏植物,是因为与其他公园相比,还保留有较多的野趣。如果不是只有园艺种的植物,还是在这样的地方观赏可以得到更多自然意趣。桂也是先野生而后被栽植的。朱熹写过桂花:

亭亭岩下桂,岁晚独芬芳。
叶密千层绿,花开万点黄。

都说宋诗说理多而意趣少,朱熹是这个时代产生的理学大家,但这首诗却只是观察与呈现。我看这是一株野生的桂花。成都这个地方,西面靠着横断山,北面靠着秦岭,这两个山区,是很多原产中国的植物的故乡。桂花也是中国的原生种,其老家,也就在靠近成都的大山里面。

据说,桂花驯化引种是在汉代。汉初引桂树于帝王宫苑,获得成功。唐宋以后,桂花栽培开始盛行。特别是在唐代,文化人植桂十分普遍,因为对于需要通过科举考试走向成功的人来说,考试高中叫作蟾宫折桂,就是从月亮上吴刚砍伐不休的那株桂树折得一枝馨香的花枝。故有人称桂花为"天香"。但无论如何,馨香的桂花是来到人类身边了,进到人家的庭院了。"桂花留晚色,帘影淡秋光",这样的诗句描摹的,已经是桂花站在人家窗前的情景了。

陆游诗"重露湿香幽径晓,斜阳烘蕊小窗妍",写的也是桂花进入庭院中的情形。

当然,成都看桂花最好的地方应该是桂湖公园。

那里有杨升庵这位俊才年少得意时种植桂花的传说，但是，真实性却难以确定，但他留下的一首咏桂花的诗却是真的："宝树林中碧玉凉，秋风又送木樨黄。摘来金粟枝枝艳，插上乌云朵朵香。"

嗬，由此知道，那个时候，女子们是喜欢把馨香的桂花插在美丽的头发上的。那时，"插上乌云朵朵香"的，就不仅只是桂花本身了。

芙 蓉

——成都物候记之二十一

秋天,观花与写花,按传统诗文惯常的路径,当以菊花为首。但如今,在很多城市中,很难见到自然生境下生长开放的菊花。都是时节一到,一盆盆盛放的菊花密密地齐齐地摆放出来,在街头、广场、公园,形成装饰性的色块与图形,远观有很好的视觉效果,近看,却少了些自然的风致,完全的欧式园林做派。傲霜之菊,在中国诗歌之树的枝头,作为秋花最为闪亮。即使倚着篱墙,虽也是人工安排,却总是最大限度保留着自然的风致。

好在如果要写成都的秋花,怎么说,都要以木本的芙蓉为首。成都这个地方,基本处在中国南北分界线上,又稍稍偏南一点。夏天,比起长江边和长江以南的城市,没那么酷热,冬天,也没有北方城市那样酷寒。加上远处内陆,深陷盆地,少受转向的季风影响,秋天就很绵长,能一直深入侵占掉一些冬天的地盘。如若不信,可以回想一下银杏金黄落叶满地的时间。

从时序上来说,芙蓉花差不多就是成都这个城市一年中最晚的花了。正所谓"开了木芙蓉,一年秋已空"。

更可喜的是它的花期绵长。9月底，城中各处，偶尔可以看到团团浓绿的芙蓉树上，一朵两朵零星开放。那时，一树树黄花决明正在盛放。到了10月大假后，决明树艳丽的黄花呈现了零落之象。秋意一天浓于一天，这时，白的、粉的、红的芙蓉才真正渐次开放。苏东坡诗云："千林扫作一番黄，只有芙蓉独自芳。"说的正是此花开放的时令。这样留心于芙蓉的观察者不止苏东坡一个。早在此前的唐代，长居成都的女诗人薛涛就有诗句"芙蓉新落蜀山秋"。说有芙蓉花落的时候，蜀地的秋天就算是真正到来了。从诗句中看，薛才女的观察更加细致入微，芙蓉花真的是且开且落的。从芙蓉花开那些日子，我就四处留心观察，每一朵芙蓉，盛放后，也就在枝头上停留两天左右时间，然后，就委顿了，悄然凋落在树下。只要稍加留意，就会看到每一株芙蓉树下，潮润的地上，都有十数朵，甚至数十上百朵的落花了。但在树上，每一枝头顶端，都有更多的花朵正在盛开，或者即将盛开，还有更多的花蕾在等待绽放。也就是说，芙蓉的花期还长，蜀地成都的秋天也一样深长。

这就是在成都观赏秋花，要以芙蓉为先的首要理由——自然物候上的理由。

当然，更为重要的还有文化上的理由。

成都被简称为"蓉"，已有千年以上的时间。这个"蓉"，就是芙蓉花的"蓉"，木芙蓉的"蓉"。

这个来历，至少好多成都人是知道的。

有个传说叫"龟画芙蓉"。

说的是成都初建城时，地基不稳，屡建屡塌，后来出现一只神龟，在大地上匍匐一周，其行迹刚好是一朵芙蓉的图形，人们依此筑城，"一年成聚，两年成邑，三年成都"。

再一个传说为更多的"蓉城"人所接受，叫"芙蓉护城"。

说的是五代十国时后蜀国君孟昶为保护城墙，命在成都城上遍植芙蓉，每当秋天芙蓉盛开，"四十里芙蓉如锦绣"，满城生光，成都便从此名为"蓉城"。据考，当年的城墙是土城，在雨水淫多的成都，土城易于崩塌，而芙蓉花树，地面的部分繁盛茂密，可以遮挡雨水直接冲刷墙土，其根系也很发达，有很好的固土作用。也许嫌这个理由过于实用主义，不太配"蓉城"或芙蓉本身的美丽，或者是历史上确有其事，反正成都人更相信，孟昶所以选择芙蓉防护和装点成都，是因为其王妃花蕊夫人的影响。这位花蕊夫人喜欢赏花观花，又因为眼见春夏之花之短促而易于凋零，便又时时处于"感时花溅泪"的敏感伤怀的状态之中。后来，她在郊游时，在农家院中，发现了这傲寒拒霜的芙蓉花，深得安慰，非常喜爱。因此孟昶为讨她欢心才在成都遍植芙蓉。

芙蓉树本身的确也非常美丽。

从树形上说，如果不修剪，径自生长，芙蓉可以长到十来米高，如果有足够的空间，这树不止尽情向上，其横向的分枝四逸而出，不开花时也树形饱满优雅。在城市中，大多数芙蓉花树每年修剪，不是一般的小修小剪，是把所有分枝尽数剪切，只留一根主干。这根主干的高度，根据配景的需要，或二三十厘米，或一至两米。在这主干桩头上，当年就能抽出十数条或数十条新枝，放射状萌生，到夏天，每条新枝都有一两米长了，每条新枝上都互生出阔大叶片，如伞如盖，绿荫团圞。那掌状叶片也规整好看：每一片都是三到五裂，裂片呈三角形，基部心形，叶缘具钝锯齿。就在这样的枝头,由那些手掌一般的叶片,捧出了一簇簇花蕾。

因此,《广群芳谱》中这样描述芙蓉:"清姿雅质,独殿众芳。秋江寂寞,不怨东风,可称俟命之君子矣。"这句话的意思,当然可以理解为,芙蓉花美,但芙蓉不仅仅是以花为美,她的叶片和整株树的身姿也美丽动人。

今天是重阳节,又是周六,薄薄的太阳出来,我带着相机出去寻访芙蓉。

其实,芙蓉花渐次开放,已经有十多天时间了。好多树下,都有了零星的落花,但枝头上着花更多,或者已然绽放,或者将要绽放,还有更多的花蕾在等待绽放。那些挣破了苞片的花蕾都是红色的,但盛开的芙蓉却是粉白红三色。查植物书,说芙蓉因光照强度不同,引起花瓣内花青素浓度的变化,早晨开放者为白色,继而开放者为粉色,下午开放者为红色。因为这个缘故,芙蓉花还有个"弄色芙蓉"的美称。还有人在微博上告诉我,说同一朵芙蓉早上为白,继而变粉,再变为红色,一日三变。这个着实超越了我观察得来的经验。或者,在另外某处,有这样一个神秘妖娆的品种也未可知。在我的观察中,虽然一树几种花色都有,但这种一日三变,或者依不同时间开放而成不同颜色的情形却未曾见。我家楼下侧院中就有三株芙蓉,接连几天,我面对电脑累了,就下楼一次,一日里竟有五六次之多,并未见到书中所说变色的景象。早起开放是白色的,晚上还是白色。夕阳西下时是红色的,朝晖之下也是红色。但我因此看到了两个情形。一日中,盛开的芙蓉花会像向日葵一样随着太阳旋转,以便把展开的花瓣和黄色而密集的花蕊朝向太阳。当太阳沉下楼群组成的参差的天际,盛开的花瓣就微微闭合了，第二天太阳升起来时，又再度展开。

成都这个城市，注定与芙蓉有缘。不仅从五代起，就把芙蓉当成了市花。在更早一点的唐代，浣花溪边有许多造纸的作坊，能制美丽而精致的笺纸。才女薛涛在这些笺纸上写她一个名伶送往迎来的诗，清词丽句之外，还嫌书写的介质不够美丽，竟自己跑到某个造纸作坊，亲自设计纸样，并督导工匠，用浣花溪的水、木芙蓉的皮、芙蓉花的汁，制成色彩绚丽又精致的薛涛笺，专门用来写她"不结同心人，空结同心草"之类的多情诗句。

这也是她为这座叫"蓉"的城市留下的一段深远的雅韵。

为此，有一天朋友设了饭局，正在浣花溪公园，我特意早到，到公园中专门去看那里的芙蓉花。虽然，现在开花的肯定不是薛美人当年行经的那一些，但想想，这里就是她行经并和匠人合作制笺之地，心情毕竟与在别处看见，还是有些微的不同。

可惜的是，薛涛笺的制法已经失传。记得在四川大学旁的望江楼公园的竹林深处，见过一个售纪念品的小货亭，有薛涛笺卖。就是普通的八行笺而已，只是有些暗暗的花纹。机器时代，早就遗忘尽手工的精致与深情了。

更为可惜的是，今天的成都市中，虽然四处都可见到芙蓉，但成林成片者，已不能见。这种美丽的本土植物，不仅扎根于自然生境，更深植于这个城市的历史记忆，如今却被越来越多的引进植物分隔得七零八落了。我不反对引进植物。一来，那些植物自有独具的美感；二来，在这个污染越来越严重的时代，某些引进植物显得更加强健。但对一个城市来说，物理上的美感是一个方面，精神与文化上的，与集体记忆有关的植物，还是应该成为景观上的主调。

古书《长物志》上说：芙蓉"宜植池岸，临水为佳"。水光与花色辉映，"照水芙蓉"历来被视为一种极致的美景。成都多水，如果这个时节，某一段江岸，某一处湖边，遍开连绵的芙蓉，在这草木凋零的季节，那我们就得享一种宝贵的非物质的福祉了。我在微博上说了点芙蓉的前世今生，附带一两张芙蓉花照片，就有和我同在成都的人来发问，该到哪里去看芙蓉。据我的观察，芙蓉树抗污染的能力也应该不错。城中，好几种叶子阔大的树种，叶片上都积满了尘土与油垢，让人不忍卒看。芙蓉花叶子大如手掌，叶片上也会积有尘土，但一场大雨，也能清洗干净。至少没有见过它的叶子抹布一样满是油污——比如，茶花的叶子就有着超强的集油功能，上面油垢能厚到看不清叶子的本色。

在污染日重的环境中，芙蓉真还是一种能使这个城市显得清洁的树，一种有着内在清洁精神的树。发此感叹，是因为观察到芙蓉花凋谢的特别方式。好多次，到开满繁花的树下，在地上见不到片片零落的花瓣，只看到一个个干瘪了的花蕾，失去了粉嫩的红色，先是变成枯草的颜色，再变成泥土的颜色。那时，我纳闷，是花蕾太多，为了腾出更大的开放空间，就必须有一些花蕾未及开放就悄然凋落吗？即便如此，树下也该是铺满了凋零的花瓣。为了弄清这个问题，我特地给楼下几朵芙蓉花做了标记。两三天后，我确认，这几朵盛开的花萎谢之时，并未像常见的那样花瓣片片飘落，而花蕊变成了膨胀的籽实，那一朵朵花只是慢慢收拢了花瓣，重新变回了花蕾的形状。当然和真正的花蕾还是有着明显的区别：首先是没有了绿色苞片的包裹；再者，唐诗中所说"山中发红萼"的"红"也消失不见，若说还有点残存的花色，那也是回响一般的残红了。

我带了十几枚这样的落花回家，一一解剖，想看看几天短暂的开放，中间的黄色花蕊是否变成了种子。那些花蕊只是委顿了，每一朵枯萎的花中都未传来种子的消息。漫长的植物进化史上，开花植物的出现，真正的目的不是为了让我们赏心悦目，而是为了结出种子繁衍种群。也许人工的干预已经改变了一切。这段时间，每每去到野外，我就留心观察，却没有发现真正野生状态的芙蓉。它们只是出现在有人烟的地方，用扦插的方式栽种，生长，开花。

　　今天是11月16日，雨后天晴，气温又回到二十来摄氏度。再出去散步，见树树芙蓉还开放着，只是树上的花朵已然十分稀疏。细看枝头，也没有了待开的花蕾。我想，待这些芙蓉开尽，真正的冬天就到来了。

2010年11月16日

我只看到一个矛盾的孔子
——病中读书记一

病痛使时间变得特别漫长。

特别是夜。灰昧不明,没有尽头。好像朝阳破云而出的时刻永远不会降临,世界从此陷入了黑暗。

也许,多病的作家写出绵长作品的原因就在于此吧。不由得想起写《追忆逝水年华》的普鲁斯特。不喜欢他的东西,最根本的原因可能就是不喜欢病。不喜欢病给人的状态,不喜欢散发着病痛气味的文本。

人不能不生病,但我不喜欢病恹恹的文体。所以不会再去读第一次就没有读完的《追忆逝水年华》,也不会读才读了三页就极不喜欢的《尤利西斯》,那是另一种病,精神上的病。

所以,现在躺在病床上重读清新的《小王子》。

这次进医院也没带《小王子》这么轻松、有真正幽默感的书,带的是另外两本。一本是《法国与德雷福斯案件》,看过同一套书的《黑暗时代的人们》和《科学精神的形成》,一套书如果编得好,彼此之间就会相互映照,相互生发。

再一本，是几年前读过的李泽厚的《论语今读》。国学不热的时候，读过；现在国学热了，热得都不是国学本身了，就想再读读。因为孔子在流行的读物中差不多成了一个心灵鸡汤的调制大师，是一个心理平衡术玩得很好的人——据大众媒体上那些搞廉价心理按摩的专家的说法。老夫子活在今天，不但可以办学收点束脩，还可以开心理门诊，给生活压力沉重、急欲逃离现实的白领金领搞心理咨询。

但，在我心中，他不是这样。

在我的理解中，孔夫子是一个有理想、有治国之术想要售与帝王家的人。所以，学生问他有一颗价值连城的好石头，是藏在很好的盒子里呢，还是卖给一个识货的商人。孔子连声说："卖了吧，卖了吧！"（子贡曰："有美玉于斯，韫椟而藏诸？求善贾而沽诸？"子曰："沽之哉！沽之哉！我待贾者也！"）

问题是想卖又卖不掉，就造成了他人格上的矛盾。

有理想有抱负的时候他是可爱可敬的。他说："笃信好学，守死善道。危邦不入，乱邦不居。天下有道则见，无道则隐。"

老夫子说：要信仰坚定，喜爱学习。不去危险的国家，离开动乱的国家。天下太平就出来继续售卖理想与治国之术，天下不太平就在什么地方躲起来。这种世故和他自己说的"道不行，乘桴浮于海"的决绝就相互矛盾。

老夫子接着说："邦有道，贫且贱焉，耻也；邦无道，富且贵焉，耻也。"李泽厚先生翻的白话文是这样："国家好，贫贱是耻辱；国家不好，富贵是耻辱。"看看，他并不是一味地教育人们安贫乐道。而是说，世道不好的时候，人们用正当的手段，用正常的知识赚不到钱,所以,那是"邦无道"。但是,有点文化的人甘愿为统治者说话已经很多很多年了。不过是今天说到了电视上,说到网上而已。想必他们的话还会在更简化的短信和微博上流传。

读《论语》,很多时候,就是听一个抱负难展的人在长吁短叹。

有诗意的时候,他会感叹"逝者如斯夫"。

也有讨厌的时候,比如《乡党第十》那些记述其举止做派的话。

更讨厌他说过这样的混账话:"民可使由之,不可使知之。"读到这里,便想将这书掷下了。

在官场上有小小顺利时,这个人也是很世故,很遵守官场礼仪的。

"入公门,鞠躬如也,如不容。"(李泽厚先生译文:"孔子,走进国君的大厅,弯着腰,好像容不下自己一样。")

见了国君出来,"没阶,趋进,翼如也。"(也是李译:"下完了台阶,快速前进,像鸟展翅。")那个时代,他们这样的人喜欢宽袍大袖,如果有点风,脚步又快,真会有点要飞起来的感觉吧。

依我理解,这些话,都是孔子教导学生要怎么措手足的。他自己也是会这么做的,不然老师不会这么去要求学生。至少我们知道孔子这样的人,要求别人能做到的,自己也是一定要做到,能做到的。

从来不相信什么儒学可以重新成为中国人精神皈依的那些昏话,也不相信断章取义加一些圆润轻浅的生发,就可以让国人焦躁的心脏得到熨帖的按摩。读《论语》倒让我明白,在一个封建意识浓重的国度,知识分子从来就处于一种极度的矛盾当中,即便是为知识分子(士)立下许多道德原则的孔子本人,也不能例外。今天的中央集权国家较之当时陈蔡卫齐之类的封建之国强大不知多少倍,无论规范与利诱的力量都难以抗拒。《论语》当中说得对的地方,人们无从做到,倒是孔子指斥过的现象一天天变本加厉。

也许外国人在这方面还坦诚一些,例如,生活在德意志封国众多时代(阿伦特称这样的时代为"黑暗时代")的莱辛这样说:"我没有义务解决我所造成的困难。或许我的观念总是有些不太连贯,甚至显得彼此矛盾,但只要读者在它们中能发现一些刺激他们自己思考的材料,这就够了。"

我同意这样的话,我读《论语》,也就是在这么一种意义上了。

读这本书的时候,输液瓶高悬在架子上,药水一点一滴从管子中下来,仿佛一个古代的计时器,让白天与夜晚都变得漫长。药水进入静脉,奔向我病变的器官,就这样,我用两天时间重读了孔子的语录,而且相信很长很长时间不会再碰这样的书了。

现在,在床头待读的书是艾柯的两本《小记事》和莱辛两本关于非洲的书,2007年,她在斯德哥尔摩诺奖颁发仪式上的演讲中谈非洲谈得真好,所以,特别想看她怎么感受和看待非洲。

如果说生病有什么正面的意义,那就是让自己与好多无意义的事情隔绝了,可以静心读书,也可以让那些有意思的念头在心中生长了。

善的简单与恶的复杂

——病中读书记二

总体上说，多丽丝·莱辛算是一个温情的作家，正是这种温情，使她部分写作显得单纯而清晰。英国女作家有单纯的传统，比如曼斯菲尔德——应该是二十年前读过，一个个短篇具体的情节已经淡忘了，但那氤氲的温情与惆怅却仿佛成都冬天的雾霭，随时都可以降临身边。英国女作家更有复杂的传统，比如伍尔芙，但这个复杂并不是历史、政治或当下世相的复杂交织，而是女性主义写作所唤醒的，更有弗洛伊德以来的现代心理学对这种自我分析或者说自我深究所提供的方法。莱辛作为一个英国的女性作家，自然也不能自外于这个传统——或者说"潮流"兴许更为恰切一些。

准确地说，多丽丝·莱辛有时候明晰简单，有时也复杂纠缠。

作为女性作家，当她用女性主义的方式写作，潜入主人公内心进行开掘时，她是复杂的，甚至是夹缠不清的。

当她的视野与笔触转向外部世界，特别是转向她度过了青少年时代的前英国殖民地南罗得西亚，今天的独立国家津巴布韦时，处理这种想来应该更加复杂的题材时，她倒变得清晰简单了。

我个人喜欢这个简单明晰的莱辛。

从对她作品的阅读,我相信文本的简单不一定是作家才华或风格所致,而是出于信念的原因——坚定的信念使复杂的世相在其眼中和笔下变得简单。

当年,多丽丝·莱辛离开因民族独立运动而动荡不已的南部非洲,带着书写英属非洲殖民地的长篇小说《野草在歌唱》回到英国时,就因为清新、同情与明晰受到了广泛欢迎。我在十几年前读过这部作品。但是,清新的作家,明晰的作家,信念坚定的作家,不一定就是一个伟大的作家,不一定就能引爆潜在写作者强烈的创造力,所以,我们已经将这个人淡忘了。

多丽丝·莱辛是英国人,在大英帝国殖民地遍布全球的时代出生于伊朗,后来,又随全家移民到非洲的南罗得西亚,生长于土地肥沃的白人农场。成人以后,作为殖民主义的既得利益者,她却同情当地黑人的独立运动和对土地的要求,离开了白人种族主义者统治下的国家。她离开的是自己视为故乡的国家,回到了英国,她父亲的故乡,她文化上的母国。

这样一种看起来足够复杂的经历,不由得给人一种期盼,期盼出现一种对反殖民主义浪潮下复杂世相与人性的动荡书写。但《野草在歌唱》并没有充分满足我这种期望。看这本书,某种程度上像是看一个文字版的《走出非洲》,且还没有电影那么深致的低回与缠绵。那时候,我们多么喜欢复杂甚至夹缠的文体啊!——福克纳式,乔伊斯式,王尔德式,艾略特式,"新小说派"式,杜拉斯式,虽然有些时候,一些看似单纯天真的方式却又在不经意间就牢牢地抓住了我们,但我们还是将这个人慢慢淡忘了。直到2007

年,她才以诺贝尔文学奖获奖者的身份再一次回到中国读者视野中间。

这时,我依然没有读她。

因为所有媒体和随着大流读书的人轰轰然传说一本书(说她,当然是以说比较夹缠的《金色笔记》为多)的时候,我甚至有些刻意地去回避,而读着一些被流行阅读冷落的文字。直到生病住院时,有朋友送了几百块钱购书券来,输完液就去医院近处的人民南路书店。先买了几本海外学者研究中国的书,之后是奈保尔的一本新书《自由国度》。再在书架间巡行下去,就遇到莱辛了。通常介绍她的创作成就时都没有提到过的书,而且还跟非洲有关,就买了下来——《非洲的笑声》和《这原是老酋长的国度》。准备手术时,就把她和奈保尔定为术前与术后要读的书了。《这原是老酋长的国度》是一个短篇小说集,并有一个副标题叫"非洲故事一集"。为此又跑了一趟书店,怕自己遗漏了二集或更多集。读了作者曾于1964年和1973年两次再版时的自序,知道这本书原来是两个小说集的合集,也隐约知道,以后并没有再写下去。于是,就读她的短篇。第一篇是白人农场主家一个天真少女和一个非洲土著酋长的故事《木施朗加老酋长》。

> 同大部分白人农场一样,父亲的农场也只散布着几小块耕地,大块儿的地都闲置着。
>
> 故事中的少女就是这个父亲的女儿。从她出生以来一切就是这样,所以一切都天经地义:肥沃的土地,野生动物出没其间的荒野,众多的黑人仆役……农场上的黑人也

和那些树木岩石一样，让人无法亲近。他们像一群蝌蚪，黑黑的一团，不断变换着形状，聚拢，散开，又结成团，他们没名没姓，活着就是帮人干活，说着"是，老板"，拿工钱，走人。

荒野是这个少女学习狩猎的地方。不上学的很多日子里，这个少女不是像电影《飘》里的那些农场姑娘在有很多镜子的房间里整理各种蕾丝花边，而是这样子行动着："臂弯里托着一支枪，带两条狗做伴。""一天逛出去好几英里。"这是殖民者尚武传统的一种自然流露。

荒野对一个有着敏感情怀的少女来说，就是奇花异木的国度，对一个身体中流淌着征服者血液的少女来说，森林是一个狩猎的场所，更是家庭农场中众多仆役所来自的地方。

少女携枪带狗在森林中穿行，如果遇到黑人，他们会悄无声息把路让开，尽管这个黑人不是他们家的仆役，但一样会露出对主子的顺从表情。但是，某一天，她遇到了一个不肯主动让路的黑人。她因此知道，除了在白人家充当仆役，在农场用劳动力换取一点微薄工钱的低贱的黑人，在她所不知道的更广阔的荒野里，还有着拥有自己的完整社会，有着自己的生产生活方式，有着自己的尊严的黑人。现在，她所遇到的三个黑人中就有一个是这片荒野的真正首脑，一个酋长。少女家由白人政府划给的广大土地，过去曾属于酋长的部落。

这次相遇，在少女眼前打开了另一扇世界之门。

那年她十四岁。"这是个万籁俱寂的时刻，侧耳倾听的时刻。"

"我看到有三个非洲人正绕过一个大蚁丘朝这边走来。我吹了声口哨,把我的狗唤到裙边,晃荡着手里的枪朝前走,想着他们会让到路旁,等我先过。"

他们没有给白人小姑娘让路。老黑人的两个随从告诉她路遇的是木施朗加酋长。

姑娘被黑人的自尊所震动,受震动之后,回到家里看书了。她看到了初到此地的白人留下了这样的文字:"我们的目的地是木施朗加酋长国,它位于大河北边。我们希望能够获得他的允许,在他的领地上勘查金矿。"于是,"这句话……在我心中慢慢发酵"。于是,"我阅读了更多关于非洲这个部分开发时代的书"。谁的开发时代?显然是白人来到这块土地探矿的时代,从欧洲来到这里定居,在原先酋长的领地上建起一个个农场的时代。

"那一年,在农场那块土著南来北往经常穿越的地方,我碰上他(酋长)好几次。""或许,我之所以常去那条路上游荡,就是希望遇上他。他回答我的招呼,我们互相以礼相待,这都似乎在回答那些困扰我的问题。"

小姑娘有什么问题呢?一句话,这土地到底是谁的?很显然,白人农场的土地本来是酋长们的,但在她出生长大以前,这土地就已经属于自己家了。对她来说,这个现实无从改变。但让她难解的是,为什么反倒是后来者高人一等,土地原先的主人反倒要过着穷困而且没有尊严的生活。小说中写道,木施朗加酋长的儿子,也就是土著部落未来的酋长就在白人农场主家里充当仆役(厨子)。

她不想也不能改变眼下的现实,但这并不妨碍内心中对失去土地同时还失去尊严的黑人产生了深深的同情。

243

小姑娘当然不能解决这些问题，这个世界也没有什么人很好地解决过这个问题。但因为问题盘旋在心头，她独自上路了，要去看看酋长残留的未被白人势力深入的国度。后来她勇敢地去到了那里，"那是林间空地上搭建的一带茅草棚屋群落"。在那里，她见到了被族人拥戴的酋长。但她想对酋长表示友好的话都没有说出来。刚刚抵达，她就对欢迎她的酋长说了再见。酋长自然也没有挽留。

　　再后来，故事就到了尾声，因为老酋长控制的村庄，被代表政府的警察宣布为非法的存在，一年以后，"我又去了那个村庄一次，那里什么都没有了"。"听说木施朗加酋长和他的族人被勒令向东移二百英里，搬到一个法定的土著保留地去了。那块政府所有土地不久将被开发，供白人定居。"

　　作家在自序中说，小说集是她的第二本书，写于20世纪50年代。那是个什么年代呢？作家说，在那个年代，种族问题对身处南部非洲现实中的人来说是熟视无睹，但在这个小世界之外的大世界之中，对种族隔离制度的愤慨也还没有成为进步人士的共识——"进步人士良心的常规构成"——但她已经在小说中涉入这样的现实了。作家也无非是这样，关注到某种被大多数人有意无意视而不见的现实，表示出自己的情感（在莱辛就是一种深深的同情），如果公众、媒体与社会对此保持沉默，那么，对一个作家来说，也就仅仅是写下了这么一些文字。用我们语境里的话说，叫"对得起自己的良心"。很多高蹈的批评家经常号召作家干预生活，与社会保持一种"紧张的关系"，却没有深究过身边到底有没有这样的作品出现而自己和读者与媒体一起陷入了暧昧的沉默。并且进而研究一下，在一种什么样的社会心态下，大家未曾预约却像预约好的一样陷入了这种沉默。作家写作如果有什么目的，我深信，其目的之一，就是要唤醒人们基本的道德感。批评家应该多研究一点这种唤醒机制和唤不醒的原因，倒比自己爬到道德的制高点宣读空洞的判词要对这个世界有用许多。用道德评判来代替文学批评是批评家给自己营造的一个万全的堡垒。又安全，还可以不断往外放枪。唯一的缺点，里面空气不太好。因为道德这个东西也需要小心对待，一不小心，自身就腐烂了，使空气污染。

在我看来，道德感在作家的故事中潜伏着，比在批评家的判词中直接出现要好很多。就像在多丽丝·莱辛的非洲故事里所起的作用一样。

手术后第四天，举得起硬面精装、五百多页的书了，就开始读了《非洲的笑声》。这本书当然让人看到了南部非洲的某种现实，更让我看到了一个有良心、有道德的作家在这个复杂世界上的尴尬处境。

前面说过，多丽丝·莱辛离开了白人统治的黑非洲国家南罗德西亚。

这个国家的历史很短，"1900年，南罗得西亚成为国家，举国上下一片明艳的粉红色"。

在此之前，远征那里的白人遇到了世居的黑人，"对英国人来说，必须把他们看成一无所知的野蛮人，唯其如此，才能把他们的一切归于他们的征服者"。由于这个原因，"从20世纪50年代开始，抵抗运动开始形成"。后来，战争爆发。"像许多战争一样，南罗得西亚独立战争本不必爆发。这里的白人至多也就二十五万，我相信他们大多数会愿意妥协，同黑人分享权力"，但这种理想的情形没有发生,黑人反抗了,战争爆发了。"战前,白人远非团结一心,可战争的激情让他们联成一体。"我想,黑人阵营也未尝不是如此。但像多丽丝·莱辛这样意识到战争是一个错误的少数人,则要面对自己人的仇恨、诬蔑甚至迫害。

在另一边,"年轻男女只要够了岁数就逃离村庄,加入游击队"。"整整一代黑人青年,其中相当一部分都在游击队接受了教育,有时他们也学几句马克思主义口号,可真正把他们联系在一起的始终是对白人的仇恨。"1980年,黑人反殖民主义的解放战争取得胜利,一个新的国家津巴布韦诞生了。

多丽丝·莱辛在被白人统治的南罗得西亚禁止入境许多年后,于1982年立即动身前往这个换了主人也换了名字的新国家,并用非虚构的形式记录自己的见闻。她一定对这个新的国家怀有美好的想象。虽然很多此前就已独立的黑非洲国家的残酷现实对她肯定有一种警示的作用,但是情感压倒了一切。人们总是希望有例外,总是希望自己的故乡在这个残酷的世界上是一个温柔的例外。如果上帝是一个常常疏于管理的农夫,自己所在的这一国度应该是他精心佑护的示范田。当然,更重要的是,对人类最基本的道德感来说,在这片古老的土地上,失去了自己的土地与自由的人们从不义的白人手中夺回对这块土地的支配权是一件天经地义的事情。虽然说道德有些时候被道德家们弄得很复杂,但归结到每一个人内心道德感的生发,却总是依从于人类生活初始时就产生出来的那种最简单,也最天经地义的逻辑。

所以,复杂的我们总是一面嘲笑简单,同时感动我们的又总是那些没有太复杂动机的人与事。

多丽丝·莱辛也是这样感动我的。

作为一个始终对无偿地强力地占有黑人土地怀着负疚感的白人,当那个黑人国家一旦获得独立,她就奔向了那里。在书中她没有告诉我们她是否做好了面对失望的准备,但是那里的现实显然让她失望。或者说,那里的现实肯定要让她失望。

我们亲爱的女作家回到了这个新国家,却走不进黑人的世界,就像早年,那个少女去到木施朗加酋长的村庄,却无从交流,只寒暄几句就踏上归程。除了不顾别人的警告,偶尔让徒步的黑人搭搭顺风车,去书店买几本当地黑人作家的书来读,她依然和早年熟悉的那些经营着农场的白人待在一起,回忆过去,或者和他们因为新社会,对新国家,对新领导,对黑人的不同看法而争论不休。

她看到,不是所有黑人都成了主人,没有掌握政权的当年的不同派系的游击队成了恐怖分子,在劫持人质,以达到经济或政治上的种种要求。

她看到,"报纸上也不会说实话"。旧日邻居请她往伦敦打电话,是想知道在自己的国家刚刚发生了什么事情。

她看到,"野生动物几乎消失了,森林鸦雀无声"。

她看到,物资匮乏。

她看到,那些这片土地的解放者成为大小官僚,办事效率低下。这些大小官僚俨然是这个国家的新主人,而大多数黑人,仍然生活在原来的位置上。所不同的是,原来他们还可以将贫苦无助归咎于罪恶的白人,现在,他们却找不到理由反抗和自己同样肤色的新主子,只能眼睁睁看着"出现了一个被平民百姓称为'头儿'的新阶层"。

更重要的是，新政权并没有致力于民族和解。白人失去了政权，于是白人的世界对黑人封闭起来。黑人则在同一国度构筑另一个世界。不同族群的人，在精神与文化上完全分开，在同一平面上构成互不交叉的平行世界。

她离开的时候一定是非常失望的吧。作家没有写出她的情绪，而是继续怀着温情写她离开的时候，又怎么停下车，打开门，捎上两个黑人妇女，半道上又搭上了一个黑人青年。这是她在机场登机前做的最后一件事。这是她在不到两百页的篇幅中好几次写自己不顾别的白人警告而让黑人搭车的事了。她正是通过这种方式与不同的黑人接触来管窥与揣测这个新国家中黑人的状况。

流动的轿车是她观察一个国家、观察另一种肤色的族群生存状态的取样点。

有良心的人总是善解人意，总是往好的方向去想问题，而掌握大权者行为乖张的程度总是超过人们最坏的想象。即便到了2007年，在诺贝尔奖的获奖演说中，她还在说着有些天真的充满理解的话："我站在门口望着满天滚滚的沙尘暴，我被告知说，那里依然有没有被砍伐的原始森林。……1956年，那里有着我所看到的最美的原始森林，如今全被毁灭。"但她迅速找到了原谅这种状况，对这种状况表示理解的理由，"人们得吃饭哪，要有燃料哇"。

我自己也出生在原始森林曾经密布的地区，以我的经验，敢保证森林的消失绝不是因为当地土著吃饭取暖那点有限的采伐，但有农场生活经验的她是这么说的。

六年之后，她又一次回来了。

她看到了什么？看到了所有坏的东西往更坏处去。她尽量在这个国家四处行走,想发现可以使人感到鼓舞的新东西,但她没有发现。新的国度上演的政治戏剧其实从来都很古老。所以,她发了感慨:"爱上一个国家,或者一个政权,实在是一桩危险的事,你的心几乎肯定会因爱而破碎,甚至会丢了性命。"她说得很好,问题是从来就不存在一个抽象的国家。国家从来都是由一个政权来代表的。

她看到,"状况很危险,是革命之后的典型"。"大批青年得到许诺,将拥有一切。为了那些许诺,他们做出牺牲,可到头来却是一场空。"

她看到,或者是人们不断告诉她,这个"国家腐败成风",但她还在辩解,说,"穆加贝也在努力"。

这次,她到了黑人的农村。她看到了童年时代的白人农场模式以外的农业。白人农场是具有规模效应、技术含量很高的方式。而在黑人农村,穆加贝同志部分兑现了承诺的地方,白人农场的地被抢过来,划成一小块一小块分给了黑人。这样的农业运作方式,或许可以使耕作者温饱,但不可能有进一步的发展。南罗德西亚时代的农业是成功的。但是,津巴布韦的当政者没有借鉴这种成功的经验。

更重要的是,这种现实不会被真实呈现出来,因为在这个国家流行着两套语言:"一种是官方场合公开使用的语言,是一种自我保护;另一种是活生生的语言,承认第一种语言的虚假。""要是你能私下接触某位部长,你就会发现他们对实际局势都很了解。可当他和别的部长出席内阁会议时,或者出任某个委员会时,他不敢把自己的真实想法说出来。"另一个英国移民作家的话可能更精辟,萨尔曼·拉什迪说:"有两个国家,真实的和虚构的,占据着同一个空间。"

离开这个国家前,她回到了自己长大的"老农场"。"我被带到这里,从五岁起生活在这里,直到十三年后永远离开它。"

1988年,她再次离开,依然没有告诉我们离开时的心情。但是,1989年,她又回来了。是怕自己看错了什么吗?

这个在非洲算是自然条件和基础设施最好的国家,"从东到西,人们到处在谈论腐败"。

艾滋病开始流行了。"人人都意识到这个问题",但它只是一个人们私下里的话题,"它悬浮在谈话的边缘,刚冒个头,又自行沉了下去,它让人感到不舒服,仿佛谈起它就是在散布谣言,害怕为此而受到惩戒"。同时,在左派政治神话中说,"艾滋病病毒是CIA制造出来的,目的是削弱第三世界国家"。

1992年,她第四次回来。

在这本书中,第一次回来时笔墨最多,然后,越来越简短。这一次,她回来,在五百页的书中只写了二十页。因为现状依旧,只是程度加深,更加匮乏,拥有特权者更加高高在上,更加腐败⋯⋯书写这些现实,不过是让人更加绝望。多丽丝·莱辛在这本书中从不直接讲出自己的心情,这一次,她引用了别人给她的信中的话:"每当我想到独立时的那些梦想,我就想为津巴布韦放声大哭。"也许,这也是她想说的话吧。

这次,她结束得很匆忙,确实也不必写得太多了。她终于在最后一个小节里谈到了农业(是想探讨一下穆加贝的革命事业失败的原因吗?),许多国家的立国之本。她谈到农场和农场主的存在本是津巴布韦农业成功的主要原因，但是革命者们总是如此——尤其是游击战出身的革命者更是如此，不愿意依凭前人成功的经验，特别是当这种经验是来自自己的革命对象时。正是这样的思路导致了津巴布韦农业的失败。须知这是一个未曾工业化的农业国，农业的失败就是这个国家全面的失败。

于是，"货币贬值了，现在津巴布韦元只值过去的四分之一，这让业已贫困交加的人更加走投无路"。那是1992年，到了2009年，"津巴布韦中央银行已发行单张面额1000亿津元的钞票，以对付失控的通货膨胀。目前，津巴布韦官方公布的年通货膨胀率高达2200000%。但独立的经济学家认为实际数字更高"。

到作家去斯德哥尔摩领奖时，那里的情形就更糟糕了。看到一则访问，津巴布韦出租车司机希卡姆巴无奈地说："是的，我是一个百万富翁，一个什么也买不起的百万富翁。津巴布韦现在遍地都是百万富翁。我们是一个盛产百万富翁的国家，但是同时我们也一无所有。"但她在获奖演说中没有再议论那个国家所有方面的情况，也许是不忍心，也许是真的感到议论对那里情况的改变毫无作用。一般而言，知识分子的议论对改善某些方面的情况会产生一些作用时，这个社会是一个比较正常的社会。但在一些极端的情况下，当国家政权被某些利益集团所把持时，议论是无足轻重的，也无助于情形改善。历史上曾经存在的极权政体与她所关心的那个国家的现实情形，都会让她明了这一点。在这种情形下，还有些行动自由的人会选择做一点在局部会产生些积极作用的事情。所以，作家在获奖演说中反倒只谈她正在参与做着的事情，"我属于一个组织，它起始于把书籍送到非洲村庄里去的想法"。"我自费去津巴布韦做了一个小小的调查，发现津巴布韦人想要读书。"她只说了这么一句委婉地表达不满的话。她说："人们拥护值得拥护的政府，但是我不认为这符合津巴布韦的情况。"

读多丽丝·莱辛的那些日子，我整天躺在病床上，脑子里被激活的问题有足够的时间久久盘桓。在许多批评家那里，作家介入社会生活好像始终是单向的，仿佛那是一个巫师的祷神仪式，只需完成，而不需回应。但在我看来，一个正常的社会中，且不说文学介入的途径与形式的多样，作家介入社会生活更依赖于来自社会与公众的反响。即便是拉什迪那样被某个国家所通缉，在奈保尔看来，也是"最极端的文学批评形式"。但是，如果一个社会对这样的作品就像根本不曾出现一样不做出任何反应呢？就多丽丝·莱辛这个例子来说，我想她前一部作品肯定是在当时的社会中有所反应的，所以她才有热情去写《非洲的笑声》。但我想，非洲真的发出了笑声，用沉默——如果沉默也可以理解为一种讥讽的无动于衷的狂笑的话。我想，一个作家写下一部关于南部非洲某个国家的书，并不是为了给远在万里之外的我这样的读者提供一个关于远方的读本——客观上它当然有这样的作用。更进一步说，当作家表达了一种现实，即便其中充满了遗憾与抗议，也是希望这种现状得到改善。但作家无法亲自去改善这些现实，只是诉诸人们的良知，唤醒人们昏睡中的正常的情感，以期某些恶化的症候得到舒缓，病变的部分被关注，被清除。文学是让人正常，然后让正常的人去建设一个正常的社会。

她获奖的一半理由是"用怀疑、热情、构想的力量来审视一个分裂的文明"，而面对绝望的现实，始终保持着一份热情去关注、去审视是一件非常了不起的事情。所以，尽管她关于非洲的文字，关于种族问题，关于新生国家治理的文字都显得简单，但直到登上诺贝尔奖的领奖台，她的获奖演说，一直喋喋不休的还是那个国家的人与事，所以，我想，简单明晰的作家也可以是一个伟大的作家，换句话说，成为伟大的作家不一定要非常复杂。更直接一点说，小说的文体与文字，其实不必因现实夹缠而夹缠，因现实丑恶而丑恶，但中国的许多小说就是这样。因为美好，因为善本来就是极其单纯的，当有人要把一件事或者一些事弄得过于复杂的时候，我们就可以怀疑其动机了。

复杂，还是简单？这对作家来说是个哈姆雷特式的问题。很多人未曾动笔就先被问住了，但多丽丝·莱辛用作品做了很好的回答。

不是解构，不是背离，是新可能！
——病中读书记三

一直想谈谈奈保尔，这位诺贝尔奖得主，但我不是因为这个而谈他。那么，是作为一个优秀的作家来谈他？如果是这样，不是还有更多的被谈论过很多的优秀的作家吗？被谈过的作家总是更好谈一些，甚至连作品都不必看，就可以根据那些谈论来谈。拉什迪被翻译得够多，但至少在汉语当中，对他的谈论是很少很少的。想必是因为根据我们惯常的路数，这个人和他的作品是很难进行讨论的。但我想谈这个人已经很久了，只是总在犹疑，不能确定到底从何入手。这跟很多批评家不一样，甚至跟在网文后跟帖发表评论的一些网友不一样。他们都太肯定，太不是此就是彼。但我发现，当你认真思索，真想解决自己内心的问题，而不是简单表示立场与态度的时候，可能就会不断对自己提出疑问。

读过奈保尔很久了。

先是读他的短篇小说集《米格尔大街》。

继而读到台湾繁体字版的《大河湾》。后来译林出版社出版了该书的简体字版，除译文有些区别外，书名也少了一个字，译成

《河湾》。

再后来,相继读他的"印度三部曲"。

那时就想谈他了,但一直没有谈,没有找到头绪。

年初病中,又重新把上述这些作品都集中起来,重读了一遍。而且,还增加了三种:《奈保尔家书》,小说集《自由国度》《作家看人》,准确地说是奈保尔这个人怎么看一些作家。

这更坚定了我的看法:这个人是有着独特的前所未有的认知价值的,他和诸如拉什迪这样的作家提供了一种全新的文学经验,但这个价值到底是什么,我并不确切地知道。也就是说,在脑海中搜索已经储存起来的现成的文学经验与理论,都不能对这种价值进行命名或归纳。

直到今天,在重庆开一个文学方面的会议,在这样的讲坛上,差不多全部关于文学的讨论都是基于现成的文学经验与理论。听到不太想听的话题时,我就借故短暂离开一下会场。其间某次,我打算去外面呼吸几口新鲜空气。揿下按钮,电梯降下来,降下来,一声叮咚的提示音响起,光滑的金属门无声洞开的那一瞬间,脑子里猛然一亮堂,做了这篇文章标题的那句话清晰地出现在脑海:"不是解构,不是背离,是新可能!"

我知道,终于可以谈论他了。

我们如今的文学理论,先自把所有作家分成了两类。最大多数那一类,在祖国、母族文化、母语中间处之泰然。比较少的一类,或不在祖国,或不在母族文化,或不在母语中安身立命,竟或者几处同时不在,处境自然就微妙敏感。我属于后一类。三不在中就占了两处,常惹来无端的同情或指责。就在博客中,就有匿名的大概是身在母族文化又自以为母语水准高超者，潜隐而来，留言，提醒，教训。我的态度呢，不感动，也不惊诧。人家同情我流离失所，在外面的世界有种种精神风险。我呢，作为一个至少敢在不同世界里闯荡的人，对依然生活于某种精神茧子中而毫不自觉的人反而有深刻同情。这是闲话，打住。虽然如此，文章之道还在于多少要讲些闲话，但还是回到正题上来吧。

不想说前一类作家，关于他们已经谈得太多太多了。文学史以他们来建构，文学理论以他们来形成，当我们评述今天日益复杂的文学现状，所援引的尺度也全由他们的经验来标识。后一类作家是少数，但他们的数量在不断增加。不因为其他，只是因为时势的变化。全球性的交流不断增加，这个世界有越来越多的人脱离原先的环境（祖国、母族文化和母语），起初，这样的离开多是出于被动，比如非洲的黑种人来到美洲，比如二战前后的犹太人逃离纳粹的迫害，以及冷战时期昆德拉们的流亡。但这种情形渐渐有了变化。这种离开渐渐成为人们主动的选择。他们主动到一个陌生的世界——寄托了更多理想与希望的世界，重新生根，长叶，如果他们中的一些人开始写作，还会时时回首故国，但这种回首，与其说是一种文化怀乡，还不如说是对生命之流的回溯。这样的作家已经越来越多，其中许多已经具有世界性的影响，比如奈保尔。而且，这还只是一个开始，这样的作家将会更好更多。我们对这一类作家的意义认识不仅不够，甚至有方向性的错误。这种错误就在于，我们始终认为，一个人，一个个体，天然地而且将不可更改地要属于偶然产生于（至少从生物学的意义上）其间的那个国家、种族、母语和文化，否则，终其一生，都将是一个悲苦的被放逐者，一个游魂,时刻等待被召回。在这样一种思维定式下,无论命运使人到达世界的哪一个角落,如果要书写,乡愁就将是一个永恒的题目。但我时常怀疑在这样的表达中,至少在某些书写者身上,是一种虚伪的、为写作而写作的无病呻吟。我不相信提着公文包不断做洲际穿梭旅行,皓发红颜精力充沛的四处做文化演说的人有那么深刻真实的乡愁。真有那么深重的去国流离的悲苦,那么回来就是嘛。要么,就像帕斯捷尔纳克,就是外面给了诺贝尔奖也怕再不能回到祖国而选择放弃。我不是道德家,不会对人提这样的要求,也反感对人提这样的要求。我只是把不同的人两相对照后,生出些怀疑。无时不在文字中思念故国者去国悠游,偶尔回来说点不着四六的爱国话就被待如上宾,反倒是那些对母国现实与母族文化保留着热爱同时保持着自己批评权利者瘐死故乡。20世纪的西藏,就出过这么一位叫更敦群培的。本来从西藏南部去了异国,在那里接触到封闭的经院之外的语言,并从那异族的语言中感到思想的冲击,回头来自然对经院哲学中的僵死保守的东西有所批判,而且,还要回到西藏,在那个封闭的世界里去实行继续的批判,结果遭受牢狱之灾,毁坏了身体,继而以佯狂放浪的方式,半是声讨,半是自保,结果身体更加不堪。西藏近代史上一位稀有的思想者,正当思想者的壮年,却因以身试法,在贫病交加中离开了这个他欲加以改造、希望有所变化的世界。

奈保尔则溢出了这样的轨道。

他的父辈就带着全家离开了印度。他出生时,和他家庭一样的印度裔的人,已经在那个名叫特立尼达和多巴哥的国家,在那个国家的首都西班牙港形成了自己的社区。他的表达精妙的小说集《米格尔大街》就是他多年后身居英国而回望自己的成长岁月时对那个社区生活与人物的叙写。这本小说是我最喜欢的小说之一。笔调活泼幽默，描写简练传神，有豁达的命运感叹，但没有通常我们以为一个离开母国的作家笔下泛滥的乡愁，也没有作为一个弱势族群作家常常要表演给别人的特别的风习与文化元素。因此之故，我就爱上了他。

他在《作家看人》中品评一个印度作家的时候，写道："在自传性的写作中，个人偏见会让人读来有趣。"这有趣是他颇为幽默的说法，而他真实的想法是"我感觉他困于网中"。为什么呢？"在关于加尔各答生活的近乎民族志学研究的那一章中，乔杜里利用这点取得了极佳的写作效果。"我没有读过乔杜里的作品，这么引用并不是赞同奈保尔对这个作家的评判，因为我个人的写作，有时也有这种民族志的眼光。但这种引证可以证明一点，《米格尔大街》中回避文化与故国之思，是一种有意的安排。后来，读到他回忆写作这本书的文字，更印证了我的看法。

他说："那本书写的是那条街的'平面'景象。在我所写的内容中，我跟那条街凑得很近，跟我小时候一样，摒弃了外界。"

诺贝尔奖以这样的理由授予他："其著作将极具洞察力的叙述与不为世俗左右的探索融为一体，是驱策我们从扭曲的历史中探寻真实的动力。"

到他的长篇小说《河湾》和小说集《自由国度》，他的眼光已经转向了更广阔的世界。《河湾》起初还写了一点印度裔的人，在白人和数量众多的黑肤色非洲人之间的那种飘零感（因为小说的背景是非洲），但很快，小说的重点就转入了对后殖民时代非洲动荡局面的观察与剖析。这是一种新的超越种族的世界性眼光，而不是基于一种流民的心态。这种方式在《自由国度》中表现得更加自由舒展。作为小说集重心的故事，就是一对男女驾车穿行一个马上就要爆发动乱的非洲国度的过程与心态。如果小说中有所倾向，那也是人类共同的关于自由与民主的渴求的理念。在我们习见的经典文学表述中，作家都是基于国家民族和文化而有一个明确的立场，但在《自由国度》中，主人公在这种习见的基点上，与黑非洲并无关联，因此，我们习以为会毁掉一部作品的主人公与那些概念的疏离反倒提供了更多样观察的角度与更丰富的感受。套用苏珊·桑塔格的话，是新的时代造成了新的人，这些新的生存状况的人带来了新的感受方式。桑塔格把这叫作"新感受力"。当然，桑塔格所命名的这种"新感受力"指的不是我说的这种东西，但借用一下这个说辞也是基于表达的方便，也更说明，在全球化的背景下，时移势迁，"新感受力"的出现也是多种多样，而不只是他在纽约所指的当代艺术方式嬗变的那一个方面。

在不大愿意承认这种"新感受力"出现的地方，这样的作家就会变得难以言说。还是借用桑塔格的说法，如果你要用旧方式去评说他，他就会"拒绝阐释"。

这个人的父亲离开了一次故国，他又从所谓第二故乡再次离开，却为什么没有那么多乡愁呢？如果我们希望他有，或者责难他没有，是他的错，还是我们过于"乡愿"的错？为什么我们不能对奈保尔们在自己处境中创造出来的新东西有"同情之理解"？为什么我们一定以为去国之后就一定更加爱国怀乡？为什么一定以为离开母族与母语之人一定悲苦无依？奈保尔在英国用英语写作，其实，很多身在印度的印度作家一样用英语写作，至少在泰戈尔的时代，情形就是如此了。

更离谱的是，这个人数次回到印度，用游记的体裁写了三本关于母国的书"印度三部曲"。大多数的时候，他的语调都暗含讥讽，而且批评远远多于表彰和颂扬，绝望的情绪多于希望。爱国家爱民族的人们要愤怒了。听听这个人是怎么说的吧：

"独立的印度，是个早已被挫败的国家。纯粹的印度历史在很早前就结束了。"

"印度于我是一个难以表述的国家。它不是我的家也不可能成为我的家。"

"印度，这个我1962年第一次访问的国度，对我来说是一块十分陌生的土地。一百年的时间足以洗净我许多印度式的宗教的态度。……同时，也明白了，像我这样一个来自微小而遥远的新世界社区的人，其'印度式'的态度，与那些仍然认为印度是一个整体的人的态度会有多么大的差异。"

这是他到达印度时说的话。离开的时候他这么写道："一个衰败中的文明的危机，其唯一的希望就在于更迅速地衰败。"

在人类文明史上，这样的人，这样的言行无数次被判决过了：背叛！卖国者！大刑伺候！用大批判肃清流毒！对这一切，任何人都可以预见，所以他事先就发出了疑问："一个人如果从婴儿时期就习惯于集体安全，习惯于一种生活被细致规范化了的安全，他怎么有可能成为一个个体、一个有着自我的人？"

是的，我们非常习惯于那种道德的安全，而且时时刻刻躲在这个掩体后面窥测世界，甚至攻击别人。与此同时，在那个看上去庞大坚固的掩体后面，很多人正在以加强这种安全性的名义来不断解构。不是一些艺术家所声称的小打小闹的解构，而是以热爱的名义，坚守立场的名义，使人们对国族与文化的理解更僵死，更民粹，更保守，更肤浅，更少回旋余地，因此也更容易集体性地歇斯底里。相较而言，奈保尔们的工作倒有些全新的意义，显示了一种新的有超越性的文化知识的成长。

就在两天前，我作为"华语文学传媒大奖"的前一届得主陪新得主苏童去某大学演讲，规定的题目就叫"个人史与民族史"，我就结合奈保尔的介绍谈到个人史在现今社会有时会溢出民族史，这时就有年轻人起来诘问，那些挟带着一个个有力问号的句式，一听就知道其自以为占着某种道德的优越感，我不忍用同样的语气回驳一个求学时期的年轻人。

奈保尔还说过这样的话："我这一辈子，时时不得不考虑各种观察方式，以及这些方式如何改变了世界的格局。"

我们得承认，这个世界真的出现了一些新的"格局"。在这些新格局之下，不用解构什么，也不用背离什么，自然而然，就会生长出新的人。新的人多了，以他们为土壤，就生长出了新的文化，或者，有了成长出新的文化的可能性。

道德的还是理想的

——关于故乡，而且不只是关于故乡

我有个日渐加深的疑问，中国人心目中的故乡是一个怎样的存在？

这个疑问还有别的提问方式：这个故乡是虚饰的，还是一种经过反思还原的真实？是抽象的道德象征，还是具象的地理与人文存在？

的确，我对汉语的文艺性表达中关于故乡的言说有着愈益深重的怀疑。当有需要讲一讲故乡时，我会四顾茫然，顿生孤独惆怅之感。当下很多抒情性的文字——散文、诗歌、歌词，甚至别的样式的艺术作品，但凡关涉故乡这样一个主题，我们一定会听到同样甜腻而矫饰的腔调。在这种腔调的吟咏中，国人的故乡都具有相同的特征：风俗古老淳厚，乡人朴拙善良；花是解语花，水是含情水。在吾国大多数无论是人文还是自然都并不美好的地方旅行，我会突然意识到，这就是被某一首诗吟过，被某一首歌唱过，被某一幅图画过的某一个文化人的美丽的家乡，但真实的情况总是，那情形并不见得就那么美好。带着这样的困惑，有一天，在某地一条污水河上坐旅游船,听接待方安排的导游机械地背诵着本地文化人所写的歌唱这条河流美景的诗句时,我不禁闭上了眼睛,陷入了自己一个荒诞的想象:假如我们的文化发达到每一地都出了文化名人,都写了描绘故乡美景的篇章,我们再把这些篇章像做拼图游戏一样拼合起来,那么,吾国每一条河流都不会有污染,每一座山峦都披满了绿装,没有沙漠进逼城市与村庄,四处都是天堂般的风和日丽,鸟语花香。城镇的每一个角落都被彩虹般的灯光照亮,没有波德莱尔笔下那样的"恶之花"从卑污处绽放。

由此,不得不得出一个结论,在中国绝大多数文艺性的表述中,那个关于故乡的言说都是虚饰的,出自一种胆怯乏力的想象。关于人类最初与最终居住地的美好图景,最美妙的那一些,已经被各种宗教和各种主义很完整、很大胆地以一种不容置疑的气度描述过了。当我们描绘那些多半并不存在的家乡美景时,气度上却缺乏那样大气磅礴的支撑,不过是在局部性地复述一些前人的言说。于是,一种虚饰的故乡图景在文字表述中四处泛滥。故乡——村庄、镇子、胡同、大院,所有这些存在或者说记忆到底是应该作为一种客观对象还是主观的意象,已经不是一个如何写作的问题,而早就是一个道德伦理问题。用句套话说来,不是存在决定一切,而是态度决定一切。

帕慕克说:"我们一生当中至少都有一次反思,带领我们检视自己出生的环境。"但大多数时候,我们文字里的故乡,不是经过反思的环境,而是一种胆怯的想象所造就的虚构的图景。

没有查书,但大致记得亚里士多德说过,人都会通过文字或思考来使对象"净化",但是,这个"净化"是"通过怜悯与恐惧达到",而不是通过虚饰与滥情来达到。想想我本人的写作,或者是就在实际的生活中间,一直以来就有意无意回避对故乡进行直接简单的表述,我也从来没有自欺地说过,有多么热爱自己的故乡。

不愿虚饰,可又无力怜悯。

少年时代,我曾想象过自己是一个孤儿,在路上,永远在穿越不同的村子与城镇,无休止地流浪。幸福,而且自由。自由不是为了无拘无束去天马行空,而是除了自己之外,与别的人没有任何牵扯与挂碍。幸福也不是为了丰衣足食,但至少不必为不够丰衣足食而生活在愁烦焦灼的氛围之中,生活在为了生存而动物般的竞争里。那是一个川西北高原上的僻静村庄,阳光是透明的,河水是清澈的,鲜花是应时开放的,村后高山上的积雪随季节转换堆积或融化。但人们的生活,如果只是为了生存而挣扎,那人之为之,又有什么意义呢?可在中国乡村,特别是我们这一代人青少年时期生活的乡村,使旧乡村有些意味的士绅与文化人物已经消失殆尽,几乎所有人都堕入动物般的生存。树木与花草没有感官与思想,只是顺应着季节的变化枯荣有定。但人,发展出来那么丰富的感受能力,却又只为嘴巴与胃囊而奔忙,而兴奋和悲愁,这样的故乡,我想,但凡是一个正常的人,恐怕是无法热爱的。何况,那时使故乡美丽的森林正被大规模地砍伐。20世纪六七十年代,伐木工人的数量早就超过了我们这些当地土著的数量。跟很多很多中国人一样,我青少年时代的许多努力,就是为了逃离家乡。

但是,当我们在学校学习,或者通过阅读自学,在汉语的语境之中,好像已经有一个约定俗成的规矩,那就是,一个人必须爱自己的故乡。如果不是这样,那么,这个人在道德上就已经失去了立身之地。这处境有点像我们在某些需要举行表决的场合,虽然规则说可以投反对票,但所有人都知道,要么你不举手,要举手就是投赞成票,否则,就是一个离经叛道的另类,一个不识时务的傻瓜了。

其实,故乡只是一个地理性存在,美好与否,自然条件就有先天的决定,本来那只是地图上的一个点,一个人总归要非常偶然地降生在一个地方,于是,这个地方就有了强烈的感情色彩,叫作了故乡。从此开始,衍生出一连串宏大的命名,最为宏大而前定的两个命名就是民族与国家,"人生签牌分派给我们的国家"。故乡之不能被正面注视,不能客观书写,也是因为这两个伟大的命名下诞生出来的特殊情感。因为从家到族到国的概念连接,家乡的神圣性再也无可动摇。再从国到族到家,这样反过来一想,老家所在的那块土地,也就神化成一个坛,只好安置我们对理想家园梦境般的美好想象。幸福家园的图景总是那么相似,故乡的描述终于也就毫无新意,就像彼此抄袭互相拷贝的一样。

我们生活在一个动荡的但总还有些人情温暖的时代,旧传统被无情打破,但新的人文环境并未按革命者的理想成形。在所有宏大的命名下,只有"人"这个概念,被整体遗忘。在家乡,你是家族中的一分子,你的身份是按血缘纽带中的一环来命名与确认的,就像我们在整个社会机器中,你不是作为一个独立的人,而是按你在整部机器的运行中所起的作用大小来得以确认。于是,人就只好知趣地自己消失了,人在故乡的真实感受与经历也就真的消失了。

我们虚饰了故乡,其实就是拒绝了一种真实的记忆,拒绝真实的记忆,就等于失去记忆。

失忆当然是因为缺少反省的习惯与反思的勇气。

于是，失忆从一个小小的地方开始，日渐扩散，在意识中水渍一样慢慢晕染，终于阴云一样遮蔽了理性的天空，使我们这些人看起来变成了诗意的、感性的、深情的一群，在一个颇能自洽的语境中沉溺，面对观想出来的假象自我陶醉。失忆症也从一个小小的故乡，扩展到民族，扩展到国家历史，使我们的文化成为一种虚伪的文化。当我们放弃对故乡真实存在的理性观照与反思，久而久之，我们也就整体性地失去了对文化与历史，对当下现实的反思的能力。

士与绅的最后遭逢

今天我来谈谈李庄,谈谈对李庄的感受。因为我知道宜宾市里和区里正在做李庄旅游的开发,其中最基础性的工作,就是研究李庄文化。那么也许我的这些感受,就可以作为一个案例,可以作为一个游客样本,作为有文化兴趣的游人的样本,看他来到李庄,希望看到什么,或者说,他来在了李庄,有关中国文化所产生的一些联想,所有这些也许都可以作为当地政府对李庄旅游开发跟文化开掘的参考。我不是旅游规划专家,所以,我作为一个有文化的游客,只是希望在这一点上对你们有所启发,这就是我愿意来此谈谈李庄的原因。

其实我这次也只是第二次来李庄。两个月前吧,还来过一次,那是第一次。听说这个地方好多年了,读这个地方有关的资料、书籍,尤其是读我们四川作家岱峻的非虚构作品《发现李庄》,也有好多年,但不到现场,这种感受还是不够强烈,因为过去我们老是想,来到李庄的那些知识分子,如傅斯年、董作宾、李济、梁思成等这样一些人,他们是跟中国新文化运动相始终的这样的一代知识分子,如果只是讲他们如何进入一个谁都没有预想到过的地方,在这个地方艰难存息,而且继续兢兢业业地从事使中国文化薪火相传的平凡而又伟大的工作——尤其是在抗战时期,中国文化面临巨大存续危机的时代——这样的工作更是具有非凡的意义。我第一次来李庄时,便忍不住说了四个字,"弦歌不绝"。这是一个有关孔子的典故。《庄子》上说:"孔子游于匡,宋人围之数匝,而弦歌不惙。"这种精神当然是很伟大的。这一部分事迹,在今天李庄文化的开掘中,已汇集了相当丰富的材料,也有了较为充足的言说。

但我觉得,这并不能构成李庄文化的全部面貌,因为抗战时期,不同的学术机构、不同的大学,辗转到不同的地方,到桂林,到贵阳,到长沙,到昆明,到成都,到重庆……但在那些地方并没有产生像今天李庄这样有魅力的故事,那就说明这样的一种局面的形成情况并不是一个单向度的问题。就像今天讲在昆明的西南联大,怎么讲呢,大多还是像今天我们讲李庄那些外来的大知识分子的故事一样,讲他们如何在困难的条件下专注学问,如何在风雨飘摇的时势中不移爱国情怀,却很少讲出昆明跟西南联大、这个地方跟联合大学互相之间产生交互作用的过程。这也情有可原,因为那些机构大多在大的地方,在相对中心的城市,中央政府政令相对畅通的地方,所以与地方交互的故事,并不是那么多,尤其是他们跟当地民间各个阶层相互交往关系的故事并不是特别多。

其中好些地方我都去过。比如西南联大所在的昆明翠湖边,也曾在湖边曲折的街巷中怀想那些消逝了的一代知识分子的背影。

但为什么独独是李庄,一下子就在这么小的一个地方,来了这么多学术机构,而且,至少同济大学的到来,是由李庄的大户人家,也就是过去所说的有名望的乡绅们联名主动邀请来的。我觉得这里头一定是包含了某种有意味的东西，这个过程体现了某种特殊的价值，有特殊的意义存在。那这样的意义到底是什么？

第一次来过李庄后，回去我就老在想这个问题。

当时我就有个直觉，可能我们今天谈李庄的时候，谈外来的学术机构尤其是那些学术机构当中在中国乃至在全世界的不同学术领域都有显赫地位的知识分子，讲他们的故事讲得特别多。他们的故事应不应该讲？当然应该！但是在讲这些故事的同时，我们可能遮蔽了一些事实，那些被遮蔽的事实就是：当地人如何接纳这些机构，使得这些知识分子得以在这里度过整个抗日战争的艰难时期，在这个过程中，李庄人做了什么。更为重要的是，完成了这一义举的为什么是李庄，不是赵庄不是张庄。那么，这在当地它有一个什么样的道德传统，什么样的文化氛围，可以使得当年在李庄这个半城半乡的地方，由这些当地的士绅邀请这些下江人来到李庄，而且来到李庄以后，又给他们提供那么多帮助，提供那么多方便，那其中一定还有很多湮灭在政治运动和漫长时光中的故事，等待我们的打捞与讲述。只有把这双方的故事都讲述充分了，才是一个真实的李庄故事，完整的李庄故事，更有意义的李庄故事。所以我觉得将来的李庄故事，一定是一个双向的挖掘。

寄住者的故事和接纳者的故事的双向挖掘。

那么，这个故事的双向挖掘的意义又在哪里？

我以为，通过李庄故事，可能还原一个中国传统社会的图景，传统社会最美好的那一面的完整图景——过去的几十年中，我们看待中国传统社会形态时，较多注意它不公平不美好的那一面，而对其美好的那一面关注得太少太少了。

在我看来，李庄故事里的两个方面的主角，恰巧是中国的上千年传统社会结构当中，两个最重要的阶层最后一次在中国历史中同时露面，在中国文明史上最后一次交会。我们知道中国有一个词叫士绅，在过去旧社会里，中国长期的封建社会当中，有时士绅是二而一的，但更多的时候，士是士，绅是绅，士是读书人，是读书以求仕进，以求明心见性的读书人；绅，是乡绅，是地主，是有产者，也是宗法社会中的家族长老。很多时候，士就是从绅这个阶层中培育生长出来的。在过去的社会，即便到了民国年间，到了同济、史语所、营造学社等中国最高级的学术与教育机构来到李庄的时代，士与绅这两个阶层在社会中的作用也是非常非常重要的。他们几乎就是社会的中坚。士，用我们今天的说法就是知识分子；绅呢，就是大部分在中国的乡村，聚集财富，维护道统，守正文化的有恒产，兼有文化，并且成为家族核心的那些人。大家知道，中国古代政府不像今天政府这么大，所以政府真正有效的控制大概就到县一级，下边今天划为区乡镇村组这些地方，按今天的话就可以叫作村民自治。但是这个"民"如果像今天的农村，大家实力都差不多，一人平均一两亩地，几分地，大家都是这样的一两幢房子，文化也都处于那么一种荒芜半荒芜的状态，没有宗族的、道德的、精神性的核心人物，所谓"自治"其实几乎是不可能的。但过去在乡村中，首先有宗族制度维系，同姓而居，同姓而聚，构成一个内部治理结构。从经济上说，因为允许土地自由买卖，就会形成土地相应向一些人手里集中，就会出现地主。大多数时候，地主不只是聚敛，他也施与，扶贫，办教育，等等。不管是宗族的族长，还是地主，还是小城镇上某种商业行会的领袖，这些人都叫乡绅。绅，他们在大部分时候构成中国乡村县以下的自治的核心阶层。而且不只是乡村，还包括乡村周围的小城镇，如李庄，也不是典型的乡村，它既是乡村，也是一个不小的城镇，因水运，因货物集散而起的城镇。总而言之，在封建社会当中，就是士与绅这样两种人成为中国社会的两个支柱，除了皇帝从中央开始任命到县一级的官员以外，他不再向下任命官员，王权的直辖到此结束。到民国时期政权开始向下延伸，乡绅中的某一个人，比如说李庄当时的乡绅罗南陔，他可能当过乡长、区长，但这个恐怕更多也是名义上的，官与民互相借力，真实的情形可能是照顾到他的这种乡绅的地位与其在乡村秩序中所起的特定作用——在乡村自治或半自治中所起的作用。

这个时候，刚好遇到全面抗战爆发，于是，故事就发生了。没有全面的战争，这些知识分子，这些士，不可能来到这个地方。我觉得李庄故事的核心就是：在这里，中国士与绅来了一次最后的遭遇，最后的结合，然后留下了一段李庄故事。今天中国社会已经改天换地，我们大概可以说士这个阶层，也就是知识分子阶层还在，虽然在国家体制中的存在方式与民国时期也有了很大的变化，但还是继续存在。但是，绅，乡绅这个阶层却是永远消失了。今天国家政权不但到县，还到了乡、镇，还进了村，此前还经过了土地改革，土地所有者也变成了国家。土地私有制被消灭后，绅所赖以存在的基础就彻底消失了，所以，从此以后绅这个阶层在中国社会当中是不会再有了。所以，我以为李庄的故事其实是中国乡村跟城市，不，不能说是城市，应该说是中国基层的乡绅们跟中国的士这个阶层最后发生的故事，而这个故事是这样美好，这样意味深长。

过去我们说到绅，得到的多是负面的印象。从共产党进行第一次国内革命战争,就是红军时期以来,中国人习惯了一个词,叫土豪劣绅,习惯了给"绅"加上一个不好的定语"劣"。过去乡村里有没有劣绅呢?肯定有的,但是不是所有绅都是劣的呢?那也未必。如果是这样,中国乡村在上千年历史的封建社会中,没有办法维持它的基本的正常的运转,如果绅都是恶霸,都是黄世仁,都在强占民女,都要用非法的方式剥夺土地和其他生产资料,农民都没有办法活,那这个乡村早就凋零破败,不存在了。但中国乡村在上千年的历史中一直延续到20世纪50年代初期,自有其一套存在的方式与合理的逻辑。当然,乡村这种秩序的瓦解也并不全是革命的原因。这种乡村制度的瓦解首先还是经济上陷入困境。其中重要一点,就是近代以来,现代工业的兴起,廉价的工业品从城市向乡村的倾销,造成了首先是手工业的凋敝。但因为城乡贸易的增加,自然会带来物流运输的增加,那么,那样一个特殊时期,是不是反而造成了李庄这个水码头的繁荣呢?

话有些远了,还是回到绅这个话题吧。

我来说说绅这个字是什么意思。这个字最早出现在汉字里头,是说古代的人都穿长衣服,所以腰上会有一条带子,绅的本意就是束腰的带子,《说文解字》里说:绅,束腰正衣,使貌正之。就是人穿衣服要有规矩,显出有一个庄重的样子。后来就从这个本意引申出来绅这个字一个新的意义,就是说凡可以叫绅的人,在道德上对自己是有要求的,他们在生活当中,在生产活动中,在经商过程当中,是对自己有某种道德要求的。更不要说那些大的家族,绅作为家族的族长,一个家族祠堂的总的掌门人,他要平衡各个方面的关系,协调相互之间的情感,很显然如果只是使用暴力,只是用阴谋诡计，恐怕很难达到为尊族中与乡里的目的。他还是依靠合于传统道德的乡规民约，依靠一种道德言行规范，来约束自己的言行。前些天我去扬州，参观一个地方，也是看到一个以前老乡绅的老院子，从这老宅子中抄到两副对联，其实这就是自古以来，中国乡绅阶层对于自己的约束和要求。用什么样的带子来维系他们的道德、维系他们的传统呢？这两副对联就是这家人的传家箴言，第一副的上联这样写的："几百年人家无非积善"。说一个家族要在一个地方，在当地立足不是一代不是两代，是要在这里几百年传家，要在这里长久立脚，而且还要家世昌盛就要多做惠及邻里的好人好事。下联是"第一等好事只是读书"。我们知道，过去乡下乡绅门前大多会有个匾额，匾额上大多书四个字"耕读传家"的，正是这个意思。第二副对联上联是"传家无别法非耕即读"。说我们这些人家做什么事最好最长久呢，只有两件事，不是耕作就是读书。下联是"裕后有良图唯勤与俭"。说使后代保持富裕不是传多少钱给他，最好的方法是学会勤劳与节俭。这其实不只是这一个家族的传家格言，而是中国古代以来乡绅们所秉持的一个久远的传统。

进一步说，过去的士，很多人都是从这些耕读世家出身的，如我们四川的三苏，一门三父子都通过科举考试成为士，而在没有成为士之前就是当地有名的绅。到了明代，新都的杨升庵一家，父亲是朝中高官，自己又考上状元。都是父子没有出仕之前，就是当地的绅。他们的家庭，就是当地耕读传家的绅。如果我们愿意多下一点功夫，查一查抗战中来到李庄的那些士，傅斯年、李济、董作宾、梁思成、林徽因、陶孟和、童第周等，考察一下他们的家世，一代，两代，三代……大多是来自乡村，来自乡村的绅这个阶层。

土地改革以后，绅中的一些人被划了一个成分，叫地主。这本来是一个中性的词，土地的主人。划定成分时，就有了贬义。之前，却应该是一个好的词吧。孟子说过"无恒产则无恒心"嘛，有了地就是恒产，有恒产就有恒心，所以这样的一种士绅耕读的传统，就决定了这些乡绅不是今天我们再用这个词时所说的，那些个不尊重文化的暴发户，那些第一桶金或许都带有原罪色彩的所谓土豪。那个时候的乡绅中土豪其实是有的，但也是少的，大多是耕读传家的大家族大乡绅，他们的发展是一步步走来的，除了财富的积累，同时也有道德与文化的长久积淀。所以当抗日战争爆发，国家和这个国家的文化都面临深重的危机时，这些李庄的乡绅才能够懂得文化的价值，这些士的价值，才会主动邀请这些文化人，这些当时的士与未来的士来到李庄，托庇于李庄。今天大家都在挖掘李庄那封电报的故事，那不就是当地的乡绅结合在一起，他们身份很复杂，有商人，有国民党的区长乡长，有乡间的哥老会首领，但这些都是乡绅在新的时代中出现的逐渐分化，也许，在寻常情形下，他们之间还有种种明里暗里的争斗，有各种利益的冲突，但这个时候，他们可以集合在一起，说邀请这些文化人，这些文化机构来李庄吧，让我们为保护中国文化，保护中国的读书种子做点事情。

在这样的时期，当中央研究院史语所及其他所、国立同济大学、中国营造学社等学术机构遇到困难时，很难想象从那么一个从来没有听说过的地方，有一群人联名发出电报邀请他们来到李庄。所以我觉得我们以后一定要把李庄的故事讲好，一定要讲出它背后的道理，这个背后的道理恰好是中国悠久的文化传统当中最最重要的那一个传统。绅这个阶层，不但一直在哺育中国士的阶层，他们还内在地坚守着一种精神，一种尊重中国文化人、读书人的精神。

前次我去板栗坳，看见史语所的人在他们离开时还留了一块碑在那里，碑文写得很好，我想再给大家念一念，其实也就是记述了当时乡绅收留他们的事情，还写出了张姓乡绅的家世。

这通碑叫"留别李庄栗峰碑铭"。

> 李庄栗峰张氏者，南溪望族，其八世祖焕玉先生以前清乾隆间，自乡之宋嘴移居于此。起家耕读，致赀称巨富。哲嗣能继堂构辉光。本所因国难播越，由首都而长沙而桂林而昆明，辗转入川，适兹乐土。尔来五年矣。海宇沉沦，生灵荼毒，同人等幸而有托，不废研求。虽曰国家厚恩，然使客至如归，从容乐居，从事于游心广意。斯仁里主人既诸军政当道，地方明达，其为藉助有不可忘者，今值国土重光，东迈在迩，言念别离，永远缱绻，用是询谋，佥同醵金伐石，盖弇山有记，岘首留题，懿迹嘉言。昔闻好事，兹虽流寓胜缘，亦学府一时故实。不为镌传，以宣昭雅谊，则后贤其何述？

碑文开头就写了在栗峰传家八代的张家。张家不是穷人，穷人怎么接纳他们呢？"……移居于此，起家耕读……"注意刚才我讲过，这些士如傅斯年、李济他们这些人是深深懂得中华乡村传统的，所以他们说李庄乡绅如张氏这样的望族是起家于耕读的……而且一家人继续读书，不因为有点钱就荒废了，所以这个家族传了八代还是勤谨兴旺，耕读传家之人……碑文里几句话，说得非常简单,然后他们要走了,又说了几句话……说我们在这儿做研究,在战乱时候在李庄做研究,完全靠的是主人的仁厚,就这么一个短短的碑文,我在那儿看,念了三遍,很感动。士这个阶层,他们自己就有很大的发言权,用今天的话叫作有话语权。他们刻下这通碑的时候,就把绅对于士在特殊时期的庇护说了出来,大声说了出来:是为了"宣昭雅谊",这是士与绅在中国最后一次遭遇所留下的雅谊。

古时候说,居高声自远,士都在高处的,知识分子的声音都是传得很远的,可乡绅呢?当地呢?而且这个阶层在接下来的几年,在我们的土地改革当中,这个阶层就已经消失了,大概中国以后也再不会出现这个阶层了,而他们的声音就消失了。所以我们今天要讲好这些士的故事,这些知识分子的故事,要把这个故事讲得更加完整全面,就不能不说出这些乡绅所代表的李庄人的故事。这个故事我们也要讲好。所以我有个建议,以后要着力做一些关于这些乡绅家世事迹的调查整理工作,在考虑李庄文化陈列的时候,也应该有一两个地方来说一说李庄本身的文化,李庄本身的历史。不然就不能说清楚为什么是李庄,不是王庄,不是赵庄,托庇了这些伟大的传承了中国文脉,中国学术机构与人士的道理。这个道理就是中国几千年传统文化中,耕读传家的乡绅文化当中,一种天然的对文化的追求和对文化的向往与尊重。

当然时代已经处于剧烈的变化之中,中国的乡村社会,中国的乡绅也正在接受现代文化的冲击,虽然相较而言,他们还是更熟稔中国的传统文化,孔孟之道。有一个外国汉学家跟梁思成夫妇很好的,他谈到中国文化时,就说过,中国的乡绅们大部分其实就是儒家，他们自己就是儒家文化的传统的代表，对于现代的民主与科学思想还不是很了解。所以这里也有这样的故事，说李庄人对于同济大学医学院做尸体解剖是如何惊诧与不解。我相信这样的故事一定是有的，但这种故事该怎么讲，该以什么样的方式来讲，也是大有考究的。我觉得以后再讲这样的故事，应该基于一种对传统文化以及对当地人的充分尊重，要基于历史学家常说的一句话叫"同情之理解"，我们要很正面地更详尽地讲这个故事，一定不要在讲这种故事的时候，变成简单的文明跟落后、文明跟愚昧那样的冲突，而把李庄当地人在这个故事当中漫画化了。这个不是对接纳了那么多那么重的士的李庄人的尊重。即便他们在观念上暂时不能接受，但他们后来不是就接受了吗？所以这里头有一个历史学的原则，我愿意再重复一次，就叫"同情之理解"，你必须站到他那个位置上，想他为什么会这样看待这个问题、这个新出现的事物。那是传统文化驱使，而不是他对文化本身的看法，如果我们漫画化了他们，就可能出问题，给来李庄游客一个印象，原来这是一个非常愚昧的地方。

如果这里真是一个非常愚昧的地方，我们一来到李庄，就不会看见镇口就耸立着一座奎星阁。

奎星在中国古代文化中指的是北斗七星中的一颗，我记不得是在第三还是第四颗的位置，总之北斗七星中有一颗就叫奎星，又叫文曲星，是专门照应一个地方文运的。如果这是一个愚昧之地，那么为什么在李庄这个地方人们没有塑一个别的东西，比如不是商人奉为保护神的关公，关云长，而修了一个奎星阁。奎星阁为什么修得那么高？因为可以接应到天上昭示文运的奎星的光芒，使这个地方文运昌盛。这说明这个地方一直是尊重文化的。我第一次来,一看这个地方有一座奎星阁,我想这一定是一个有文化向往、尊重文化的地方。

在李庄故事的重新讲述的过程中,当地已经做了很多有意义的工作,比如那些知识分子,那些士在那么艰难的条件下,种种使得中国文化得以薪火相传的事迹。但原谅我觉得这还不够,我们还应该在另一个方向有做大的努力,做一些恢复跟重建当年当地乡绅文化的努力。只有这样,有了士与绅之间这么一种相互的映照,互相的激发,我们才真正会知道中国文化的活力所在的最大秘密。我们也才知道为什么那么多文化机构在半个中国四处漂泊后,能最终安顿在此地,扎根在这里,出了这么多成果和成就,而且是在那么艰难的条件之下,这是什么道理?在物质生活非常艰难的情形下,两个不同的阶层之间,当地人和外来人互相之间这种人情的滋润,对于当时来到这里的困窘无比的文化人来讲,我想,就是一份巨大的温暖和支持!

从很早以前,中国就是实行乡村自治的。从春秋时代开始,就出现了中国乡村的基本建构单位,出现了我们今天表达乡村建构的那些词。顾颉刚先生在他的《春秋》一书中说,春秋时代的乡村治理,或者说乡村的构建,最小的单位叫家,家上的单位叫邻,今天我们讲的邻那时其实是一个行政单位,邻上是里,再往上是乡,乡上是党。今天我们谈乡亲谈乡村的时候,经常还用这些词:邻里,乡党。北方人,尤其是陕西人特别喜欢说,我们是乡党啊。这代表一个地方的,其实从邻里到乡党,都是乡村结构。而且国家政府机关并不向你派出官员,大部分就是乡村自治。前些天我看到一个材料，说清代时，人口开始大增长，用了不到一百年时间，人口就翻了两番到了三亿多近四亿。为什么呢？因为这个时候从外国传来了产量高的作物，来了玉米、番薯，来了马铃薯，过去粮食产量低，自然形成对于人口增长的抑制，粮食产量高了后，人口自然大爆发。同时，在这样的情况下，清代的官吏跟明代相比，人口翻了两番，但吃行政饭的人，也就是公务员并没有增加。这就说明在这样一种情况下，乡村通过乡绅们的自治，仍然是行之有效的。这些用束腰的带子绅作为命名的人，在乡村是宗法权力的维系者，是经济生活的维系者，同时也是道德与文化传统的维系者。正是他们对自己有约束有要求，这种传统才能够存之千年，而不被废弃。如果情形不是这样，如果这些人都是土豪恶霸，这种乡村治理早就被推翻，早就崩溃，废之不存了。

当然，封建社会从形式上是永远了结了，经过改天换地的土地改革，绅这个阶层是没有了。现在看来，当年的那些乡绅，在新中国成立后还受到不公平的过激的对待。但是今天的情况正在发生变化，我们可以坐在这里，比较客观地来反观这段历史了。而且我们谈的不是给谁平反的问题，而是谈一个文化传统问题，给一个历史现象一个合情合理也是合乎当时历史事实的文化解释。当年李庄那些乡绅，他们是有代表性的人，代表了中国传统文化的一些人。只有讲清楚他们的故事才能把士和绅的故事梳理清楚。只有这样，只有有了他们充分的庇护与帮助，就如栗峰碑文中所讲的，"幸而有托，不废研求"，才有那封电报中那简洁而又恳切的话，"同济来川，李庄欢迎，一切需求，当地供应"。所以，当这些文化机构，这些士，这些知识分子来到这里，才能在抗战烽火中觅得一块平安之地，继续专注于自己的学问，自己的研究与教育工作，而弦歌不绝，使得这些人在困顿之中更加表现出谔谔之士最美丽的一面。

是的，就像传统文化决定了乡绅有乡绅对自己的道德与文化要求，知识分子对自己也是有道德与人格要求的，士对自己从来就是有要求的。不像今天我们讲知识分子，条件已经过于宽泛，有一定学历就叫知识分子或者有个技术职称就叫知识分子，不是这样的。当然知识分子对自己的第一个要求就是有学养、有学识、有学问，但是只有这个是不够的，知识分子还要有风骨、有气节、有人格。我们在讲李庄故事时，讲士与绅时，有很多知识分子都可以作为楷模来讲。比如傅斯年这个人，可能就是中国的更符合士的要求的知识分子，很多的老先生、知识分子比如董作宾这样的人，他们更多的可能是专注于自己的学问，但是傅斯年这样的人不一样，他要过问国家的政治，他要干预国家的政治，但是你真正要让他去做官，他又不做官，蒋介石请他吃饭，让他当议员，不当。但他一定要当好史语所的所长。那个时候情况不一样，傅斯年们不会觉得在大学里在研究机构里当领导就是做官，那时必须到政府任职才算做官。今天上述所有地方的领导都是官了，这是今天时代带来的变化，这个变化也带来知识分子的某些变化。当年抗战刚结束，李庄的摊子还没收拾，傅斯年就急急忙忙跑到了北京，他要恢复北大。这个时候国民政府已经任命了胡适当北大校长，西南联大要分开，清华归清华、北大归北大，但胡适还没有从美国回来。傅斯年在李庄的一摊子事还没有收拾的情况下，就跑到北京去了。有点争强好胜急于恢复北大，说不能让北大落在清华后面。北大当年撤离后，还有一部分教职工留在北京，在伪北大做事。傅斯年说胡适这个人学问比我好，但办事比我坏，别人让胡适快点回来接任北大校长，他却给胡适写信说，你不着急，你慢慢回来，我先去给你代理校长。因为怕你心软，对伪北大的人下不了手。他回去就一件事，只要是在伪北大干过一天的，当年北大撤离后还留在北京，在日本人手下工作的这些人，一个不留。当时，这些人也到政府去静坐上访，也有政府官员找傅斯年说算了吧，除了少数人真给日本人做事，别的也就是混口饭吃。傅不干，说为人没有这样的，我们是北大人，只要这些伪北大的人中有任何一个人留下来，那么对于那些历经千辛万苦，撤离到昆明、到李庄的人来说，就是不公平的。后来，他自己说我就是北大的功狗，我就是北大的一条狗，等我把那些人都咬完了，再把校长位子还给胡适。胡适学问大，却是好好先生，他干不了我这种拉下脸皮不讲情面的事情。所以我来当北大的狗，功狗。傅是文化人，他骂自己也是有学问的，这背后是有典故的。功狗这个典故是从刘邦来的。汉高祖刘邦平定了天下，对手下很多人论功行赏的时候，韩信张良等不服，问他，萧何不是跟我们一样帮你打天下吗？为什么萧何做丞相，我们就没有那么大的权力？刘邦说，萧何是功人，有功的人，你们是功狗，有功的狗。不是刘邦看不起那些人，他打了个比方，说好比上山打猎，你们呢像狗一样，是人家指出了猎物在哪里，你们就去追，你们就把猎物追回来。萧何呢，他是能发现猎物并指出在哪里的人，然后计划好门道告诉你们怎么去得到猎物，所以他是猎人，你们是猎狗，但都有功，所以萧何做丞相，他的本事比你们大，他是功人，你们是功狗。这就是功狗的典故。所以说北大教授不会轻易骂自己为狗的，即便骂自己为狗也是要有典故的。所以这些知识分子是在这样一种环境里出来的,知识分子也是要报效国家的。

没来李庄前的史语所还发生过一个故事。这个人在中山大学毕业,曾在史语所工作一段时间。傅斯年把他派到我家乡一带的地方,今天甘孜、松潘、茂县那一带地方,去调查羌族语言,做羌族语言研究,然后,又去做藏族语言的研究,傅斯年对人要求很高,有时候又有点着急,几次调查报告拿回来都不满意,不满意这个人。这个人也很硬气,就不理傅了。这个人是爱国青年,还上过军校,突然他到了阿坝就不想回来了,傅斯年写信批评他,他就不回来了,不回来干什么呢?阿坝有个县叫金川县,那个时候已经很汉化了,当地有个绅真是个劣绅,当袍哥首领种植走私鸦片,没有人敢管,县长也不敢管。这个人就找到省政府说,我去那里当县长。当时任用干部的好处是不用像现在要经过副乡长、乡长,再当县长的这样的过程。上面说你真想去,真敢去,就去吧。那个时候史语所已经搬离李庄了,1946年了,他就真去当了金川县县长。上任没几天,就准备对付那个劣绅,他说前任怎么就把他拿不下?我来把他拿下。他的做法很简单,他对手下人说,你们连《史记》都没读过吗?《史记》里有鸿门宴,我就给他摆一道鸿门宴吧。他真就这么干的,发请帖,请杜总舵把子——那个劣绅姓杜——请到县政府赴宴。宴席中真的就跟古书里写的一样,酒过几巡,摔杯为号。那位姓杜的袍哥舵把子也有胆气,就敢到县政府喝酒,接到请帖就去了,去会会新到任的县长。真的当这人喝到半醉,就让县长的卫兵把这个人打死了。这位书生县长真的觉得是为地方除了一大害。但他没想到,第二天,这个人的手下几百人就把县政府包围了,最后把他给杀了,这个史语所出来的人就当了几天县长。也许他不熟谙官场的一套东西，但正因为不愿意尸位素餐，不肯得过且过，自己丢了性命。但他确实用他的死，让国民党政府有了借口，马上派兵镇压，这个县一股尾大不掉的势力，从此被铲除。这是一个书生用他的死换来的。也许在今天现场这些富于行政经验的听众看来，他把这个事想得很简单，但我们确实可以看到，那个时代的知识分子身上，确实是有忧民报国的真切情怀的，而且他这种情怀在史语所这样一个特殊的知识分子群体所形成的氛围中得到巩固和强化。后来我遇到一个台湾史语所的人，我问他你们那儿是不是有他的档案，他说真有这个人，说他当年搞民族语言调查的油印材料还在史语所的学术档案里，还有傅斯年批评他的文字留在上面。然后他愤而出走，愤而去当县长，然后献身。这个人的名字叫黎光明。

  我们可以看到围绕史语所的这种故事，我们可以看到那个时代知识分子身上蕴藏的精神与人格力量。我觉得这些故事都还有待于进一步发掘。现在是双向的故事发掘都不够，李庄的故事要更立体更完备更符合当时的历史语境。讲故事是一回事，怎么讲这些故事，用什么样的方式，用什么样的态度讲这些故事又是一回事，其中都大有文章。有些故事如果处理得不好，就可能像医学院的尸体解剖故事那样，可能会简单化，漫画化。讲到说故事的方式与态度，还有个危险就是，比如说怎么讲梁思成、林徽因及其他人的爱情故事，也是一个问题。因为今天我们所处的消费时代，这个故事如果讲得不好，就有可能像当下很多地方一样，只热衷于把林塑造成一个被很多男人疯狂追求的人，这既轻薄了林，也轻薄了那些美好的爱情故事。我们更应该把她作为一个知识分子的建树，尤其是作为一个知识女性在那样的年代里，一个大家闺秀沦落到一个乡间妇女的日常生活的焦虑中的对家庭的倾心维系，对学术研究的坚持表达出来。她的弟弟二战中死在战场上，她是怎么对待的，而不被这巨大的悲痛所摧垮，这是什么样的精神！即便说到爱情，她病得那么重，金岳霖专门从西南联大过来为她养鸡，这故事怎么讲，今天我们的故事讲得太草率了，不庄重，逸闻化。长此以往，李庄这样一个本身可以庄重的，意味隽永的故事慢慢就会消失它的魅力。当然关于这些知识分子，这些士的故事确实是太多了，还是要深入地挖掘。这些学人的后人大多还在，其中很多还是有言说能力的知识分子，也许他们出于对前辈的维护，提供材料的同时，也会规定或影响这个故事的讲述方式。这个当然要尊重，但规定性过强，也会出现问题，这也是需要加以注意的。

到了李庄，我又有新发现，我原来都没想到，在中央博物院突然找到了一个人叫李霖灿，这个人在我做有关丽江泸沽湖的历史文化调查时遇到过，遇到过他写那些地方的文字，后来，这个人就从我的视野中消失，不知所终了。我在丽江做调查的时候，我就查到在20世纪30年代到40年代有三个人写过丽江。其中两个人是外国人，一个叫约瑟夫·洛克，一个是俄国人叫顾彼德。洛克写的书叫《中国西南的古纳西王国》。顾彼德写的书叫《被遗忘的王国》。此外，我还找到过一本小册子，就是李霖灿写的。这是一本游记，当时散乱发表在报刊上，后来有人收集起来，出了一个小册子。那时候李是杭州美专的老师还是学生我记不起来了。学校派他到西南少数民族地区去收集一些美术资料，他就去了丽江和泸沽湖一带，在那个年代，中国人大部分还没留下那些地方的真实记录的时候，搞美术的李霖灿却写了一本跟泸沽湖跟丽江跟玉龙雪山这一带有关的大概几万字的书。至少对我有很重要的参考作用。但后来我就再也找不到这个人去哪儿了，从此再无消息，因为我觉得一个搞美术的，而在美术活动中再也不见他的名字，又没见到他继续从事文学书写，从此就断了线了。那次在张家祠，一下子见到他的名字，原来他加入中央博物院了，进了当时那么高的学术机构，就是缘于他在丽江的那段经历。在那里，他从搜集美术资料入手，进而接触到纳西族的文字，并对此发生浓厚兴趣，半路出家，转而对当地的东巴语言和文字进行研究，编撰出了汉语东巴文词典。他成了中国知识分子用现代语言学方法研究中国少数民族文字的中国第一代学者，也许今天我们很多学者还在沿用他创建出来的一些方式跟方法。所以要感叹，这个世界很大，但这个世界也很小，一个在我自己研究视野当中失踪了多少年的人，突然在李庄出现，而且，这个人已经从一个搞美术的人变成一个语言学家。因此可以见得，在当时那么艰难的条件下，他们还在教学相长，还在努力尽一个士、一个知识分子的责任，以学术的方式研究这个国家，建设这个国家。这样的精神，对今天的知识分子来讲，有多么可嘉可贵，自不待言。

　　前几天我刚好去眉山的彭祖山，我有一个朋友在那儿搞养老地产开发，我去彭祖山一看，在当地档案馆一查，对彭祖山最早的文化考察，对当地汉墓的考古挖掘，也是当时李济所属的在李庄的考古所的人去做的，留下了很有价值的考察报告。那时，你就不得不感慨，在那么艰难的条件下，他们还在认认真真地从事他们的学术事业，有人甚至还到了敦煌，去临摹敦煌壁画，而且一待就是一年两年，天天跟傅斯年写信要钱。傅斯年就又从李庄出发，坐船到重庆，到教育部去求人，去骂人，把钱又要一点回来寄给大家花，就是用这样的方式在延续文脉，不使中断。所以我觉得我们要把李庄故事讲好，这些知识分子留下来的生动的故事也要进一步挖掘整理，而且这些整理要有更好的方式、更直观更生动的方式来呈现，今天我们可以有很多方式做出种种呈现，因为我们的博物馆学已经很发达，博物馆的方式已经有很多很多，我相信能够找到更好的呈现方法。

但是我觉得更重要的是，李庄的故事最精彩之处，就是刚才我讲的，中国的士跟中国的绅的最后一次遭逢，而这次遭逢从人文精神上绽放出这么美丽的光华。而且这在中国历史上一定是最后一次了。如果说知识分子这个阶层，士的精神还会继续在读书人中间继续存在的话，中国乡间的耕读传家的绅是永远不会再现了。

中国传统社会当中最重要的两个阶层在既是抗战时期，也是中国发生翻天覆地巨大的社会革命的前夜，绽放出来这样一种光华，呈现出来这样的历史文化现象，我相信无论我们怎么书写呈现，都绝不为过，也是具有非常特别的意义的，对我们构建我们民族文化的记忆，尤其是一个地方历史文化的记忆，这一章是非常重要的。从这个意义上讲，李庄是非常重要的，李庄是非常珍贵的，李庄是值得我们永远珍视的，因为只有在这样一个历史节点上，士和绅这样两个阶层在这样的时刻，都向中国人展示了他们品格中最美好最灿烂耀眼的那一面！所以我认为但凡对于中国文化怀有敬意，对于中国文化那些优质基因的消失感到有丝丝惋惜的人，都应该来到李庄，在这个地方被感动被熏染。

我记得老子《道德经》中有这样一句话——在我感觉中，老子是个悲观主义者,总感叹这个社会在精神道德上处在退化之中。所以,他说:"失道而后德,失德而后仁,失仁而后义,失义而后礼。"他说这个世界本是按大道自在运行的,但人的弱点,人性的弱点,让人失去自然天道的依凭,而不得不讲求德,这已经不是自然状态了,只好用德这个东西来自我约束和彼此约束,只好退而求其次,"失道而后德"。但最后我们连德也守不住,就"失德而后仁",当我们失去自我约束,所谓仁,就是我们只能要求我对别人好一点,别人也对我好一点,特别是统治者对我们好一点,我周围比我强大的人对我好一点,这也就是孔子说的仁者爱人。但仁也守不住,"失仁而后义",说仁也不成了,就只好讲点义气。到义气就很不好了,义气就是我们这帮人扎在一起搞成一个小团体,小团体内部彼此很好,但对团体外面的人很差,我们想想中国的传统小说,《三国演义》里刘关张之间当然有义,但他们对别人就可能仁也没有德也没有了。《水浒传》里,宋江和李逵有义,宋江被抓了,李逵为救他不顾生死去劫法场,讲不讲义气?中国人觉得这个特别好,但我们看李逵从法场上救出宋江,往江边码头狂奔,一路抡起斧子就砍,砍到江边砍了多少人?对宋江有义对其他被他砍的人有义吗?用今天的眼光来看,李逵简直就是古代版的恐怖分子嘛,所以到义已经就非常不堪了。但是在李庄故事里我们回过头来看到,不管是这些知识分子,还是接纳他们的这些乡绅,我想先不说道,但至少还在德跟仁的层面上,在这个层面上我们看到中国传统文化当中的这些因素,在不同方向上对不同层面的人都形成了某种有效的制约,使这些达成了某种人格,达到了某种今天人难以企及的境界。这种关系用今天话来讲,还是一种充满了正能量的关系。所以李庄在传统文化维度上的教育意义肯定比中国武侠小说要强。中国文化,中国的人际关系到了要靠义来维护的时候,其实已经很不堪了。但是,李庄故事不是这样的,李庄故事还会给所有人以温暖的感染。

在今天这个已经高度组织化的社会,在社会深刻转型变革的时期,在时代剧烈的动荡当中,其实讲求义都很困难。背信弃义这个词,在中国语言中存在也已经很久了。想想这个局面,真是令人不寒而栗。在那样一个动荡的时代当中,李庄这样一个地方,还保存了读书的种子,还保存了文明之光,更重要的是通过士与绅这两个阶层的结合,保存了中国传统社会当中的那种基本的道德感,基本的人性的人情的温暖,这就是李庄让人流连忘返的所在,让人觉得李庄故事了不起的地方。